猫妖婆婆

[日] 冈本绮堂 著

黄芳——译

北方联合出版传媒(集团)股份有限公司
万卷出版公司

图书在版编目（CIP）数据

猫妖婆婆 / (日) 冈本绮堂著 ; 黄芳译 . — 沈阳 : 万卷出版公司 , 2022.1

ISBN 978-7-5470-5790-2

Ⅰ . ①猫… Ⅱ . ①冈… ②黄… Ⅲ . ①短篇小说 - 小说集 - 日本 - 现代 Ⅳ . ① I313.45

中国版本图书馆 CIP 数据核字 (2021) 第 205579 号

出版发行：北方联合出版传媒（集团）股份有限公司
万卷出版公司
（地址：沈阳市和平区十一纬路 25 号　邮编：110003）
印 刷 者：北京欣睿虹彩印刷有限公司
经 销 者：全国新华书店
幅面尺寸：165mm × 225mm
字　　数：210 千字
印　　张：14.5
出版时间：2022 年 1 月第 1 版
印刷时间：2022 年 1 月第 1 次印刷
责任编辑：张洋洋
责任校对：高　辉
装帧设计：胡椒书衣
ISBN 978-7-5470-5790-2
定　　价：58.00 元
联系电话：024-23284090
传　　真：024-23284448

目　录

第一章　鬼怪阿文

阿道带着女儿小春入睡后不久，小春突然被吓醒，开始号啕大哭，大叫道：“是阿文！是阿文！她来了！”

阿道闻言赶忙问小春发生了什么，这才知道小春居然梦到了一个披散着头发的少女，然后被吓醒了。小春所说的阿文，阿道也曾梦到过，她是一个丫鬟。

一

我叔叔出生在江户时代的后期，他见过当时发生的诸多悲怨婉转之事，比如奇异的凶宅案件、一心想要复仇的武士、永世不得超生的怨妇等，这些故事传到后来渐渐成为了民间传说。不过叔叔自小接受武士教育，因此这些怪力乱神的事情于他而言，根本不值一提。

幼时，我跟其他伙伴经常讨论这些诡异的民间传说，若是被叔叔知道，他就会冷冷一笑认为这只是小孩子胡说八道，根本看不上我们说的故事。我本来认为叔叔的性格就是这样，直到有一次他欲语还休，说了一段让我觉得匪夷所思的话：

“即便我从来不相信这些神鬼之事，但阿文的事情实在是……算了，三言两语也说不清楚。”

然后叔叔便不再言语，哪怕我们一直问他之后发生了什么事情，他依旧一言不发，神情之中甚至还有些懊悔之色，仿佛是说了不该说的话。

不能从叔叔这里知道答案，我只好去询问父亲，可父亲的反应竟然和叔叔一模一样，什么都不肯告诉我。

他们的这种反应让我对这件事更加有兴趣了，因此我去找了与父亲相交多年的老友——K 叔叔。他和我父亲亲如兄弟，我觉得他应该会了解这件事的内幕。或许我能从他那里知道此事的前因后果。

所以我见到他之后的第一句话就问他：“K 叔叔，阿文究竟发生了什么事？”

然而 K 叔叔居然直接回绝了我，这和他以往的状态完全不同，实在是让我大为意外。他说道：“别再问这件事了，本就不是什么大事，你了解得越多对你越没好处，何必去讨一顿骂呢？”

自我有记忆以来，K 叔叔一直是平易近人的，哪怕是面对我们这些小孩子，也十分和蔼可亲，经常会跟我们说一些千奇百怪的故事。可这次，无论我怎么撒娇耍混，他都和我的叔叔、父亲一样，对于阿文之事只字不提。

关于阿文的故事，就只有这样一个潦草的开端，便再无下文了。

后来，我的学业越加繁重，我所有的精力都用在了各个科目的作业上，自然也就不再关心阿文这件事了。久而久之，我甚至已经忘记这个小插曲了。

时间转瞬而逝，眨眼便是两年后的冬月月底，寒冬即将来临。

这日，K 婶婶应邻居之邀要去往新富座观赏歌舞伎表演。在婶婶出发的前一晚，K 叔叔便跟我说他第二日独自在家，让我晚上过去陪陪他。

这日雨下得格外大，寒气阵阵，凉意刺骨。黄昏放学时，雨势也没有任何减小的趋势。

我吃完饭之后就马不停蹄地去找 K 叔叔了。

K 叔叔家和我家只隔了几百米，走过去很快。他家附近还有许多在江户时代修建的武士宅院，哪怕是在烈日当空之时，站在那儿都会觉得阴气森森，现在下了雨，更是散发出一种凄清、阴暗的气息。

K 叔叔住在某位贵人的府邸之中，院中有一栋独立的小楼，楼外围了一圈用竹子做的篱笆，以此与外界分隔。K 叔叔现在在政府的某个部门任职，下班之后便在家中用餐、洗漱。

那天晚上，他收拾了一番之后，点上了煤油灯，开始给我讲各种八卦逸事。户外的大叶子拂过楼门，一颗又一颗的雨点砸在叶子上，发出滴滴嗒嗒的声音，我看着窗外的景象不免有些走神。

夜色越来越浓，挂在柱子上的时钟响了七下后，K 叔叔也不再讲故事，听着屋外的雨声道："这雨似乎是要下一整夜呢。"

"婶婶还没有回来。"

"放心吧，我早就给她叫了黄包车。"K 叔叔边说边拿起茶杯，喝了一口茶。没过多久，他突然正襟危坐地对我说道："这种气氛太适合说一些鬼故事了。嘿，小家伙，你对阿文还有印象吗？想不想知道之后发生了什么？你还有胆子听吗？"

我虽然爱和同伴们聚在一起讨论各种鬼怪之事，但实际上我并不是一个胆子很大的人，只是对奇异之事，尤其是那些十分诡异的事情太过好奇。所以哪怕我此时非常害怕，已经缩成了一团，我也还是很好奇这件事的结局。更何况 K 叔叔难得主动提起这件事，我实在是不愿意错过这样的好机会。

因此我特意坐直了身体，昂首挺胸，以此表示自己无所畏惧，况且身边还点了一盏煤油灯，暖气袭人，根本不用害怕那些妖魔鬼怪。

不过，我佯装出的勇敢看起来十分滑稽，根本无法欺骗到 K 叔叔。但他只是微微一笑，倒也没拆穿我，只道："你似乎对这件事真的很感兴趣。但我有个前提，在我跟你讲完这个故事后，你可别吓得连门都不敢出了，我是不会让你在我这儿住着的。"

K 叔叔故意吓了吓我，然后才跟我说阿文的事情。

“那个时候我才二十岁，应该是元治元年间。那年，京都发生了蛤御门之战……”

K叔叔开始诉说这件往事。

二

以前有一个旗本[1]，名叫松村彦太郎，就住在这附近。他任职于幕府，管理对外之事，俸禄三百石；他学富五车，精通西学，因而在此一带颇有声望。四年前，他的同胞妹妹阿道嫁到了隔壁县，新婚第二年便诞下一女，名为小春。

而这件事就是在小春三岁的时候发生的。

这日，阿道带着女儿回了娘家，满脸泪水地说道：“哥，求求你帮我解脱吧！这日子我们娘俩实在是过不下去了，我想快点跟他离婚。”

松村只觉得无比震惊，想问问其中缘由，但是无论怎么问，柔软可怜的阿道都不愿意开口。

“你知不知道，女子出嫁之后是极难离婚的！身为长兄，我是一定会帮你的，可你什么都不告诉我，只让我帮你解脱。如果我什么都不了解，直接帮你离了婚，其他人肯定会笑话我们家的！你到底因为什么事情必须离婚，要跟我说清楚，若是你有理，我一定会帮你的，去找对方理论。你快告诉我吧，我都要急死了！”

松村这番言论是符合情理的，但不管他如何催促，阿道都是一言不发。

---

[1] 旗本：按语意指战场上主将旗下的近卫武士。到江户时代，专指将军直属武士中领地不满一万石，但有面见将军资格的武士。

阿道现在二十一岁，可完全没有一个成年人该有的成熟，行事作风宛如稚子，一点都不懂事。她只说自己不愿意再和丈夫过下去，希望哥哥可以帮她，让她脱离苦海。

松村向来是个好性子，但看见阿道这个样子也不免动了怒，骂道：“你真是来讨债的！你无缘无故就要和小幡离婚，别人怎么可能同意呢？你自己动脑想想！而且，你又不是昨日才成婚的新妇，你都嫁过去四年了，小春都三岁了，你也该懂事了！你如今日子美满，也不必侍奉公公婆婆、姑姑嫂子；小幡的职位虽低，但是生性老实，做事本分，为人妥帖。你究竟是有何处不满，非要闹到离婚的地步？”

松村软硬兼施，但是阿道还是没有任何反应。

阿道现在的样子让松村心中顿生疑窦：难道……

哪怕他不想承认，可这种事情也曾是真实存在过的。小幡家里经常有年轻武士来往，周边也有些登徒浪子，难道阿道一时情难自已，红杏出墙，不守妇道，最终被小幡家发现，所以她才会想要解脱、离婚？

思及至此，松村顿觉不妙，只说道：“我现在跟你一同回家去，你和你丈夫把事情说个清楚。如果你继续这样一言不发，那我就用我的方法查清楚这事儿。你给我站起来，我们走！”

松村边说边拉阿道，想拽着她回小幡家。

阿道眼见松村动了真格，知道这事儿不可能再瞒下去，只得哭着求哥哥说愿意交代一切事情，只希望哥哥能谅解她，不要把她送回夫家。

松村听完事情的原委之后，更是无比震惊。

原是在七日前，阿道为小春收拾完女儿节用的一些小玩偶后，便上床准备休息。但是她才躺下便发现枕边忽然出现了一个披头散发、面色惨白的年轻女子，看上去应该是一个老实的丫鬟，侍奉在武士家中，此时她浑身湿透，就像是刚被人从水里捞起来的一样。这个姑娘先是按照规矩向阿道行礼，随后便乖乖跪坐在阿道旁边，什么也不说，一动也不动。可恰恰就是因为她什么都没做，阿道反而更害怕了，她将身上盖着的被子向上拉了拉，根本不敢抬眼看那人。过了一盏茶的工夫，阿道醒了过来，这才发现原来那只是一个噩梦。

可就在这个时候，睡在阿道旁边的小春也尖叫着醒来，随后放声大哭道："是阿文！是阿文来了！"

阿道从小春那里问清了来龙去脉，才知道原来小春也梦到那个披散着头发的年轻女子，她就是小春所说的"阿文"。今夜，她同时来到阿道母女两人的梦中。

阿道满心恐惧，直到天光破晓，也未有好转。可是她生长于一个武士之家，如今又嫁给了一个武士，实在是不该将这个噩梦告诉其他人，包括她的丈夫小幡。可是，在此之后的两晚，那位浑身上下都是水的姑娘一直来到她的梦里，就跪坐在她们的枕边。她一来，小春便哭叫着说："阿文来了！是阿文！"

阿道生性柔软，这种日复一日的折磨于她而言无异于酷刑，可她还是坚持没有向小幡说一个字。

就这样强撑了四晚之后，阿道快要崩溃了，她实在是没有精力再来应付了。若是今后余生的日子都是这样的话，她是不可能坚持下去的。此时，她只能抛弃武士家族的颜面，把这件事告诉小幡。

可小幡的反应正如阿道之前所料，只觉得这是无稽之谈，全不在意。可是之后的每一个晚上，阿道都能梦到阿文，她就静静跪坐在枕边。

阿道也多次跟小幡说起这件事，但小幡的反应跟第一次一样，十分冷漠，阿道说得多了，他甚至会觉得厌恶，厉声呵斥道："我们家是武士之家，你身为当家主母，怎么如此没有分寸！"

阿道对丈夫的这种态度很是不满，但有没有其他法子。她觉得要是再这么下去，自己一定会被这种恐惧折磨到发疯。事已至此，她根本无暇顾及所谓的夫妻之情、武士世家颜面，连忙收拾了细软，带着女儿离开了那个闹鬼的地方，向哥哥求助，这是她唯一的退路了。

“哥哥，我们母女实在是受不了了。我想和小幡离婚，逃离那个恐怖之地。哥哥，你看在我这样痛苦的分上，就帮帮我吧！求求你了！”

阿道在讲述这件事情的时候，如惊弓之鸟，面上皆是惧色，浑身发抖，连大气都不敢出，似乎只要是想起这件事，她就被恐惧掐住了咽喉。

松村见妹妹这样害怕，想来她所说的应该不是假话。但他听完整件事之后也开始思考，莫非这人世间真的有鬼魂存在？

他想了很久，终究还是给出了否定的答案。其实，小幡的态度也是情理之中，毕竟如果换了是他，也会觉得这是阿道在胡说八道。可若是真的撒手不管，就让阿道带着女儿心不甘、情不愿地回到那个家里去的话，那她们母女实在是可怜。看阿道现在的样子，或许这件事还有更隐秘的内幕。

思来想去，松村决定先去见见小幡，将这件事情问个明白，然后再想如何解决它。

“现在只有你的一面之词，我实在无法下定论，你先让我去找小幡，然后再做安排吧。你放宽心，我一定不会不管你的。”

松村让阿道带着小春先在家里住下，然后自己带着一个侍卫去找小幡了。

这一路上松村都在想一个问题。这些事情若是妇女之间交谈自是没有问题的，可他身为一个拥有配剑的武士，现在去找另一个武士说这些神鬼之事，实在是贻笑大方；若是被他人知道了，说不定还会取笑他说：“松村彦太郎，你这么大个人了，居然还相信妇人之言？”

松村千方百计地想找到一个合适的理由去跟小幡说这件事，其实这事儿本来是不复杂的，但是越想就越麻烦，而且现在事情迫在眉睫，他也无暇再顾及其他了。

巧的是这日小幡也是在家的，所以松村刚到他的府邸便被侍卫接了进去。二人见面便开始聊一些生活中的琐事。在这期间，松村一度想将话题自然而然地引到自己前来的目的上，但是却一直没有成功，因此更不知道应该怎样主动提及此事。原本他是做足了心理准备，哪怕被嘲笑也在所不惜。可每次话到嘴边，他又不知道该怎么说了。

没过多久小幡便先问道：“阿道今日是去找您了吗？”

“是的。”

话音刚落，松村便不知道应该怎么聊下去了。

“那她是否将那件事情告诉哥哥了呢？妇人就是不经事儿，非说家里有鬼魂飘荡，实在是无稽之谈，太好笑了！哈哈哈哈哈！”

松村闻言不知该作何感想，只能跟着干笑了几声。可是这样敷衍终究无济于事，他不可能不管自己的亲妹妹呀。于是他纠结几番后，还是把阿文的事情告诉了小幡。

将所有事情和盘托出后，松村如释重负，伸手擦去了自己额头上的细细汗珠。

但小幡这边可就没那么轻松了，他听完松村的话后眉头一皱，脸上再无笑意，口中也是一言不发。之前阿道跟他说阿文时，他只觉得是因为阿道太胆小出现了幻觉，根本没把这事儿放在心上，可如今连松村都受阿道所托，亲自来跟他商讨离婚之事了，由不得他再忽视这个“闹鬼”事件了。他想了想说道：“这样吧，我们先联手调查此事，弄清其中缘由，如何？”

小幡觉得若是家里真的有鬼怪作祟，那么别人理应也遇到了这种事情，可他在这里住了二十八年，从未遇见过鬼魂，也没听说有其他人见过。而且不管是在他儿时就撒手人寰的祖父祖母，还是在几年前相继离世的父母都没有跟他说过这种可怕的事情。他现在有两点想不通：一是为何只有阿道遇见了鬼？二是为何这事会在他们成婚的第四年才发生？实在是太奇怪了。

现在，松村和小幡这两个武士都不知道应该怎么处理这件事情，只能先将府中之人集在一起，然后一一查问，弄清根源。

松村对小幡的提议很赞成，道：“那就麻烦您了。”

三

“老仆之前便是侍奉前老爷的，在府里这些年从未听说过任何与‘闹鬼’相关的事情，我父亲也没说过这些。”

首个被问话的是管家五左卫门，他今年已经四十一岁了，其祖辈都是小幡家中侍奉的。

而后小幡又问了府中的其他侍卫和下人，这些人比较年轻，是才来不久的外地人，可是他们都没有听说过这种事。小幡接着又叫来了家中的丫鬟们，她们听到这事儿后都被吓得脸色惨白，不由得发抖。

问完了所有人后，松村和小幡一无所获，只能放弃这个方法。

“如果实在得不到任何结果的话，那我们就从这个水池下手，看看池子里面究竟有些什么东西。”

小幡的宅院中有一座池子，面积约三百平方米。阿道曾经也说过那位名叫阿文的女子全身上下都被打湿了，所以小幡觉得或许她和这个池子有什么联系。

次日，家中的所有男丁都聚在池子边，将池水抽尽。小幡和松村也在一旁看着，但池子中只有一些鲤鱼、鲫鱼而已。池底的淤泥之中连一根女子的头发丝都没有，更别说女子用的发钗、梳子等饰物了。

第三日，小幡将注意力转到了家中的水井上，于是便命令下人们打捞井水，不过只是从井中找到了一条稀有的红色泥鳅，这也是唯一让所有人啧啧称奇的事情，此外便再无收获了。

做完了这些之后，他们还是没有找到任何与此事相关的线索，也不知应该如何继续调查。

松村觉得这样下去无疑是竹篮打水一场空，几经思索之后便想出了一个计策。这日，他费尽口舌才终于把阿道和小春带了回来，让她们像往常那样在自己的屋里休息，然后带着小幡躲在隔壁，静静等着入夜。

夜色浓，月朦胧，凉风习习忧心忡。

阿道心中慌乱，无法平静，很难入睡。可是身旁的小春突然惨叫，宛如被针刺了双眼，大喊道："阿文！是阿文！"

"来了！"

隔壁等待良久的两个武士立马抽刀冲到了阿道的屋里。

房间的窗口都是紧闭的状态，在这春夜里，屋内温度刚好。阿道枕边点了一盏灯，点点火光，照在她和小春的脸上。

松村、小幡二人并未觉得屋中有何不妥之处，可被吓到的阿道紧紧抱着小春，身子抖得像筛糠一般，颤巍巍地躲进了被子里。他们第一次看到阿道的这种反应，着实都被吓了一跳。但怪就怪在为何年仅三岁的小春会叫出那个所有人都看不到的女子的闺名？而且也只有她知道？

于是，小幡抱着女儿，半哄半骗地问了她几个问题。可是小春才三岁，其言语自然无法像大人那样流利，因此也给不了大家一个答案。

莫非是那个全身上下都被打湿了的阿文占据了小春的身体，所以才会叫出她的名字？

这个念头一出，无论是松村还是小幡都吓出了一身冷汗。

五左卫门一直心下难安，于是便在次日清晨上街，找到一位颇有名气的占卜师，请他算上一卦。占卜师告诉他，回到府中后将院内西边的茶花树树根砍去，便可赶走女鬼了。

他打算试一下，于是回家之后按照占卜师的话做了，可还是没有任何作用，由此可见那位占卜师也不过是个沽名钓誉之徒。

因为"女鬼阿文"都是在深夜来到房间内的，所以阿道便调整作息，在白天休息。白日果然没有女鬼骚扰，阿道睡了个好觉，精神也好了很多。可她旋即想到，只有青楼女子才会在白天休息，夜晚接客，自己可是武士之家的当家主母，怎能和她们一般？若是一直这样日夜颠倒地生活，对自己和他人来说，都是一种负担。所以他们必须得找到驱散女鬼的法子，否则家中便再无宁日了。

“有人说小幡家里出现了鬼魂，还是个女鬼呢！”

好事不出门，坏事传千里。没过多久，县里的人基本都知道了这件事。对此，众说纷纭，不过武士阶级的人都只敢在私下讨论。

不过在众人中，正好有一个天生爱凑热闹之人，那就是K叔叔，他和小幡比邻而居。

在这个时期，若你在武士之家内只能排第二或是第三，那么不管你是旗本还是幕府家臣，都不会被人重视，因为当时只有长子才是家主的接班人。武士家族中的次子基本没有机会能大展拳脚，除非本领过人，被贵人青睐，得到职位，所以他们基本都是依赖着家族中的大哥生存的。这些人基本是被放养的，最终便会成为碌碌无为之人，成天四处晃荡，好逸恶劳，不务正业。他们空有武士家族的名头，但实际宛如浪子，也是可悲可叹。

K叔叔便是如此，他出身于武士之家，但却是家中次子。所以当他听到民间的传言后，便来到了小幡家中，打算一探究竟。这二人本就是至交好友，因此小幡也没有瞒着他，将事情的前因后果都告诉了他，并且希望他能想想办法找到闹鬼的真相。

K叔叔平日里也没有什么正事要做，自然是调查这件事的最佳人选，所以他也没有任何理由拒绝好友的请求。

他在接受了这个任务后，便想着模仿《今昔物语》里记载的金太郎的方法：在阿道的枕边放一把配剑，不定时来抽查抓鬼。不过，这个方法实在是老掉牙了。因此他最终还是决定先弄清阿文的生平经历，然后看看她与小幡家有什么关系。

想到方法之后他便问小幡："你家有没有哪个亲戚、下人或者是侍卫名唤阿文？"

小幡对这个名字十分陌生，也很确定自己家族内没有叫阿文之人。不过，家中下人经常有更换，所以也很难查清楚每个人的背景，但是依照近期的情况来说，确实是没有出现过叫阿文的人。

K 叔叔对家中的所有人都刨根问底，最终还是发现了一丝端倪。

四

小幡家以前有过两个长工，一个是江户的婢女中介所介绍过来的，一个是背井离乡来城里打工的女孩。那家地处音羽的中介所已经和小幡家族合作了百余年。

按照阿道所说，那个阿文看上去似乎就是曾经侍奉过武士的丫鬟。从乡下来的丫鬟离小幡家较远，所以 K 叔叔暂时忽略了，他打算先从距离较近的中介开始调查。他认为阿文或许是在多年前服侍过这里的某位家主，只是小幡不知道罢了。

这时已是三月下旬，风轻云净，旭日暖阳，小幡家中的一棵八重樱已经展露新叶。

小幡叮嘱 K 叔叔道："这件事就交给你了，我只有一个要求，那就是你在调查之时一定要多加小心，不要把这件事泄露出去了。"

"我心中有数，你放心。"

K 叔叔和小幡进行一番交流后，便启程去调查了。

他认为那家中介所和小幡家族合作良久，应该有相关人员的记录册，于是他来到了音羽坍屋，果然在中介所找到了记录着丫鬟资料的登记册，但是却不同于他之前的猜测，近几年的记录之中，确实没有"阿文"。他又翻了前十年的记录，还是一无所获。

“如果这里没有的话，那么阿文莫不是那位背井离乡的女子？”

K叔叔心中有些烦躁，但还是没有放弃这本登记册。可是由于这里三十年前被大火烧过，所有账簿都已灰飞烟灭，如今保有的都是大火之后的记载。K叔叔就算掘地三尺，也只能找到近三十年内的记录。可他誓要找出点东西，绝不会半途而废。他弯着腰，聚精会神看着一本已经泛黄的本子，指腹从纸上一点点划过，打算从那些文字墨迹之中找到一些细枝末节。

这本登记册并非是为小幡家独有，上面还记录了其他与中介所有来往的家族的名单。这样厚的一个本子被装订成横册，能在上面找到和小幡相关的名字已经很不容易了。而且执笔者并非一人，有些字迹看上去很是端正，应是出自男子之手，有些清雅秀丽，一看便是女子所写。可最麻烦的是，这上面的许多文字都是古文，有些就像是小孩写的，混乱不堪。在这上面找线索实在是让人头疼。

K叔叔看了一会儿便乏了，他现在觉得自己答应的这件事实在是一个大麻烦，心中有些懊悔。

“这不是江户川的公子吗？您在看什么呢？”和K叔叔打招呼的是一名年过不惑的男子，身材瘦弱，面带微笑，边说边坐在了店头。他肤色偏黑，脸颊细长，鼻子微挺，一双眼炯炯有神，格外引人注意。他穿着一件和服，外面套了一件褂子，都是条纹花样，看上去和其他安分守己的商人没有什么不同。

此人名叫半七，从神田来的，在衙门当差，是个捕快。他的妹妹现在在神田明神周边教人弹琴。K叔叔有时候也会去那里学琴，因此结识了半七。

半七生性爽朗，行事作风颇有老江户风格，是一个略有名望的好捕快，十分难得。他见人三分笑，无论对方是谁，他都以和蔼之态招呼。

K叔叔问他：“近来公务可还繁忙？”

“是啊，我今日来这里也办公。”

二人便这样聊起天来。K叔叔突然想到，半七是个可信之人，就算把这闹鬼之事告诉他，他也定不会说与旁人，而且还能和他探讨一下，或许他能想出一些好法子。

叔叔打量了下四周，说道："我知你是个大忙人，但我这里有件私事，不知你是否有空听听？"

半七直接应下，无比爽快："自是可以的。我并不知你经历了什么，可你如果觉得我还算可信，不妨说给我听听。掌柜的，我们想借用一下二楼，可否行个方便？"

说着，他便带头上了二楼，K叔叔紧随其后。

这里十分狭窄，也不透光，给人阴森之感，房内放着一堆箱子，是用来装衣物的。K叔叔便将这件奇事告诉了半七，而且说得十分详细，毫无遗漏。

"你现在有何想法？是否能找个法子摸清那个女鬼的身世？若是知道了这是何人，我们便能为她开坛布法，度其往生去。小幡家里也能重归平静，安稳度日。"

"嗯……你容我想想。"半七低着头思索一番，又道，"公子，你们是否亲眼见到过这个鬼魂？"

"我……"K叔叔一时语塞，"我没有见过，一切都是她们告诉我的。"

半七点了老烟，一言不发。

"这阿文看上去就是一个普通的官家丫鬟，全身都被打湿了，是这样吗？换句话说，她就和《皿屋敷》那本日本著名怪谈小说中所写的女主阿菊差不多？"

"似乎确实如此。"

半七突然又问道："小幡家中有没有人看过日本的古典插画小说《草双纸》？"这没头没脑的一句话，实在让人有些不知所措。

"在我看来，小幡应该是不会读这本书的，他的妻子和府中的丫鬟导师对此书青睐有加，经常从田岛屋租借来看。”

“他家的菩提寺在哪儿？”

“下谷的净圆寺。”

半七闻言笑道：“原来是出自这儿啊。”

“可是有了什么眉目？”

“他夫人应该是貌美如花吧？”

“的确如此，她今年也不过二十一岁。”

半七正色道：“公子，我看就这样吧。这件事毕竟是武士之家的丑闻，若是由我直接处理实在是有些不妥。不过你不必担心，给我三天时间，我必能帮你找到事情真相，而且这件事天知地知、你知我知，绝不会有第三人知道。”

K 叔叔自然是相信他的，于是便将此事托付于他。二人商量之后决定等真相大白后再告诉小幡。

不过眼下，半七只能私下调查这事儿，所以还需要 K 叔叔助他一臂之力。几经波折后，这件事看起来是 K 叔叔在负责，但实际上则是半七在调查。

说起这个半七，他在业内也算是一位调查能手了，因此 K 叔叔也很好奇他之后会怎样处理这件事情，对于二人的合作调查更是充满了期待。K 叔叔在和半七分开后，还专门去往深川参加当地的诗词大会，所以当晚回家之时夜色已深。早上醒来的时候，他都还不是很清醒。

虽然 K 叔叔神思倦怠，但他还是按照之前商量好的时间来和半七会面。

“今日我们从何处着手？”

“就咱们昨日讨论的田岛屋吧。”

于是二人就去了那里。K 叔叔之前也常在这里租借书籍，因此和这里的老板也算是老相识了。半七问老板：“最近，小幡府中的人都来借了哪些书？”

田岛屋一直都不会把书籍的租借情况记录在册，故而老板一时间也想不起来相关情况了。但他还是认真地想了一会儿，回忆起了几本书的名字，其中就有《草双纸》。

“除此之外，还有人借过《薄墨草纸》吗？”

“有啊，应该是在二月份前后借的。”

“能不能让我看看呢？”

老板听了之后赶紧在书架上寻找这书，翻了一会儿终于找到了这份上下册的《草双纸》，然后把他递给了半七。半七拿起下卷，直接翻到了第七页和第八页，然后就递给了K叔叔。

K叔叔接过来一看，书上有一张插画，看上去似乎是一个武士之家的主母正静静地坐在房间里。

最让人害怕的是，画面上的屋外走廊里还站了一个女子，此人披散着头发，浑身是水，就像是刚刚从池塘里爬出来的。

五

站在走廊里的那个女子看着年龄不大，耷拉着脑袋，低眉顺眼，满脸沮丧之色。院内有一个水池，上面铺满了落花。女子就像是刚从这个池子里爬出来的，浑身上下都湿透了。而且她身体和五官都是一种异常诡怪的形态，十分骇人。若是让胆小之人看了，只怕会被吓破胆。

K叔叔看了之后也很震惊，因为这画上的女子和他想象中的阿文一模一样！这未免太过巧合了！他又翻了翻书，只见这篇文章的名字是《新编薄墨草纸》，写文之人叫永瓢长。

半七缓缓说道：“公子，这书挺有趣的，您可以借回去看看。”

这似乎是话里有话。

K叔叔将这两本书放到了自己怀里，面色深沉，然后和半七离开了田岛屋。

半七开口道：“我曾经读过这两本书。所以昨天你一说，我便想起来了。”

“也就是说，或许她们是在看过这本书后，被书中的插画影响，所以才会噩梦缠身。”

“不一定，真相没有这么简单。我们再去下谷查查吧。”

半七边说边往前走去，K叔叔紧随其后。二人离开了本乡，来到了下谷池之端。

这日万里无云，天空湛蓝，宛如美玉；消防岗上立着一只雄鹰，看上去就像是在午睡一样。一个少年人打马而过，那马儿也许是跑累了，毛发上还有滴滴汗珠。初夏的阳光洒在少年人头上戴着的钢盔帽檐上，又被折射出去，少年人便这样顶着骄阳策马狂奔，一刻也不停。

净圆寺占地面积很大，他们刚走进去便看到一片棣棠，花开满树。随后他们找到了庙里的住持。

住持如今已到不惑之年，面色白净，听闻来人的身份是捕快和武士，便赶忙出门相迎，不敢有丝毫怠慢，细看还能发现他的下巴上有刚刮过胡子的印记。

半七和K叔叔在来时就已商量好，见到住持之后先由K叔叔把小幡府里的事情简明扼要地告诉住持，并且一再强调只有阿道会在夜里梦到女鬼。最后他们再问住持是否有驱鬼之法。

住持听完这件事的前因后果后陷入了沉默。许久才问道：“请问这是小幡大人的要求还是其夫人的意思呢？抑或是您二位自己的想法？”住持边说边转动着手里的佛珠，心中也是七上八下，极不安稳。

“这是我们所有人的意思，希望您能助我们一臂之力。”

K叔叔和半七双目放光，紧盯着住持，想看他作何反应。

住持面如白纸，打了个冷颤，缓缓道：“老衲修行不深，不敢保证法事一定有用。但是我们必会竭尽全力，为小幡大人祈祷求福。”

“实在是麻烦您了。”

此时正值午餐时间，住持便留二人用餐。他让人准备了精致的素食，还额外备了一壶酒。他不能喝，但半七和K叔叔喝了个痛快。

酒足饭饱后，二人起身告辞。临行前，住持私下往半七包里塞了一个用纸包着的东西，道：“两位四处奔波，实在是辛苦，这是我们的心意，还请笑纳。”

半七悄悄把这东西拿出来看了看又放回去，笑道：“公子，事情都处理得差不多了。不过这个老住持实在奇怪，殷勤过头了吧。”

的确，住持脸上的表情甚是忧心，还留他们吃了顿好的，好不殷勤。可K叔叔对于一个细节耿耿于怀，始终也想不出答案。

“我实在想不通，为何只有小春一个人会叫‘是阿文来了’？”

“我也不知道。”半七道，“但是，这样一个小孩子居然能叫出一个陌生人的名字，显然是有人告诉她的。但我先要告诉你一件事情：这个住持从前是个恶名昭著的恶霸，和延命院的和尚臭味相投，之前便破了色戒，名声极差。这人本就心术不正，所以哪怕我们什么都不说，他也不敢造次。我这次来只是想警告他一下，让他之后也不敢胡作非为而已。我能做到的只有这些了，之后便要靠你去回复小幡大人了。我们就此别过吧。”

说罢，两人便在寺门前分道扬镳了。

K叔叔在回家时特意去找了一位朋友。恰好这个人的舞蹈老师在周边举办舞蹈评比大会，K叔叔便跟好友一同前去参加了。

舞会之上，觥筹交错，花季少女们载歌载舞，翩若惊鸿，婉若游龙，K叔叔的眼睛就没有从她们身上挪开过，一直到半夜才回家。所以，他今天并没有去小幡府上拜访，将此事告知于他。

K叔叔是第二日才来找小幡的。在跟小幡说这些事情的时候，K叔叔完全没有提到半七，于是整件事看起来就像是他独自完成的；不过，他还是把《草双纸》和住持的事情告诉了小幡。

小幡在听 K 叔叔说话时，面色越来越深沉。K 叔叔说完，他便立马把阿道叫了过来，将那本《新编薄墨草纸》翻到插画那页，丢在阿道面前，厉声质问道："你在梦里见到的女鬼是不是就是这个人？"

阿道看过之后，面色惨白，什么话也不说。

"据说那个净圆寺的住持曾经破了色戒，你们如今是不是也有一腿？你今天必须跟我说清楚，你究竟瞒着我做了些什么不要脸的事情！"

可无论小幡怎么样软硬兼施，阿道都只是哭喊从未有任何逾越之举，也不曾对不起小幡。

最终，阿道还是经受不住，承认自己被人所骗，铸成大错，并将事情的真相告诉了他们。

"今年一月间，我去净圆寺烧香拜佛。住持把我带到另一个房间里，跟我说了很多东西，而且他一直盯着我的脸，连连叹息，还自言自语道，当时是无福。当时的我并没有将这件事放在心上，拜完佛后便起身回家了。二月间，我去寺庙还愿，住持又和上次一样死死看着我，而且嘴里说的也是同样的话，言语间充满了遗憾之情。那时候我开始惴惴不安，问他究竟为何会如此，他对我说夫人是无福之相，若是一直留在夫家，只怕会引火烧身，家宅不宁，死于非命，您还是早日离开您的丈夫吧，否则还会祸及子女。我听了之后就被吓到了，若只是我一人被霉运纠缠也无妨，可我万万不能连累你和小春啊。因此我赶紧问住持是否有消灾之法。住持便说，我与小春福祸一体，我必须要先消除自己的灾，才能让小春逃过一劫。我听了这话实在是无法不妥协，小春是我的命根子啊。你们懂我当时的心情吗？"

话及至此，阿道痛哭不已。

"或许你们听了这些只会觉得我太笨，太可笑，可是女子对这些事本就是宁可信其有，更何况，这还关系到我的孩子，我只能选择相信。"

之后的事情，也就是显而易见的了。

六

阿道从净圆寺回来之后就魂不守舍，满脑子都想着住持说的那场劫难。她本无意阻止自己所要面临灾难，但是关系到她最爱的小春，她便无法平静对待，整日都觉得生不如死。在她眼中，小幡是英勇的武士，是她最敬爱的夫君，但年仅三岁的小春是她的全部，女儿就是她的一切。所以几经思索后，阿道还是决定要尽到母亲的责任，拯救自己的女儿。于是，她必须要想办法保住自己的性命。就算她再舍不得，也只能离开夫家。

阿道虽然做出了决定，但是一直都没有胆子去做。

很快就到了三月，阿道应该要准备为小春过女儿节了。这日家中挂满了小人偶，这是小春过节要用的。阿道看着这些人偶，长叹一口气，心中想到，明年、后年、大后年，她还能这样陪着小春过节吗？她们还能平安度日吗？小春能不能健健康康长大，无病无忧？她们这对被诅咒的可怜母女到底谁会先遇难呢？

阿道满心都是苦水，焦虑极了。她每天都在被这虚无缥缈的未来所折磨，吃不下也睡不着，更没有心思仔细品尝女儿节的甜米酒。

过了五天，阿道便让府里的丫鬟把小人偶收好。她觉得整理这些人偶比以往更让人忧愁。

这日午后，阿道抱着女儿翻看着以前借的《新编薄墨草纸》，母女二人看得津津有味。书中说的是一个心狠手辣的当家主母杀死了一个名叫阿文的丫鬟，然后将她的尸体抛进池子里的故事。在主母抛尸之后，阿文就阴魂不散，始终纠缠着她，哭诉着自己生前的委屈和愤恨。这本书中的插画实在是太吓人了，小春根本受不了，指着插画问道："这个是什么？"她的声音都在发抖。

"她是女鬼，名叫阿文，如果你不听话的话，等天黑了她就会来找你。"阿道说这话的时候并不是打算吓唬小春的，只是随便说说，可是孩子年幼，听到这话脸都被吓青了，一下抱住阿道的腿放声大哭。

晚上，小春睡着之后突然在梦里大叫："阿文，是阿文！"

阿道见状后悔不已，知道是自己说话未经思索，才吓到了孩子，于是便把这本书还了回去。

可是自此之后小春的问题越来越严重，她每次睡着之后都会在梦里大叫着阿文，似乎是被困在了梦中一般。阿道也是越发担忧，每日都难以入眠，总觉得这便是住持所说的劫数的预告。

日有所思，夜有所梦，整日忧心不已的阿道，最终也梦到了阿文，而且情况越来越糟糕，直到最后难以收场，母女俩都难以入睡，命悬一线。

于是阿道决定按照住持的话做，她打包好行李，收拾了细软，要带着自己的女儿离开这里。临走之前，她想了很久，最终还是打算以小春每夜都在呼唤的阿文来编个故事，说家中闹鬼，这样她就不用说出离家出走的真正缘由了。

小幡听完之后，怒不可遏，指着眼泪汪汪的妻子骂道："你怎么如此蠢笨！"

K叔叔倒是觉得阿道做这一切都是出自对女儿的爱，所以纵然她的做法不符合其身份，但也情有可原。于是他赶紧出言调和，最终安抚住了小幡，让他原谅了阿道。

小幡再次询问K叔叔："这件事实在是太荒谬了，还是不要让松村知道，省得他笑话我们。不过我还是得向大众有一个合理的交代，你觉得应该怎么做才比较好呢？"

K叔叔略加思索后，提议让小幡把菩提寺的住持请过来，然后举办一场法事。这样在别人眼中，这场法事就是为了祷告祈福、驱邪避秽的。

后来，小春得到了专业医师的帮助，慢慢恢复正常了。之后所有人都在讨论觉得小幡家中不再闹鬼，都是归功于那场法事。而那个名叫阿文的女鬼终于彻底消失了，没有留下任何痕迹。

可惜，被蒙在鼓里的松村大人从此之后，对鬼神之事信以为真，也偷偷和自己的几位好友说过这件事，我叔父便是这样知道的。不过只有K叔叔知道这整件事的所有内幕。

K叔叔直到现在都很佩服半七的洞察力，他居然能在那么多《草双纸》中发现阿文的原型。但其当时应该是有所顾虑，因此没有道破净圆寺的那个住持要对阿道说那些话的原因。而半年之后，那人因为勾引妇女被寺庙赶了出去，最后被捕快带回了衙门。

阿道知晓这件事后非常震惊，若非半七及时发现真相，将她从悬崖边上拉了回来的话，那么她现在只怕已经为人所害，再无清白。

“这件事只有我、小幡、阿道三个人知道。小幡在明治维新之后便成为了新政府要员，拥有一个大好前程，因此今天晚上我告诉你的事，你可千万要保密。”

这是K叔叔今夜对我说的最后一句话。

七

故事落下帷幕后，屋外雨声渐疏。

院内的植被叶子也终于安静了下来。

那时候，我还是一个半大不小的孩子，所以只是把这件事当成一个趣闻而已。之后回忆起来才发现，半七在当时一定是一位高深莫测的探案高手，这件事于他而言应该只是小事一桩，我相信他一定还经历过更多有趣的事情。

转眼间，十年过去，我意外地结识了半七。当时，K 叔叔已经离世，半七也年逾古稀，七十有三，当真是位老人家了。不过我觉得他依然精神矍铄，老当益壮，总是能带给人惊喜。如今他收养的孩子开了一家商店，专门出售海外的一些杂货，而他便住在这山林之中，安享晚年。

我很幸运地成为了他的莫逆之交，因此我常在闲暇之时去看望他。他现在住在赤坂，生活不错，很是讲究。只要我说了要去拜访他，他便会为我提前准备好精致的点心和热茶。

在和半七的交谈之中，我了解了许多新奇之事，现在我的笔记本上记录的基本上都是他告诉我的故事。

我打算在这些故事中选出我最喜欢的几个，慢慢说给大家听。

第二章　奇怪的老虎

满腹狐疑的吉助将烟灰弹掉，却突然发现在暗处有一只用纸叠成的黄色小老虎，老虎的四肢很短，看着特别可爱。它正对着阿驹，似乎正在看着她。

一

初春时分，天气暖洋洋的，我挑了一天特地去看望半七老人。

半七推开窗，抬头仰望着高高的天空，说道：“今天天气可真不错，要不了几天外面的樱花就要开了吧？其实在以前，也就是江户时代，大家也基本上是去上野、向岛或是飞鸟山踏春赏花，和现在的人们差不多。只是当时还有一部分人会选择御殿山，毕竟那儿管理比较宽松，比上野自由些。大家不但能在那儿赏花游玩，还可以弹琴助兴，很是自在，所以御殿山比飞鸟山等地方更受欢迎。每年初春时期，处处都是人影，好像所有人都出门踏青了，热闹着呢。我也知道很多与赏花有关的事情，但是今天要跟你说的这件事，跟赏花的关系不算太大，所以我还是直接进入主题吧。”

听完这话，对接下来的故事我愈发兴致盎然。

二

文久二年三月，御野山的樱花开得正好。在品川一带有一家伊势屋，不过这并不是大家知道的那家非常出名的有鬼怪作祟的旅馆，虽然那家旅馆以此为噱头招揽了不少生意。品川的这家是一座青楼。

阿驹便是这家青楼的花魁，她的级别不高，不过“品川阿驹”这个花名还是有些名气的。某天夜里她在自己房内离奇死亡，那时，她不过二十二岁，这个年纪对于青楼里的姑娘而言是赚钱的最好年华。她虽然没有倾国倾城的姿色，但身材极好。她在接客时也会赠予对方一条手帕，上面有她的名字和“品川河童天王祭”的字样，这种别出心裁的赠予也让她得到了许多人的青睐。但她并非因此而出名，是之后发生的一件事，让所有人都记住了她。

这件事说起来当真是十分凑巧，就跟话本里写的一样。万延元年十月十三日早上，室积藤四郎带着自己的两名下属来到了本门寺。早上八点他们到达高轮海。

那时一家茶楼外坐着一个三十岁左右的男性正在换鞋，穿着十分得体。

藤四郎看到之后，便打算让手下将此人包围起来，因为这人名叫松藏，经常做些偷盗之事，正在被通缉。最近衙门风声紧，松藏就是想在这儿乔装打扮，然后逃出去躲一段时间。

在这里撞上松藏，对于捕快们来说，正是“踏破铁鞋无觅处，得来全不费工夫”。两个小捕快面露喜色大叫道：“你已经被抓了！”

可这个松藏却不甘束手就擒。原本在低头换鞋的他，听到捕快们的喊叫声后飞速地将手里的鞋扔出去，砸到捕快身上，然后以最快的速度跳了起来，踢翻了坐着的椅子，从怀里掏出匕首，反手一刀划破了一个捕快的额头。他的速度太快，那名捕快也没有反应过来，直接就被撂倒在地上了。另一人见势不妙，连忙冲上前去，想打下松藏的刀，可是松藏力气极大，直接划破了这个捕快左眉角。

鲜血喷涌而出，刀锋滑过眼睛，捕快视线受损，不敢贸然前进。另一个人也受了伤，暂时无法行动。藤四郎没有办法，只能自己动手，他先从身后拿出了棍子，然后大喊一声，直直地向松藏扑去。

松藏见状，往后一躲，缩起身子逃过一劫，然后立马转身向后跑去。

藤四郎紧随其后，二人你追我赶，纠缠了大半条街。藤四郎虽然已经五十多岁了，但体力充沛，更何况松藏现在只穿了一只鞋，模样狼狈，根本无法全力逃跑，所以松藏一直没能将藤四郎甩开。他俩一直跑到了品川驿站旁边，松藏被逼到极限了，他突然停下，然后回身举刀砍向藤四郎。

街道两侧的路人们见状皆是愤愤不平，可碍于松藏手上拿着一把刀，而且已是疯癫状态，所有人没有一个人敢出头帮忙，只好站在旁边为藤四郎加油助威。不过藤四郎自己倒是也能对付现在的局面。两个人交手了数个回合后，藤四郎一个不留神踩到了地上的水坑，身形不稳，脚底一滑，直接跪倒在地，松藏抓住机会，打算扑上去直接砍人，却突然听到了一个声音，立马停了下来。

只见旁边二楼的窗户中飞出一只草鞋，以破风之势打在了松藏的眼睛上。虽然没有实质性的伤害，却也让松藏短时间内无法睁眼，给了藤四郎反转的机会，他咻地站了起来，抬手一棍将松藏手中的刀打在地上，然后成功逮捕了他。

二楼窗内站着的便是阿驹，这草鞋也是她丢出来的。那时候她刚接待完一个客人，打算将房间整理一下，就听到窗外街上十分吵闹，于是便和朋友去二楼看看到底发生了什么。她见藤四郎就要被松藏伤害，情急之下便将脚下的草鞋脱了下来，从窗户砸向松藏，没想到竟然成功砸到了。

在江户时代只要帮助捕快捉拿犯人，就会得到衙门的奖励，有多大功就领多少赏。而阿驹这样一个青楼女子，身份卑微，却能在紧要关头帮助捕快抓到罪犯，实在是让所有人刮目相看。町奉行所在得知阿驹的义举之后便奖励了她两贯钱。

阿驹在老鸨的陪伴下去领了赏钱。有史以来能得到衙门赏银的青楼女子本就不多，而且这事又充满了戏剧性，所以很快就传开了，周边的人都知道且记住了“阿驹”这个名字。一些年轻人纷纷来到伊势屋想见阿驹一面，其中也不乏想和她共赴巫山云雨之人。更有甚者出不起钱买阿驹，便点了青楼的其他姑娘，只希望可以趁机见到阿驹一面。于是，来伊势屋的人越来越多，每日都客满为患。

二十岁的阿驹之前一直默默无闻，却因这件事摇身一变成为了青楼花魁，而且还让这里日进斗金，简直是伊势屋的福星。

可谁承想，她会在三年后莫名其妙地死在了自己的屋内。一时间，伊势屋的所有人都不知所措，之前总来这儿光顾的客人也感觉匪夷所思。

阿驹是在凌晨一点被发现死在屋内的。这天她一共招待了三个人，最后在她房内留宿的是绸缎铺下总屋的老板吉助。这家绸缎铺位于源助町，而且规定凡是铺子里的人只要外出，最晚也要在半夜前回去。吉助之前常来找阿驹，因此阿驹也知道他们铺子的规矩，每次在半夜前都会叫醒他。可是这天晚上他们喝了些酒，醉醺醺地睡着了。吉助半夜醒来时意识尚未完全恢复，昏昏沉沉的，便去找了点水喝，然后坐在椅子上抽烟，这才终于醒了神。他侧耳一听，整个二楼都没有什么声响了，于是意识到自己应该是睡过头了，便连忙推了推阿驹，说道：“你快醒醒，帮我找个轿子，我得赶紧回铺子里去。”可是阿驹并没有任何反应。

吉助只觉得奇怪，以往阿驹都会准时叫醒他，今天居然比他睡得还熟。满腹狐疑的吉助将烟灰弹掉，却突然发现在暗处有一只用纸叠成的黄色小老虎，老虎的四肢很短，看着特别可爱。而它正对着阿驹，似乎正在看着她。

吉助记得他今天来的时候是没有这东西的，心中更加不解。他伸手拿过纸老虎上下打量了一番，谁承想这只老虎居然开始摇头，竟像是有生命一般。

吉助又伸手推阿驹，想叫醒她问问到底发生了什么。此时他才惊觉阿驹已经死了，而且还是被人勒死的。

他被吓了一跳，赶紧将手上的老虎扔了出去，然后跑到屋外大声呼救。

楼里的人很快就聚集在一起，并且去衙门报案了。品川当时由代官管辖，因此最先赶来的也是一个代官，名叫伊奈半左卫门。但是因为这件事实在是太离奇了，所以最后还是叫来了捕快们。虽然阿驹的尸体被发现时，脖子上没有任何东西，只留下了一些伤痕，但是仵作检查尸体之后，确定阿驹就是被勒死的，凶器应该是手巾或者绳子一类的东西。

吉助一直坚称自己当时喝醉了睡得很熟，所以根本没有察觉到身边有任何动静，也不知道阿驹是什么时候死的。可他们二人毕竟是同床共枕，因此就算他一直叫冤，但是在没有拿出确凿证据证明他与此事无关前他都是嫌疑人之一。吉助只好跟着捕快去办事处配合调查。除此之外，这天找过阿驹的另外两个人也被捕快传讯了。

藤四郎在知道这件事后，想到阿驹曾经出手相助于他，便觉得很是遗憾，又想着这个姑娘现在死于非命，心中百感交集。因此他找到了半七，请他帮忙调查这件事情，希望能还阿驹一个公道。

半七也理解藤四郎现在的心情，二话不说便应下了此事。在和藤四郎分开之后，他立马就去了伊势屋，打算了解一下相关情况。他到了之后发现有一个杂工在店里，名唤与七。半七便和他搭话，开口问道："听说阿驹姑娘去世了？这实在是太遗憾了。"

"对呀，这事发生得太突然了！老鸨现在也是不知所措，只希望衙门那边可以赶紧抓到真凶，给阿驹姑娘报仇。"

"这姑娘虽然沦落风尘，但是聪明伶俐，还得到过赏赐。官方一定会特别关注这件事的。可她发生意外的那天，难道没有其他特殊之处吗？什么线索都没有吗？”

“如果真的有的话，那可就太好了。现在大家都在怀疑绸缎铺的老板，可他也不是初来乍到，我们都很了解他的品性，他虽然喜欢流连风月场所，但除非他疯了，否则是肯定没有胆子去杀人越货，做出这么恐怖的事情。而且他与阿驹往日无冤、近日无仇的，何苦要害她呢？”

“你说的也有道理。话说，你对那个老板还有什么了解？”

“这人吧，今年也要满四十岁了，平时爱喝点小酒，但是出手非常大方，性格也是极好的，一直都没有跟阿驹吵过架，每次过来找她的时候都很和谐，阿驹对他挺满意的。可是今年三月前后，他似乎挺忙的，所以直到昨天才过来，这还是他今年第一次来呢。按说他和阿驹睡在一张床上，却不知道枕边人没了，这的确让人怀疑；不过那时候他也喝醉了，睡死过去也是可能的。要我说啊，这件事若非他做的，那么凶手肯定是在他们都睡熟后偷偷进去，勒死了阿驹。”

“可能吧。”半七认为与七的说法倒有几分道理，思索之后又问道，“阿驹在你们这儿是不是还有其他朋友？”

“当然是有的啊，这儿的人都挺喜欢她的，但是她的好朋友应该是阿定吧，那是她手下的见习妓女。虽然阿定去年才来，不过阿驹跟她亲如姐妹，这次阿驹死了，阿定也是茶饭不思，神思抑郁，每天就傻傻坐在那儿。”

“烦请你帮我个忙，叫阿定出来。”

“好嘞。”与七说完之后便去找阿定，将她带了过来。

阿定看上去应该有二十五岁了，年长于阿驹；她此时双眼红肿，面容憔悴，应当是哭了很久。她虽然肤色偏黑，头发不多，但是长了一张圆脸，也还算漂亮。半七一看，便知此人平日里也是争强好胜的。

半七先是安慰道：“斯人已去，还望生者节哀。”随后又问，“但你与阿驹是闺中密友，如今她离奇死亡，你是否有话想告诉我？”

“谢谢……”阿定又被半七的话惹哭了，泫然欲泣，“我没有什么话要说，我根本不知道发生了什么，只是觉得自己像是做了个噩梦……阿驹怎么会就这么走了……”

半七继续问道：“有人说她死时枕边放了只黄色的纸老虎，你可知这事儿？”

可是阿定哭得人事不知，根本说不出话来，倒是旁边的与七插嘴道：“是这样的。”

“那只纸老虎现在在何处？”

“应该是掌柜的收着呢，您想看吗？”

“是，劳烦带我过去。”

与七先去跟掌柜的说了一声，在他同意后才把半七带过去。

三

发生了这种事情，青楼掌柜的脸色也不好。半七拿了纸老虎，仔细端详，找到上面有一个洞，看上去应该是穿线用的；老虎头也是可以活动的，一晃就会左右摇摆，这应该是龟户那边的特色。

“这只纸老虎恐怕不是阿驹的吧。”

老板回答道：“我以前没有看过她有这种东西，想来应当不是她的。不过我也不知道这只老虎是哪来的，因为我们这里也没有人喜欢折这些东西。”

“既然如此，那暂且先放在你这儿吧。”半七把纸老虎还给了老板，又叮嘱道，“这可是重要的物证，你一定要小心保管。”

“您放心，我一定会加倍小心。”

半七又问与七：“我想再去阿驹的屋里看一看，能麻烦你给我带路吗？”

“走吧，我带您过去。”

他们一前一后上了二楼，把这里看了一遍，没有发现什么特别之处。阿驹的屋子面积不小，外面有三张榻榻米，里面还有六张，屋内还有一扇窗户，其样式是吉源最为流行的一款。窗子没有任何毁坏，应该是无人从这里闯入。

半七开口问道：“这窗户是否修葺过？”

“对，是去年修的。”

半七推开窗看向窗外，只见下面有一面又低又矮的石墙，然后再向外看去，便是大海。今天的天气很不错，海水在慢慢退去，石墙根下有许多枯枝烂叶和碎陶瓷片，应该是海水涨潮时冲上来的。

半七眼神极好，他看了看墙角突然问道：“阿驹有几双草鞋？”

“两双吧。”

“全部在这间屋子里吗？”

“应该是吧。”

“了解了，谢谢你。对了，我还想去后门看看，就是石墙那里。”

“好，那我带您过去。”

两人从二楼来到了后门，一推开门便能看到那堵石墙。半七让与七站在原地，然后自己走到了石墙旁边，从一堆垃圾中翻出了一只草鞋，它就夹在石头后面。

半七拿着这只湿透了的草鞋，走到与七面前问他：“这只鞋是不是阿驹的？”

与七为难道：“我也不知道啊……”

半七觉得似乎上面有道目光紧随着他，于是突然抬头，原来是他之前见过面的阿定。

半七举起鞋又问阿定：“你认识它吗？”

“隔得有些远，我看不真切，我这就过来，您稍候。”阿定边说边下楼，走到了后门这儿。

半七将鞋子递给她，说："你认真看看。"

"对，这就是阿驹的，而且还是她之前用来打了松藏的那只。上回她拿了赏钱之后，便对这只鞋视若珍宝，平日里把它放在一块浅蓝色的布中仔细包好，然后锁在衣柜里，都不让旁人碰。哪怕是我也就只在去年大扫除的时候见过一次。"

半七有些不解，问道："这种草鞋是常见款式，你怎么确定就一定是她的？"

"因为每只草鞋鞋带的摩擦情况是不一样的，所以我敢肯定这就是阿驹的鞋。"

"行，那我们再回阿驹的屋子里确认一下吧。"

半七打开了阿驹的衣柜，真的在里面找到了一个浅蓝色布包，打开一看，发现里面没有草鞋。由此可见，阿定说的是真的，这只草鞋果然是阿驹的。

看来是有人偷走了这双鞋，然后从窗户丢了出去，掉到了石墙下。

半七喃喃自语道："但是，阿驹不可能只收藏了这一只鞋子吧，另一只在哪儿呢？"他想了想又对与七说道，"我还想再去后门石墙边确认一下，又得麻烦你了。"

于是二人又来到了石墙边，仔细找寻了一番，但还是没有找到另一只草鞋。

与七说道："会不会是海水退潮的时候把另一只鞋子带走了？"

半七点点头："你说的也有可能，因为这只鞋是被卡在了石头间，所以才会被我们找到。"

可是，他始终觉得有些地方不对劲。但折腾到现在基本已经调查完了，再留下去也没有新的线索，所以他将草鞋交给了与七，请他仔细保管，随后便走了。

在回去的路上，半七一直在思考，那只黄色的纸老虎和这只草鞋之间究竟有什么关联？可是他想了许久也得不出答案。到了办事处后，有人告诉他吉助还是称自己对这件事一无所知，加上他平日里脾气也好，根本不像是会杀人的人，所以就只能先放他回家了。

那一日找过阿驹的另外两个人也因为证据不足被释放。

半七在第二天便找到藤四郎，将这些情况告诉了他。他听到之后很是心急，便催促半七加快进度。半七答应之后又找到了自己的下属多吉，请他帮忙去查一些东西。

最近的天气总是反复无常，一会儿热一会儿冷的，上午还阴雨绵绵，下午就艳阳高照。

这天早上，空中飘着细雨。半七在早上六点的时候起床洗漱，与七却火急火燎地跑了进来，说道："出事儿了！"

"发生了什么？你先进来慢慢告诉我。"

与七慌慌张张道："我就不进去了，这事情发生得太突然了，我便想着赶紧来告诉你一声。就在早上四点，我们发现阿浪逃跑了，虽然不知道她逃跑的具体时间，但应该是在昨晚一两点之后。"

"谁是阿浪？"

"也是我们那儿的一个妓女，名气和阿驹不相上下。所以她之前也很嫉妒阿驹，总是挑她的刺儿。不过阿驹从来不跟她计较，因此两个人也没有发生过矛盾。我们掌柜的认为阿浪逃走肯定是有原因的，所以让我赶紧来跟您说一下。对了，那只纸老虎也不在了，不知道是不是被阿浪拿走了。"

"它在哪儿不见的？"

"因为您说这只纸老虎至关重要，而且它又算是阿驹的遗物，所以掌柜的之前把它放在佛龛里，可现在不在了。"

"怎么会放在这么明显的地方呢？"半七有些恼，"算了，东西已经不在了，也不好再说些什么。对了，你们是什么时候发现纸老虎不在的？"

"昨天晚上，可具体是什么时间就不知道了。"

"阿浪是不是有相好之人？"

“我也不知道呀，但是她近来总是以身体不好为由，不爱接客。最初我们也没有在意这事，直到她昨天跑了，而且纸老虎也不在了，我们才觉得不对劲。”

“那你们还丢了其他东西吗？”

“没有了。”

“行，我了解了，你放心，我会尽快让此事真相大白的。”

“全靠您了。”

与七该说的都说完了，所以也就告辞返回了。

一只草鞋、莫名其妙的纸老虎、逃跑的阿浪……还真是有趣。半七将所有事重新复盘，想到了一种可能性，那就是阿浪因为嫉妒阿驹，所以趁着月黑风高时勒死了她。阿浪本想装出一副什么事儿都没发生的样子，但是做贼心虚，她也不敢继续留在那里，所以只能半夜逃跑。

根据妓女们的心态来看，这也不无可能。可是阿浪逃走的时候为何要带走那只纸老虎呢?

这是破案的关键之处，若是找不到答案，那么也就找不到案件的真相。

多吉在下午的时候回来了，但是他的脸色并不好，可能是因为没有圆满完成任务吧。但他还是将自己查到的东西告诉了半七。

“你做得很好。一切都差不多了，只需要再做一件事。”半七叮嘱了几句便让多吉回去了。

今天的雨一直下到了黄昏时分还不见停。半七只能冒雨去了伊势屋。

站在门口的阿定看到半七之后热情招呼道：“晚上好呀，您又来了。”

半七收好雨伞，回道：“是呀，这雨可真大。对了，阿浪是不是不在了？”

“是的，也不知道最近到底是怎么了，接二连三地出事。他们都说阿浪之所以逃跑，是因为她杀了阿驹之后良心不安。”

半七笑道：“真的是胡说八道啊。这是不可能的。”

阿定听到这话有些不安，便偷偷看了看半七的表情，问道：“真的吗?

您怎么知道？”

“我也不确定，但我认为阿浪就算是嫉妒阿驹，也不可能真的就因为这事儿杀了她吧。”

“您说得对。”

“再等等吧，很快就会水落石出了。我一定会给阿驹报仇的。”

“那实在是太好了。”阿定边说边抬手，用衣袖擦掉了眼角的泪水。

半七进屋之后直接找到了掌柜的。在经历了这些事情后，掌柜的脸色更加难看。半七先是问了一些问题，然后安慰道：“你且放心，我心中已有大致方向。阿定晚上是不是不住在伊势屋里？你知不知道她住哪儿？”

“对，她虽然在这里也有房间，但还是在外面租了一间房，不常住这儿。她租的房就在旁边，就是酒楼旁的巷子里。那房东年事已高，靠着给人洗衣服维持生计。”

“我现在得去阿定租的房间里调查一下，但你得帮我保密。”

“为什么？难道她也出事了？”

“现在还不好说，等我去查清楚了再告诉你。”

四

半七出去之后用了不到三十分钟便回来了，而且还带回了一只草鞋，那是他在阿定住处找到的，跟之前找到的那一只是一双。

掌柜的看到这双鞋后瞬间不再言语。

与七倒是大吃一惊，问道：“这是在阿定家找到的吗？究竟是怎么回事？”

半七道：“稍后我会把这件事情的所有内幕都告诉你们，不过现在你先帮我把阿定叫过来吧。”

与七听到这话面露难色，说道："现在可能不太方便吧，因为她刚刚才接了一个客人，上了二楼。"

半七立马反应过来："糟糕了！你赶紧去看看她是不是逃跑了！"

与七赶紧跑到二楼一看，阿定真的不在了。半七虽然知道阿定应该不会跑回家，但还是抱着最后一线希望去了她租的房子，可人果真不在。

半七还去旁边的酒楼打听了一下，可酒楼掌柜的也说没有见过阿定。

半七只能找到房东太太，问道："最近阿定经常去哪些地方呀？有没有人来找过她呢？"

房东太太想了想，回答道："她平时很少出门的，就是每个月会固定去千注的寺庙拜佛，平日里我也没见有谁来找过她。"

半七实在不愿意竹篮打水一场空，于是追问道："没有任何人来找过她吗？"

"我再想想啊……"房东太太仔细回想了一下，说，"好像在一个多月前有个男的来找过她，看上去四十多岁吧，估计是做生意的。不过他没有进屋，只是把阿定叫了出去，两个人就站在门口那儿说话，没说几句阿定就和他一起离开了，我也不知道他们去了哪儿。"

半七又让房东太太告诉他那个男人的穿着和长相，然后便离开了。他先是去旁边的饭店吃了饭，随后打算去源助町。

在他动身前雨已经停了，于是他把衣服塞进裤子里，然后提着伞，走在街道旁。

可他没想到刚走到神明前大街，自己的鞋带就断了。半七看了看周边，现在只有一家饺子铺还开着，好在他之前也常来这里，跟里面的伙计都很熟，所以便直接走了进去。

一个正在低头系鞋带的年轻轿夫，感觉到有人过来便抬头看了看，发现来者是半七后笑着招呼："哟，您来了，好久不见了。咦，您的鞋带也断了？"

“对啊，可真的是流年不利，得亏我没摔跤，能麻烦你给我找根绳子或者布条吗？”

坐在一旁炉子边的轿夫听到这话应声道：“好嘞，我现在去给您拿。”然后便到铺子里去拿了一条麻绳。他走到半七身边，蹲下来说道：“我来帮您修鞋子吧。”

“不用了，我鞋上全是泥巴，到时候别把你手给弄脏了。”

“没事儿。”

他们正说着话呢，半七不经意抬头却看到门口还站了一个人，那人撑着伞看上去有些奇怪。

半七便问轿夫：“这人是谁？你们店里的熟客？”

“他是吉助，下总屋的老板。”

原来他就是那晚最后见到阿驹的人。

半七兴致陡升。他在心里默默推测道：依照常理推断，这个人还是嫌疑犯之一，应该被人监视着，怎么会在这个时候私自出门？

半七此时也不打算将私自出门、破坏规矩的吉助逮捕，只是压低了声音问轿夫：“这个人要去哪里？”

“高轮大门呗。”

就在他们说话的时候，另一个轿夫已经准备好轿子，于是吉助把伞一收进了轿子。

此时，月上云头，淡淡月光洒落，让人可以勉强看清周边。

半七赶紧对旁边的人说道：“麻烦你快帮我备轿，就跟着那人。”

这里的人都知道半七是做什么的，因此连忙按照他的吩咐去做了。于是，半七就跟在吉助后面，两顶轿子大概相距五十米远。

吉助的轿子在海边的一家茶馆门前停了下来，半七也赶紧让轿夫落脚，然后自己偷偷跟了上去。

现在已经是晚上八点钟了，大多数茶馆都已关门歇业。吉助从轿子上下来之后便径直走向一处光线较暗之地，而且其间一直东张西望，十分可疑。也不知他在何时给自己戴了一张手帕，以此蒙面。

他没过多久便说道："最近几天我一直被监视着，出趟门可太难了。我为了甩掉跟踪我的人，可是特意从神明前那边绕过来的。"

"可真急死我了！我在这里一边等你一边想你会不会就是在骗我……但就算你真的是在骗我，我又能怎么办呢？"这个声音是阿定的。

半七便躲在一旁，仔细听着二人的谈话。

只听吉助说道："我肯定不会骗你的。不过，你真的想离开这里吗？"

"我原本也没这个打算，可是那人实在是太烦了，非要插手这件事。我真的是怕了，我不想被他抓回去，这才求到你。可你呢，还是这样一副事不关己的样子。"

"谁说的，我一直都很担心你啊。可无奈他们现在已经开始怀疑你了，你这一跑，只怕在他们心中，你的嫌疑就更大了！"

"事已至此，你还在迟疑什么？他们现在根本就不是怀疑我，而是要给我定罪了！莫不是你真的想看我被推到断头台上，人头落地？"

"你在胡说些什么啊！我不可能这么想的。罢了，既然如此，我就听你的。你想去哪儿？"

"去骏府，我在那儿还有个朋友，他会收留我的。在这次风波过去之前，我应该都会留在那里；等风头过去了，我再找其他容身之所吧。我们现在得赶紧走。"

"我这个……我是真的想与你一起私奔的，可若是现在跑路的话，我们还得准备很多东西，我身上的钱不多了。"

"钱不多了？我不是要你把全部家当都带上吗？"阿定听到吉助这话，瞬间慌了，"你是不是在逗我呢？你身上肯定有很多钱，对吧？"

"我身上就只有八两多的银子，全身上加起来也没有十两。这样吧，你先拿着这些钱走，我且回去凑钱，然后再去追你。你放心，我绝对不会骗你的。只要我凑够了钱，我就来找你。”

阿定冷笑道：“放心？哼，我怎么能放心？你根本就是想用这几两碎银子打发我！你死心吧，我一定会一直缠着你的，决不会轻易放过你！谁让你喜欢我呢，你就认命吧！”

“你在胡思乱想什么呢！我哪是这种人？这次真是太匆忙了，我一时间凑不到钱。你若是不信我，我把钱袋给你，你自己看吧。”

之后二人皆不言语了。只听到一阵翻动衣服的声音，应该是吉助翻出了钱袋，然后在低头数钱。紧接着便是一个凳子落地的声响，还夹杂着男子濒死发出的痛苦呻吟。

半七连忙跑了过去，和正要逃跑的阿定撞了个正着。阿定看到半七后，拼命逃跑，半七则一直追在她身后。

不过跑了百米，半七便抓到了阿定，只是阿定疯狂抵抗，对着半七又抓又咬。半七费了好一番功夫才将她制服，然后带回了办事处。

阿定落网之后也不再狡辩，很快就告诉了大家案件的真相。

五

阿定本来是板桥宿驿的妓女，品级很低，松藏则是她的老相好。为了逃脱青楼，阿定骗了一个有钱人为她赎身，随后找了个机会逃跑去找了松藏。二人便这样生活了一年，日子倒还算安稳。可当时风声很紧，身为通缉犯的松藏便想着先离开江户，可谁承想最后还是在阿驹的帮助下被藤四郎抓住了，之后也被判了死刑。

阿定知道这事之后便打算给松藏报仇。可藤四郎是衙门捕快，缉拿罪犯是其应尽之责，这事严格说来也不怪他。于是阿定就将全部的恨意转嫁到了阿驹身上，觉得就是因为阿驹多管闲事才害死了松藏。

阿定在松藏伏法后，将他的尸体带回并且葬在了寺庙中，所以她每个月都会去寺庙一趟，只是她并不像房东太太说的那样，去参佛许愿，而是祭奠亡夫。

阿驹是个妓女，阿定若想报仇，只能先潜伏在她身边。不过，阿定本就出身青楼，所以重新为妓也不是什么难事。她找了个人帮忙，混进了伊势屋，成功留在了阿驹这里，做了她的见习妓女。阿驹并不知道阿定的过去和来意，因此将阿定当作自己的姐妹，对她极好。因此才会给她看自己视若珍宝的那双草鞋。

阿定的初步计划已经成功了，她是可以直接杀死阿驹的，但是这样的话她自己也逃不了，她现在虽然想报仇，但并不想牵连自己，所以她一直不知道应该怎么下手。就在阿定一筹莫展之际，吉助来了。吉助经常来找阿驹，但因为阿定是阿驹的见习妓女，所以也常和阿定来往。阿定本就有青楼经验，勾引男人更是一把好手，她略施小计便让吉助为她神魂颠倒，成为了她的裙下之臣。

三月十二日，是松藏被抓的日子，而吉助又在晚上来找阿驹了，这对于阿定来说便是动手的最佳时机。她先是在晚饭席上使出浑身解数将阿驹和吉助灌醉，然后等他们睡熟了偷偷潜入阿驹的房间，拿绳子勒死了阿驹。可是阿驹拼命挣扎，吵醒了一旁的吉助。吉助看到这一幕被吓得魂不附体，根本不知道该怎么办才好。于是阿定先礼后兵，哭得梨花带雨，希望吉助可以帮她隐瞒此事，而后又故意威胁，告诉吉助只要他将这件事告诉别人，她就说是受了吉助指使才这么做的。吉助原本就更喜欢阿定，所以还是向她妥协了。

阿定在勒死阿驹之后便从她的衣柜里拿出了那双草鞋，然后将其中一只扔出了窗外，自己则留下了另一只。做完这一切后，她偷偷离开，吉助这才出门叫人。

其实，阿定布的这个局本是天衣无缝，奈何她自己做贼心虚，怕被人发现。在半七找到了那只草鞋之后，她更是忧愁不已，害怕成为阶下囚。她虽然当着半七的面确认那鞋子是阿驹的，但还觉不够，便挑唆阿浪，让她逃走，以此来迷惑半七。而阿浪知道所有人都知晓她嫉妒阿驹，自己的嫌疑本就极大，再加上她最近身子越来越不好，也厌倦了接客之事，所以便听了阿定的挑拨之言，连夜逃跑了。

然而，半七从来都没有将阿浪列为怀疑对象，他的调查重点一直是放在阿定身上的。

阿定也感觉到半七对她的怀疑了，于是更加忐忑，又怕吉助会出卖她，把所有事情都说出来。因此她找了个机会去下总屋，在见到吉助之后，便让他备好银钱，入夜之后到高轮找她，然后二人私奔离开这里。可她万万没想到吉助是个穷鬼，而且也不是真心想和她远走高飞。她其实并不在乎吉助的心思，自己走也更方便，但是把吉助留在江户，她总害怕这人会出卖她。于是她便趁着吉助低头数钱的时候，拿自己的手帕从背后勒死了他。

奉行所的捕快听完阿定的话后，不解地问道："你想为自己的丈夫报仇，这本也是情理之中的事情。可你为什么不在杀死阿驹之后来找我们自首呢？"

阿定哭着说道："可若是我也死了，那谁还记得松藏，谁还会管他呢？"

在江户时代，若是阿定在杀了阿驹后就收手，没有做之后的一系列事情的话，或许她最后也不会获罪。然而，阿驹是帮助捕快抓到了在逃的通缉犯松藏，是见义勇为之举，阿定本就不该找她寻仇。此外，阿定为了掩饰自己的罪行还杀死了吉助，实在是罪大恶极。所以奉行所最终还是判了她游街示众，秋后问斩。

"与报仇相关的故事真的不少，但其中大部分是犯罪集团惩罚叛徒的情节。阿定这样一个女子，为夫寻仇之事实在是罕见。"半七老人如是说道，"我其实最先怀疑的就是她。因为我找到那只草鞋后，根据它的磨损程度断定这是右脚的鞋子，可是阿驹砸松藏用的草鞋是左脚的，这实在是很可疑。不过，也不排除凶手是将一双鞋都扔了出来，只是另外一只鞋被海浪冲走了的可能性。但除此之外，就只能说明行凶之人对这鞋有不一样的情感，所以才会丢了一只又留了一只，而且留下的还是砸松藏的左鞋。因此，我猜想这人肯定和松藏有关系。”

“原来如此。可是那只纸老虎和这草鞋又有什么关联呢？”

“刚开始我也没想通这一点，不过我的直觉告诉我这肯定也和松藏有关，于是我就叫多吉去奉行所查了查松藏的生平，这才发现，松藏是虎年出生的。这一点让我确信，凶手肯定是拿这只纸老虎代替松藏的灵位，所以才把它放在阿驹尸体前。由此可见，凶手肯定和松藏关系匪浅。我便顺藤摸瓜，继续调查。阿驹屋子的窗户完好，可知是没有外人闯入的，那么当天晚上能去阿驹房间的不是伊势屋的人，就是阿驹的三位恩客。阿定是阿驹的见习妓女，我自然也会怀疑她。而且我后来知道她和阿驹亲如姐妹，就更加留意她了。毕竟，在这种风月场所，很少有花魁会亲近自己的见习妓女，更何况阿定在阿驹死后所表现出的样子实在是有些夸张了。至关重要的一点是，阿定是在松藏伏法之后才来这里的，这让她的嫌疑更大了。所以我把阿定列为重点怀疑对象，最终查到了她。”

“那纸老虎也是她拿走的？”

“是的，她应该是真的把那纸老虎当作是松藏的灵牌了。若非罪行败露，她还想把这只纸老虎埋在松藏墓里。她在死之前的最后一个愿望也是跟这纸老虎有关系——她希望可以拿纸折一串念珠，然后把纸老虎串在上面。奉行所觉得她也实在可怜，便答应了她的这个要求。据说，她在游街时、在上断头台后，都是满脸笑容，十分高兴的。”

第三章　猫妖婆婆

母亲若是不看便罢了，偏回头去看，结果被吓了一大跳，浑身起鸡皮疙瘩。她看到一只全身雪白的猫正站在阿卷家的屋顶上，前腿伸直立着，后腿站立，尾巴垂着，宛如醉酒一般摇摇晃晃地走到了屋顶尽头，忽然就不见了。

一

草长莺飞的二月，天气很好的一天，我决定去拜访半七老人。

我来时已经到中午了。半七老人带着他养的公三毛猫正坐在走廊里享受阳光，顺便给猫顺毛。

阳光洒下来，一个嘴角带笑的老人，一只皮毛顺滑的猫，实在是让人忍不住夸赞："这猫可真乖啊。"

"过奖了。它现在年纪不大，都没学会抓老鼠呢。"

老人笑着说道："但现在的年纪，确实可爱啊。"他还没说完话，对面屋顶上便响起了猫叫声，还能听到瓦片声响。四周安静，这声音也就显得格外响亮。但在这个季节了，出现这种声音也很正常。

半七抬头看了看，有些惋惜地说道："再过段时间它也会这样的。人们最初在唱和歌的时候也会模仿这些猫，大家称呼这种行为为‘猫恋’。可我不怎么喜欢这个称呼，每次听到我都会想到传闻中的各种猫妖。还有就是，一旦猫长大了，也就没这么可爱了，有时候还会让人觉得害怕和讨厌呢。”

我含糊应和道：“对呀，我也听到过许多猫妖的故事，可惜从未亲身经历过。谁也不知道它们是不是真的存在呢。”

说实话，我本人确实是不相信这些妖怪传闻的，但是我想，半七活了这么多年，见识过各种事件，或许真的见到过这种事呢。要是我直接就说了自己的判断，他拿出故事反驳，我肯定会很尴尬的。

不过，半七之后说的话证明我实在是想多了，他也没有遇到过这些事情。“你说得对，我也是这种想法。这些传言跨越了这么多年，根本是难辨真假。我之前也听到过一些奇怪事情，不过谁也不知道这些事情究竟是不是真的与猫相关。有件事是真的，而且还死了两个人，只是我没有亲眼看见罢了。”老人边说边把腿上的小猫抱了下去，然后一本正经地看着我。

“你是说有猫杀了人？”

小猫扒拉着老人的裤脚，老人一边赶猫，一边跟我说道：“准确来说，猫是没有杀人的。只是这件事确实很传奇，我来跟你讲讲吧。”

二

这件事是这样的。

当时是文久三年的九月二十一日，芝神明宫那里正在举办集市。这原本是一件让人开心的热闹事，然而就在集市开始的第二天晚上，阿卷老太太忽然死在了后巷的一个破烂的院子里。

阿卷出生于宽政申年，到今年正好是六十六岁了，她这一辈子基本未曾美满过。她年轻时嫁了人，生了五个孩子，但是丈夫在她四十多岁的时候就撒手人寰，留下她一人抚养孩子们。可是这些孩子也都很折腾人。大女儿在店里工作的时候跟一个男人私奔了，直到现在也下落不明，没人知道和她相关的消息；二儿子在下河游水的时候不慎溺毙；三儿子死于麻疹；四儿子手脚不干净，被逐出家门。现在阿卷身边只剩下小儿子七之助，母子二人相依为命。七之助是个孝顺孩子，从小便会在外面做工赚钱，减轻母亲的负担。所以，他们的日子倒也不算难过。

所有人都说阿卷好福气，有这么一个孝顺听话的孩子。

就这样，七之助慢慢长大，大家对阿卷的感情也从之前的同情、怜悯转变成了羡慕。

今年，七之助刚满二十岁，一直在卖鱼赚钱。他平日里踏实肯干，节俭朴素，手脚麻利。周围的人都很喜欢他，常来光顾他的生意。因此，他每日的收入也还不错。

不过，时间一长，大家对阿卷的态度越来越差了。实际上，阿卷也没做什么坏事，平日里更不会得罪人，只是她太爱养猫了，从年轻时就是如此，现在更是爱猫。她家院子很小，但养了五六只猫。但若只是如此，大家也不会对她生出厌恶之情，毕竟这只是阿卷自己的爱好，又是在自己家里养猫，也没有占别人家的地盘，他人也不好干涉。纵然有人会觉得不适，但只要猫不跑到他们院子里，他们也不会多说什么。

可坏就坏在，这些猫总是要去别人家的院子捣乱，它们根本不能安静老实地待在自己家里。而且，哪怕阿卷给它们准备了一堆食物，它们还是会跑到邻居家，去厨房偷吃东西。猫的本性就是如此，极难改变。刚开始的时候，大家还是能容忍的，但是次数多了，就算是大罗神仙也没了好脾气。哪怕阿卷和七之助每次都会亲自登门道歉，也无济于事。消失的东西不会再回来，馋嘴的猫也难移本性。

日子久了，大家也被折腾得够呛，有些牙尖之人甚至给阿卷起了个外号——猫婆婆。现在已经不知道始作俑者是谁了，只知道所有人都这么叫起来了。没有人知道阿卷在听到这个外号的时候会是什么感想，但身为人子的七之助是肯定不乐意别人这么称呼自己母亲的。奈何他是个好脾气的人，既不能因此和邻居理论，又不好开口让母亲放弃养猫，只能先这样将就着过日子，家里养着猫，外面卖着鱼，每天准时回家。

过了一段时间，大家觉得七之助有些奇怪，因为他每天回家的时候鱼篓里都还有几条鱼。可他每天生意都特别好，应该是不会有剩余的货品。于是便有人忍不住问他："七之助，你为何每天都会有剩鱼呢？是因为卖不出去？"

"不是，这是我留着给猫吃的。"七之助略显尴尬，"母亲嘱咐我每日都要记得给猫留几条鱼。"

大家不免震惊道："这也太暴殄天物了吧！这么好的鱼居然给猫吃！"

很快，这件事便传开了，人们都很心疼七之助，同时也觉得阿卷实在是过分，因此更不喜欢她了。之前大家本就因为猫的问题有些排斥阿卷，现在则直接厌恶她的存在了。

"七之助也是好脾气了，居然放任那个猫婆婆拿这么好的鱼去喂猫。猫婆婆也是，满心只有她的那些猫，都不想想这么做会让七之助损失多少钱，真的是荒谬！这孩子那么努力，却没多少收获，实在是太可怜了。"

大家之所以会这么讨厌那些猫也是有原因的。因为它们现在越来越过分了，不仅随时随地跑到别人家里捣乱，而且还会直接抓破窗户纸，跑到屋子里偷鱼吃，然后再一个劲儿地叫唤，招人烦。

住在阿卷家南边的人忍受不了，搬家走了；北边的木匠妻子也不堪其扰，天天吵着让木匠搬家。

于是有人提出建议："这些猫不但让七之助为难，而且也让所有人都无法安生，还是将它们赶走吧。"

一直被这些猫所骚扰的人都同意这样做，但大家也明白阿卷肯定不会答应的，所以便打算去找房东处理这件事情，请他出面找阿卷谈谈。若是最后阿卷同意这么做的话，那么对所有人来说都是一个好消息；若是她不同意的话，那大家就会让房东把阿卷他们赶出去。对于房东来说，若是租客们都搬走了的话，他肯定会失去一大笔房租，所以他也答应了众人的提议，赶紧去找阿卷说明这个情况，并且跟她说如果她不把猫赶走的话，那么离开这里的就会是她和七之助。

房东的态度十分坚决，阿卷也没有办法拒绝，只好说道："给大家添了这么多麻烦，实在是很抱歉，我现在就把这些猫赶走。"

虽然阿卷已经表态，但是她和这些猫相处了这么久，早就有了感情，肯定是舍不得亲自赶走它们的，因此她请求自己的邻居们帮忙来做这件事情，即使她也知道这样很麻烦别人。

房东倒是理解阿卷的心情，而且她的请求也并不过分，所以就一口答应了。然后就带着阿卷的木匠邻居和另外两名男性去院子里解决那些猫。他们数了一下，这里总共有二十只猫，大小不一，最小的应该刚出生不久。

阿卷淡定自若地接待着这些人，还跟他们道歉："给你们添麻烦了，真的很抱歉。"从她的表情里根本找不到任何的不舍之情。阿卷把全部的猫都叫到一处，然后把它们分成三组交给三个男人分别负责。这些人要么是用破布把猫包了起来，要么就是将它们放进一个巨大的旧袋子里，然后准备离开。阿卷从始至终都平静地看着他们，最后还目送他们离开了巷子。

而这件事发生后，木匠的妻子经常跟周围的人说："我感觉有点奇怪，我亲眼看到阿卷看着他们离开的时候笑得很诡异，实在是让人不放心。"

而这三个人把这些猫丢到哪儿去了呢？自然是一个比较偏僻且人烟稀少之处。他们选择好地方后，就把所有的猫都放在了那儿，然后各回各家了。

所有人知道猫的事情圆满结束后都倍感轻松，认为之后可以安生些了，他们实在是太天真了。因为这些猫在天黑之后全部都跑回来了。

第一个发现这件事的是木匠妻子。刚开始的时候大家都不怎么相信这事，为了验证事件真假，还特地去阿卷家里去查看情况。结果大家跑到院子一看，发现果然像木匠妻子说的那样，所有的猫都回来了，没有受到任何伤害。它们正开心地上蹿下跳，似乎是在嘲讽人们的无知。

包括阿卷在内，没有人知道这些猫是如何回家的。阿卷说她只是在昨天晚上看到这些猫成群结队地从窗户或者走廊跳了进来，然后就跑到自己的房间去了。大家之前只是听说过一些猫很有灵性，知道怎么回家，但都没有想过阿卷养的这些猫会有这种本事。

但不管猫再怎么聪明总归还是个动物，它的智慧肯定是比不上人的。大家聚在一起商讨了一下，最终决定让之前的人去解决掉这些猫，以绝后患。

那三个人特地花了一天的时间，带着那些猫走到了一个很远的地方，才把它们丢下。

事实证明他们这一次的做法是正确的，时间过去两天了，这些猫没有回来。

三

可是，在此之后发生了更多奇怪的事情。

最近一次是发生在阿卷的邻居家，当事人是锁匠的妻子和七岁的女儿。

那天正是神明祭，锁匠妻子带着女儿在晚上的时候去参拜神明宫，很晚才回家。好在当天的月色极佳，走夜路也不成问题，如果是眼睛比较好的人，还能看清屋檐下挂着的晶莹露水。

母女俩正走在街上，小女儿突然拉着母亲的袖子停了下来，看着屋顶说道："妈妈你看！"

母亲若是不看便罢了，偏回头去看，结果被吓了一大跳，浑身起鸡皮疙瘩。她看到一只全身雪白的猫正站在阿卷家的屋顶上，前腿伸直立着，后腿站立，尾巴垂着，宛如醉酒一般摇摇晃晃地走到了屋顶尽头，忽然就不见了。

没有人会想到处宣传自己碰到了这种奇怪事件。母亲连忙带着女儿以最快的速度跑回了家，然后把家里所有的门窗都关得严严实实的，以防白猫跑进来闹事儿。她提心吊胆，直到锁匠回来才略微安心，赶紧把这件事告诉了他。

锁匠这时已经喝醉了，完全不信妻子的话，还呵斥道："瞎说！肯定是你自己眼花了，怎么可能有这种事儿！"话是这么说，不过锁匠自己也有些好奇，就想趁着酒劲跑到阿卷家门口，伺机窥探里面的情景，妻子怎么拦都拦不住。

锁匠趴在人家门口，没多久就听到阿卷开心地说道："你呀，怎么现在才回家啊！"

她说完话，便响起了猫咪的叫声，似乎是在回答她。

锁匠听到这儿瞬间酒醒了一半，惊讶不已，立马轻手轻脚地回家去了。他见到妻子后，又跟她确认了一遍："你真的亲眼看到那白猫站起来走路了？就像人走路那样？"

妻子低声回答道："可不是嘛！我瞧得真真的！而且，哪怕是我真的眼花了，咱们女儿总不可能跟我一起眼花吧。"

小丫头听到这话也忙着点头附和："嗯嗯，我也看到了的。"看她的表情明显是惊魂未定，还有些慌张。

锁匠这才真的信了。他便是之前处理猫的人之一，现在发生了这样的事情，他自己也是有些害怕的。可目前他什么都做不了，只好借酒浇愁，喝个烂醉；而妻子和小女儿则抱成一团，瑟瑟发抖，睁眼到天明。

而就在这天夜里，所有的猫都回来了。

次日清晨，担惊受怕了一整夜的锁匠妻子实在是忍不住了，便将这件事告诉了其他人。按常理说，猫是不可能站起来靠双脚走路的，而昨晚出现的那只猫明显就是有悖于常理的，或许已经修炼成猫妖了。

如此一来，这也算是一件大事了，所有人都在猜测其中缘由。于是这件事也就逐渐传播开来，最后传到了房东那里。不管是谁听到了这种事都不可能无动于衷，房东也是如此，他甚至打算要求阿卷和七之助搬出去。

但阿卷年轻的时候就和丈夫住在这里了，这么些年下来，早就对这里有了深厚的感情，根本舍弃不了。她再三哭求，希望房东不要赶他们走，而且还说那些猫也随便房东处置。

说到底，这里的人们讨厌的只是那群猫罢了，没有真的非要对阿卷和七之助赶尽杀绝的心思。况且阿卷那样诚恳，谁都不忍心逼他们走。因此，大家又聚在了一起，打算好好整治一下这些猫。

最终还是房东想出了一个好法子，他说道："这些猫会去而复返折腾出这么多事，归根结底还是因为我们没有斩草除根，只是把它们赶到了郊外而已。这次我们不如狠狠心，直接把它们丢到海里淹死，毕竟这些猫可能都已经修炼成妖了，留着也是个祸患。我们就一劳永逸，断了它们的生路，永绝后患！"

大家都很赞同这个想法，而且还吸取了以前的教训，之前的三个人实在是太瘦，这次干脆就把周围的男性都叫了过来处理猫。

阿卷心里明白，这件事一旦真的完成了，她这辈子都不可能再看到这些猫了，然而她也知道自己无力阻止，只能放弃挣扎，听天由命。

但她终究还是不舍，只好在大家来抓猫的时候请求道："可不可以让它们好好吃完最后一顿饭再走？"

这个要求也在情理之中，所以大家都答应了。于是这天，阿卷留下了应该出门卖鱼的七之助，请他为猫咪们煮饭、料理鱼，自己则为这些猫摆好餐盘，将鱼放到里面后，把所有猫都叫了过来。

猫咪们看到这么多鱼，开心极了，纷纷大口吃饭，大口咬鱼，所有的鱼和米饭都被它们吃了个干干净净，连鱼骨头都不剩。大家平时可能见过两三只猫吃饭，也不足为奇，可现在二十只猫一同吃饭可真是难得一见，而且着实有些吓人。它们张着嘴，露出牙，疯狂地抢食盘中餐，发出呼呼的声音，胆子不大的人看了只怕会吓一大跳。唯有阿卷静静地看着它们，甚至悲从中来，背过身偷偷抹泪。周围的人看着她这个样子，实在是有些害怕。

之后的事情进展极为顺利，大家把猫都丢到了海里，看着它们被海水淹没，永远不可能再上岸回家。

解决了这些猫之后，大家都觉得生活回到了正轨，平静多了。

阿卷也像从前那样生活着，她似乎并没有因为这些猫不在了而忧伤难过，或者是沮丧失落；七之助依旧靠卖鱼养活自己和母亲。一切看起来都是如此正常。

不过，就在猫被丢进海里的七天后，阿卷居然死了！

阿卷是在黄昏时分出事的，因为之前住在阿卷南边的一家人已经搬走了，所以现在那里是空房，没有人知道阿卷为什么会死；而住在北边的木匠当时没有回家，妻子也出去买菜了，他们也不知道案发现场的情况。

但是，第一个发现阿卷死了的人是木匠妻子。听人说她当时买菜回来，经过巷子的时候看到了阿卷门前放着扁担和鱼篓，她觉得是七之助卖完鱼回家了，便想着去跟他们打个招呼。她在门口叫人却没得到应答，日落西山，夜色袭来，阿卷家没有点灯，屋子里又黑又静。木匠妻子在回去的路上越想越感觉有些奇怪，便折返回去，从阿卷家的门口偷偷看里面。她看到玄关那里躺着一个人，完全不动弹，顿时心生不妙之感。她又仔细看了看，发现躺在地上的正是阿卷，她连忙去叫人了。

周围的住客听到动静后都聚了过来，住在后巷的房东也被惊动，跑了过来。

大家观察了现场，判断阿卷应该是忽然离世的，但她是被人杀死的还是突发疾病，就没有人知道了。但所有人都在想同一个问题：七之助家里出了这种事情，他怎么不在？他的扁担和鱼篓都在门外，按理说他应该是已经回来了的。如今阿卷骤然离世，家里一片混乱，七之助却消失了，实在是太反常了。不过该做的事还是要做。因为找不到七之助，房东就亲自出面去找了医生，拜托他检查一下阿卷遗体，判断她究竟是怎么死的。

医生很快就得出结论了。阿卷除了头上有一道伤口外，身上没有任何问题。只是医生那时候也无法确定这道伤口是阿卷自己摔倒在地磕到的，还是别人击打阿卷留下的。不过，阿卷现在年事已高，或许健康已经出了问题。因此，大家速战速决，认定阿卷是因突发性脑溢血而亡，然后结束了这件事情，也给了房东一个交代。

可是直到现在，大家也没看到七之助。所有人都在猜他究竟去了哪里。而就在此时，七之助回来了，他看起来像是三魂丢了七魄，无精打采的样子。而和他一起来的则是三吉，他似乎很关心七之助。

三吉已过而立之年，也是个鱼贩子，不过身强体壮，主意也多。

三吉先跟大家打了招呼，然后开始解释："实在是谢谢大家热情相助。七之助这小子刚刚突然跑到我家，神色慌张地跟我说他回家就看到母亲摔倒在地死了。他一时间也慌了神，不知该怎么办，只能来找我。我也觉得有些奇怪，毕竟他邻居这么多，没必要非来找我啊。不过这小子确实是年纪小，没经事，看到母亲发生意外就完全慌了，被吓了个半死。我这才跟他一起过来，看看究竟是怎么回事儿。若是真的有无法应付的问题，我也能帮他向人求助。对了，阿卷怎么样了？"

房东冷静地回答道："刚刚找了医生来看，说是急性脑溢血……"

"这实在是太让人意外了。不过我听说阿卷以前也是滴酒不沾的，怎么会突然脑溢血呢？哎，还真是世事无常，难以预料。这种急性病就是很突然。"三吉又安慰着七之助，"你也节哀，生死有命，谁也改变不了。"

不过，七之助根本听不进这些话，他双手扣膝，老老实实坐在那儿，低着头，眼泪不停地掉。所有人都看得出来他在尽力控制自己的情绪，但根本忍不住。

观众里的女性看到七之助这个样子也动了恻隐之心，没娘的孩子实在是可怜，也都有些悲从中来，开始掉眼泪。现场的人对于丧母的七之助的同情之心明显是多于对阿卷突然离世的伤感之情的。

七之助就一直坐在角落里，一言不发，夜深之后也是如此。大家都觉得他是因为突然失去了母亲而伤心不已，所以也没人去打扰他。

夜里，左邻右舍都过来帮七之助守夜，做一些力所能及的事情。而七之助还是有些恍惚，只是机械性地向来人道谢。

三吉继续安慰七之助："你看，大家都很关心你啊。现在已成定局，你再怎么想也没有用了。而且你母亲的年龄算是高寿了，她平日里性格也很古怪，这么走了或许对她来说也是一种解脱啊。而你也能真正独立了，再过几年，找人帮你安排一桩门当户对的婚事，你成家立业，也不错啊。"

其实阿卷才过世，于情于理都不该说这些话，可现场居然没有任何人站出来责怪三吉。这可能是因为大家都不觉得阿卷可怜，而且心里的想法和三吉大同小异。

因为这次出事的不是阿猫阿狗，而是人，所以大家还是给阿卷应有的待遇，为她准备了一副薄棺，将她的遗体装了进去，然后送到麻布小庙，让她入土为安。

阿卷去世的第二天，黄昏时分突然起了雾，就像是蒙蒙细雨一般。庙里刚办完了另一个人的丧礼，阿卷的棺椁送过来的时候，那人的亲友还没有走。由于大家都是街里街坊，互相基本认识，便打了个招呼，寒暄几句。

"你是来参加丧礼的？"

"对啊，你也是吗？"

阿卷的邻居木匠也在这里遇到了老朋友，这人身材高挑，双眼有神。还是他先看到了木匠，过来打了招呼："你是来送谁的呢？辛苦了。"

"我的一个邻居，猫婆婆。"

那人听到这个称呼愣了愣，道：“这个名字可真奇怪啊。”

木匠解释道：“这不是她的名字，而是她的外号。她以前很喜欢养猫的。”随后又说了阿卷的死因。

那人听完之后思索了一下，然后就跟木匠道别了。

他姓熊藏，人称澡堂熊，这是因为他们家经营了一家澡堂。而他本人则是在半七手下当差。熊藏回到家里后又把阿卷的事情梳理了一下，总觉得事情没有表面上那么简单，所以立马去找了半七，把这件事告诉了他，然后问道：“您是不是也觉得不太对劲？对吧？”

刚开始半七也没有多言，仔细思考之后才慢悠悠地说道：“确实不太正常。不过，鉴于你之前也跟我说你家澡堂的人很奇怪，结果只是个乌龙，我觉得你太不靠谱了。你还是先去调查一下，弄清事情原委再下结论。毕竟老太太也上了年纪，生死也是一瞬间的事，也不代表真的另有隐情。”

“哎，上次的事情真的就是个意外。您放心，我这次肯定认真调查！我现在就去！”

“好，你去查吧。”

四

熊藏离开之后，半七独自复盘了这件事，也认为熊藏这次说得没错。阿卷一直都很心疼那些猫，对它们甚至比对七之助还好，可是那些邻居和房东不停向她施压，非要将所有的猫都丢进海里；而阿卷在猫的头七这天死了，实在是过于巧合了。

不过，也有可能是猫回来复仇才害死了阿卷。总之，这件事疑点颇多。半七知道熊藏做事风风火火的，不够沉稳，这种案件绝不能让他自己查办的。

因此，半七第二天就去了澡堂找熊藏。他去得早，二楼都还没来人。

熊藏带着半七上楼，低声问道："您今天来这么早，是不是有话要嘱咐我啊？"

"对。我仔细想了想你昨天跟我说的事情，也觉得此事可疑。"

"对啊！我也是这么觉得的！"

"因此我想先听你说说你的想法，你觉得哪些地方不对劲儿？"

熊藏不好意思地挠了挠头，道："这……我还没想到。因为我现在也只是听别人说了一下，自己也没见到。"

"这件事看起来是一个老妇人突发疾病而死，似乎合情合理，但是她头部的伤口应作何解释呢？假如这个伤口是别人袭击她所留下的，那你觉得会是谁做的呢？"

"八成是她的街坊邻居。"

"是吗？"半七犹豫了一下，又道，"你不觉得在这件事中有一个人的反应特别奇怪吗？"

"谁？"

"她儿子。"

"您在怀疑她儿子？不可能吧，大家都知道那孩子是最孝顺的了！"

的确，一个孝顺孩子是不会残杀自己母亲的。但，阿卷的邻居们更没有杀人动机了，毕竟阿卷都如他们所愿，让他们处理了自己的爱猫。若是阿卷的儿子、邻居都没有动机，那么阿卷就只能是如医生所说突然病死的了。半七怎么想都觉得这里面有问题。

当时，七之助已经20岁了，纵使没有完全成熟，也不可能再像孩子那样懵懂。他回家看到自己母亲倒在地上，不就近找邻居帮忙，偏要舍近求远去找三吉，实在是说不通。但，若凶手真的是他，他的弑母动机为何？他素日里的孝顺也不像是装出来的。

半七想了很久，还是得不出结论。最终只能先嘱咐熊藏："这中间还是有些问题，你再查查吧。我过几日再来。"随后便回家了。

九月底，下了一场又一场的雨。

半七离开后的第五天，熊藏就先去找他了。

“这雨也太大了，但这不重要。我来找您是真有事。我这几天一直在调查阿卷的事，但是进展不多。七之助在母亲去世后依旧会去卖鱼，只是收摊比以往要早些，因为他要去给阿卷扫墓。周围的人都觉得这孩子很可怜，没有人认为他会杀害他母亲。况且，这些人基本不在意阿卷到底是如何死的，其中有些人还觉得她早就不该活在这个世上了。哎，在这种情况下，我根本就无从查起啊……”

“好，我了解了，这事还是由我来负责吧。”半七叹息一声，又道，“有时候查案就是这样，什么线索都没有，也得硬着头皮查下去。明日我就去周边转转，你到时候给我带路就好，其余的就不用你操心了。”

次日，雨还是下个不停。半七与熊藏一人一伞，并肩走到了神明宫旁边的巷子里。

半七本以为这是条窄巷子，到了才发现巷子挺宽的。他们往里面走去，发现左边有口水井，往右走则是一排大杂院和一片空地相对而立，这空地应该是给染坊晒布用的。地上杂草丛生，湿漉漉的，还有条小野狗在里面晃荡。这可怜的狗应该是饿了，似乎在四处寻觅食物。

熊藏带着半七走到了木匠家，压低声音对半七说道：“就这儿。”

紧接着又大声对屋里叫道：“家里有没有人啊？这天可太糟糕了！”

木匠妻子阿初在屋里听到了动静，连忙出来招呼半七和熊藏进屋坐。

熊藏先跟阿初聊了几句，随后又按照之前在路上跟半七商量好的说辞告诉阿初半七是才搬过来的房客，想请木匠帮忙改一下屋子。

熊藏介绍完，半七就跟着说道：“我才来这里，也不了解这边的环境，只能找熊藏帮忙引见了。”

“不碍事的，其实我夫君的技术没你们说得那么好，还怕不能让您满意呢！若是改造的时候有不合您心意之处，您千万要告诉他啊！”阿初真把半七当成是客人了，立马赔笑聊天，热情十足，甚至还拿了热茶、点心、旱烟给他们享用。

屋外的雨一直下，雨声不断。阿初家的厨房并不敞亮，依稀能听到里面有老鼠乱窜发出的声响。

半七假装随口问道：“你家里好像也有老鼠啊？”

阿初看了看厨房，有些尴尬地说道：“是呀，让您见笑了。老房子就这不好，老鼠到处跑，惹人烦。”

“为何不养只猫呢？”

“这……”阿初一时语塞，表情也有些僵硬。

熊藏连忙岔开了话题：“对了，你家邻居，就是那个特别喜欢猫的老太太家，他们最近怎么样了？她儿子还在外面拼命卖鱼攒钱吗？”

“是啊，这孩子很是上进，做事也踏实，能吃苦耐劳。”

熊藏故意降低了声音，煞有介事地说道：“你还是别这么肯定……我听对面街上的人都在说他呢……”

阿初的表情更难看了：“他们说什么？”

“说阿卷就是被她儿子拿扁担打死的呢。”

“是吗？”阿初开始用一种审视的眼光打量半七和熊藏。

半七见此情景，立马给了熊藏一个眼色，然后道：“你可千万别乱说，弑母可是重罪，哪能随便讨论的！要是搞错了，相关的人都会受牵连的。”

熊藏立马明白了半七的意思，闭口不言。

阿初也不说话了。气氛瞬间有些尴尬。

半七趁机站了起来，说道：“实在是不好意思给你们添麻烦了。我本来是想着今天下雨，木匠师傅应该是不会出门，才来打扰的。没承想还是扑了个空。我们还是先回去，就不打扰夫人你了。”

“好，那我就不留您了。但若是可以的话，还请您留下住址，等我夫君回来之后，也好去找您。”

“不劳烦了，我明日再来拜访就好。”

随后半七便与熊藏离开了。

出了巷子，半七又问道：“她就是第一个发现尸体的人？”

“是啊，当时还被吓得不轻。您看我们刚刚提到阿卷的时候，她的表情都变了。”

“的确如此。但她是不是真的被吓着了，现在还难说。”半七有些迟疑，又道，“你先回去吧，之后的事情我自己负责就好。”

熊藏听了之后便回家了，半七也去了其他地方调查。

凌晨四点，雨势更大。半七乔装蒙面，趁着夜黑雨大之时潜进了小破院子里，随后小心翼翼地走到了阿卷家南边的空屋子里，然后将门掩上了。这间房子里的天花板有些破了，正在漏雨；墙角已经出现了一些裂纹；榻榻米也十分潮湿，还能听到外面的蟋蟀声。不过，这里闲置太久，房间里冷冰冰的，没有一点人气。

过了一会儿，传来了脚步声。半七留神观察，应该是阿初撑着伞回来了。

而后，半七又听到有湿答答的草鞋踩在地面上发出的声音，停在了阿卷门口。

半七暗自猜测，这个人应该是七之助。之后传来的扁担和鱼篓声证实了他的猜想。

阿初听到声响偷偷出来找七之助，道：“你终于回来了。”而后他们还说了些话，但是这两人太过谨慎，声音太小，而半七又躲在屋里，隔着一堵墙，实在是没听清，只是依稀听见了七之助在小声哭泣。

“你可别这么悲观，先去找三吉想个对策吧。我已经跟他说了这事儿。”阿初催促道，“你快点去吧，别磨蹭了，这事儿不能耽搁！快去！你想急死我吗？”

七之助没有说话。

半七又听到了脚步声，渐行渐远。阿初这才松了口气，正准备回房，却被半七叫住了。

“夫人借一步说话。你应该知道我此行的目的吧？”半七走到阿卷屋里，并且示意阿初一起。

阿初摇了摇头，道：“不知。”

“是吗？那也无妨。但是，你肯定知道熊藏家虽然在经营澡堂，但还有其他身份吧。可别跟我说你也不知道，熊藏跟你丈夫的交情可不错。话说回来，你先告诉我刚刚你跟七之助说了什么吧。”

阿初一言不发。

“好吧，既然你不愿意说，那就让我来说吧。你刚才是催着七之助去找三吉吧。因为今天白天熊藏所言非虚，阿卷就是被自己的儿子亲手打死的！你知道所有内情，却刻意替凶手隐瞒，还告诉他去找三吉。三吉算着时间，故意在所有人都到了之后带着七之助回来，用那些话蒙骗大家。但是，你们实在是小瞧我了，其他人信你们，我可不信。七之助是杀人凶手，自然有刑法判决，而你们两个也是从犯，可别想置身事外！我一定会把你们都带回衙门的！”

阿初被半七的严厉语气震慑住，眼泪就像是断了线的珠子，哗哗地往下落。她一下跪在地上向半七磕头，求他高抬贵手。

“我可以网开一面，但你必须配合我，将所有的内情都告诉我。我现在来问你，除了你之外，三吉是不是也参与到包庇七之助的事件中了？”

“对……对的。”阿初不再狡辩，但也被吓得不轻，声音都在发抖。

“七之助是出了名的孝子，他为何要亲手杀死他的母亲呢？我知道，他肯定不是事先策划好了的。莫非是他和阿卷吵架了？”

“不，不是的，比这可怕太多了！阿卷她……她……她变成猫妖了……”阿初说到这里，全身发抖。

“事到如今你还想欺瞒？”半七冷笑道，“阿卷明明是个大活人，怎么可能变成猫妖？”

“我没有说谎！我不敢骗您！那个老太太是真的变成猫妖了！她不是个正常人。”阿初的声音、表情全都变了，看上去并不像是在撒谎。

半七有些好奇：“你如此笃定，莫非是亲眼所见？”

“对！我就是亲眼所见！您肯定没听说阿卷让七之助留些鱼给猫的事情吧。那些猫还在的时候，她让七之助做这些无可厚非，但猫被丢到海里之后，她还要七之助留鱼，实在是很奇怪啊。我丈夫听说这些事后也劝过七之助，让他别继续做这些事了，实在是没必要啊。”

“猫都死了，她还要这么做，确实不合常理。”

“刚开始大家也不知道原因，七之助也会遵守母亲的要求，每天都放些鱼在厨房里。可是第二天再去看的时候，这些鱼就不在了。七之助对此百思不得其解。之后，我丈夫跟他说，可以找一天不留鱼，然后观察一下会出现什么情况。七之助思索再三，决定试一下。也就是出事儿的那天，七之助卖完鱼回家，我正好买完菜回来，我们在巷子里遇见了。我看到他的鱼篓里没有留鱼，便好奇阿卷会是什么反应，就偷偷跟在他后面。我看他到家之后刚放下扁担、鱼篓，阿卷就出来了。她看到七之助没有给她带鱼回来，便生气了，质问七之助为什么没有带鱼。她问完之后脸就变了，先是一双耳朵立了起来，然后双眼放出绿光，嘴也越长越大，特别吓人！她的脑袋看着就是一只猫的脑袋！根本没有一点人的模样！”

阿初说完这些话还在发抖，看起来确实是被吓得不轻。

半七开始迷惑了：“居然会有这种事？之后怎么样了？”

“我所言句句属实，绝无半分虚构！你想想，当时那个画面着实是让人心惊啊！那时候七之助也被吓傻了，下意识地拿着扁担去攻击猫头。可能是他当时下手太狠了，也有可能是因为直戳要害，阿卷连声音也没有发出，便倒在了地上。七之助这才回过神来，意识到自己做了什么事，他愣在原地，一直看着地上的阿卷，过了一会儿忽然冲到厨房去，拿起菜刀就想自刎。我之前是没想插手这件事的，可是事已至此，我也不能坐视不理，便跟在七之助后面，拦下了他。我也问了他，为什么会动手打阿卷。他跟我说他也是看到阿卷的头变成了猫的脑袋，被吓到了才会做出这样的事。而且他以为是那些猫回来复仇，把阿卷咬死了，然后变成她的样子来骗人，所以才会出手那么狠。可是他看阿卷死了之后，也没有变回猫的形状，很是不解，随后便意识到他是真的杀死了自己的母亲，接受不了这件事，想要以死谢罪。”

半七还是不太相信：“阿卷的头真的变成了猫的脑袋吗？”

阿初信誓旦旦，一脸笃定，坚称他和七之助都看到了，这才会发生之后的事。

“我们确定阿卷已经死了，但都觉得她肯定是猫妖变的，不是以前的老太太。因此我们一直守在那儿，想看她变回原形。但我们等了很久都没有再看见之前的猫头。我们也想不通为什么会这样，还在猜是不是那些被淹死的猫的亡魂附在了阿卷身上。但无论如何，我们都得不到一个准确的答复了。并且我隐隐觉得我们家和这事儿也脱不了关系，因为要不是我丈夫让七之助那么做，或许阿卷就不会出事了。我觉得我有责任帮七之助，这才带着他去找三吉。而后的事情便是三吉出的主意了，三吉让我先偷偷回来，装作不经意地发现了阿卷的尸体，并且把这事告诉周围的人。”

“这便是事情的来龙去脉了吗？你们之前一直觉得自己的计划滴水不漏，可今早我和熊藏说的话让你感到害怕，所以你才在我们走了之后跑去找三吉商量对策，并且在这儿等着七之助回来，让他也过去。你们究竟是想做什么？难道是想让七之助赶紧跑路吗？我的天，我居然在这里跟你浪费了这么多时间，我得赶紧去抓人！”

半七说完便不再搭理阿初，赶快跑去三吉家了。

不过半七到达之后，三吉告诉他今天根本没有见过七之助，半七本觉得三吉的话并不可信，但根据现在的所有迹象来看，三吉确实没有撒谎的必要。若是七之助没有出事的话，他肯定会去给阿卷扫墓的。可半七去了麻布小庙，在阿卷的墓地那里没有找到任何七之助去过的痕迹。

次日清晨，有人在海面上发现了七之助的尸体，最巧的是这里就是之前大家丢猫的地方。

由此可见，七之助在离开家以后没有去找三吉，而是投海自尽了。他知道自己犯下了不可饶恕的罪行，哪怕阿初愿意帮忙掩饰，哪怕他真的是无心之失，但他终究还是杀死了自己的母亲，迎接他的将是最残酷的刑罚。他不愿意受尽折磨，求生不得，求死不能，所以才选择了一死了之。

但这件事对于半七而言也算是老天眷顾了。

五

“这就是所有的经过。”半七老人停下来休息了一会儿，又说道，“其实我之后也深入地调查过这件事，希望能找到事情真相。但我最终查到大家对七之助的评价没错，他的确是一个孝子，因此他绝不可能忽然发疯杀了自己的母亲。而阿初的口碑也不错，平常不会撒谎骗人。我也就相信他们当时是真的看到了猫脑袋。可阿卷为什么会成这个样子，谁也不知道。可能真的是那些猫的亡魂附在了她身上吧。但是我查到了那些鱼的去向——阿卷把它们都丢到了窄廊上。这是因为阿卷一直会准时喂猫，所以哪怕那些猫已经离开她了，她还是照旧扔鱼到走廊。我过去调查的时候，那儿的鱼都已经烂了，露出了好多鱼骨。所有人看到这个景象的时候都被吓着了，房东也不例外，所以他最后就把那间屋子拆了。”

第四章　海和尚

所有人都在准备吃饭了，欢声笑语，好不热闹；而就在这时，沙滩上出现了一个莫名其妙的中年人。他的长相并不出众，可双眼炯炯有神，神采奕奕。他分明是个男性，但头发特别长，长得让人震惊。他里衣已经十分破旧了，外面穿了一件蓑衣，赤脚而行，看着并不是打鱼为生的渔民，也并非沿街乞讨的叫花子，倒像是世外仙人或者是人间疯子。

一

时值四月，晴空万里，我正好没事干，便去看望半七老人了。

半七老人给我开了门，笑道："你来得实在是不巧，要是昨天来的话，还能吃上新鲜食材呢！"

我好奇地问道："是吗？有哪些新鲜东西？"

"哈哈哈，逗你玩的。就是三条比目鱼和一些蛤蜊，不过那些蛤蜊太小了，我就给邻居了。比目鱼倒是用来红烧了，只是吃着跟木屑一样。昨天是农历三月三，品川涨潮，我在邻居的邀请下一同去赶海了，可惜只捡到了这点食材，之后还下大雨了，我整个人都被淋湿了，像个落汤鸡一样。还好我不是做这方面生意的，不然肯定亏死了。真惨啊。"

我回答道："现在正是赏花时节，天气就跟小孩子一样，阴晴不定的。"

半七点头道："确实是，真的是天意弄人。昨天中午下雨，黄昏就停了，今天又是个艳阳天。不过，昨天一无所获的并非只有我，大部分人都没什么收获。可能是现在的环境有所改变了吧，这几年赶海都找不到好东西了。"

半七说着又开始给我讲故事了。

二

在江户，许多人都会在三月三女儿节前后去赶海，但是某一年因为下雨，所以当天的活动推迟到了次日。

这天艳阳高照，万里无云。放眼看去，群山绵延，海面上全是游船、货船和小舢板；沙滩上、浅海区则是前来赶海的游客们。许多人都在寻找蛤蜊、蚌等贝壳类海鲜。午饭时分，因为众人忙着捡东西，所以推迟了开饭时间。住得比较近的人坐船回家了；住得稍远些的则是在船上吃便当，或者在沙滩上铺一张布，点火煮捡来的海鲜，还可以做烤牛尾鱼和红烧比目鱼。

海风习习，让人觉得十分温暖，周围的人们也是其乐融融。所有人都在准备吃饭了，欢声笑语，好不热闹；而就在这时，沙滩上出现了一个莫名其妙的中年人。他的长相并不出众，可双眼炯炯有神，神采奕奕。他分明是个男性，但头发特别长，长得让人震惊。他里衣已经十分破旧了，外面穿了一件蓑衣，赤脚而行，看着并不是打鱼为生的渔民，也并非沿街乞讨的叫花子，倒像是世外仙人或者是人间疯子。

这个人手拿长树枝，看起来像是捞海带用的。他漫步在人群之中，周围的人都对他投以惊奇的目光，一些比较胆小的女孩直接躲了起来，还有人在他走过来后立马跑回船上。但是，这个人看起来并不在意周围人的反应，好在他也没有做出任何伤害大家的行为。

没过多久，有些手艺人便已经喝得醉醺醺的了，他们把这个人围了起来。一个人举起一杯酒递到这人眼前，笑道："喝杯酒吧，快点快点，请你喝下这杯。"

那人二话不说，微微一笑，拿过酒杯，仰头喝下。

另外一个人又递上一杯酒，道："好，果然爽快！来，再喝一杯！"

他照旧接过，一饮而尽。

众人见他如此合群，而且对大家也没有恶意，便不再警惕这人，都聚了过来。有的人给了他一块寿司、一个咸米果，有的人给了他一块饭团，还有的人提了茶水、清酒。不管别人给他什么，他都笑盈盈地接过，然后吃个干净。可别人问他问题，他从不回答；跟他说话，他也不应，宛如失聪之人。大家见他不答话，便也不再跟他说话了。他吃饱喝足之后转头就走，谁也不知道他去了哪儿。

众人吃饱喝足之后，又继续捡东西。可那人在下午四点钟左右又出现了。

他抬手指着大海，大声说道："有海浪！特别大！"

现在距离涨潮还有近一个小时，怎么会突然起浪？所有人都认为这是无稽之谈，却还是被这人的话语所吸引，不禁看向海面，心中忐忑，可海面十分平静，压根就不像要起浪的样子。

大家视线还聚在海面上的时候，那人突然转身，指着大山喊道："暴风要来了！暴风要来了！"

不过，这次可没几个人相信他了，大家已经认定这人就是个疯子罢了。不过一些心思比较缜密的人还是向他指着的地方望去。

可是，他们只看到山那边一片晴朗，根本没有起风的征兆。

他还是坚称："暴风要来了，暴风真的要来了！"

品川的气候确实是阴晴不定，经验丰富的渔民都知道，有时候分明没有任何征兆，但只要天边飘了几朵乌云，都会狂风乍起。可是眼下天空万里无云，怎么可能刮狂风呢？如此一来，大家更觉得这个人是一个疯子了。

这人见所有人都不理他，便加大了音量，叫道："大风大浪就要来了！"他宛如一个疯子，边跑边吼："真的有风，有浪！马上就要来了！"

大家都知晓一会儿就会涨潮，但这和狂风有什么关系呢？正常人都知道这是没关系的。因此，无论这个人怎么叫怎么喊，大家都不理他了。

可他完全不管，依旧大喊大叫："风浪就要来了！"他一会儿指着天，一会儿指着海，在浅海区和沙滩间来回奔跑，甚至还不小心摔进了海里，但这完全不影响他继续喊叫。

最后果然有人觉得厌烦了，大骂道："烦人的神经病！"边说边把剩下的贝壳向那人砸去，希望他可以闭嘴，还有人开始向他丢沙子了。那人的眉尾被一个贝壳划破，鲜血直流，但他还是双眼放光，一直喊着要起风起浪了。

人们虽不在乎他说的话，但还是有人打算带着老人和孩子回去了。

突然，一个老渔民也大叫起来："真的要刮狂风了！快跑啊！大风要来了！"

老渔民一直在海上讨生活，声音格外洪亮，他这一嗓子吓到了大多数人。别的渔民也赶紧抬头看去，果然山的另一头聚集了大片乌云，都跟着叫喊预警，让沙滩上的人赶快返回船舱。

一时间，海边全是叫喊声，嘈杂一片。虽然乌云离这里还远，海边的阳光依旧明媚，但是，风已起。不多时，这风便大了起来，有吞天卷地之势；许多孩子和老人都站不住，直接被风吹倒了；沙滩上的东西和船上的灯笼都被狂风卷走，瞬间飞上了天。一些运气比较好的人已经躲进了船舱；而没能跑进去的，只能就近倒在沙滩上，祈祷这风赶紧停下来。

没过多久，风势确实减弱了些，可这里的情势依旧很糟糕，因为风力虽小，但海面上突然涌起了海浪，一浪接着一浪，直直打向海滩。沙滩上不停地浮现白色水泡，看上去好像突然出现了一大堆螃蟹。

涨潮了！

船夫们赶紧下船跑向海滩救人。一时间，这里全是呼救声，人们四处逃窜，头发全被吹散了，特别是女性，着实狼狈不堪。大多数人都受伤了，或是逃跑时被石头、贝壳割伤，或是被风刮起的树枝、利物划伤。大家的衣服、发饰、钱包等各种东西都被吹走了，好在没人丧命。

经此风波，大家都无心清算财物损失或者是赶海收获了，毕竟能活着就很幸运了。

每个人都很沮丧，忐忑不安地坐在船里，尽力平复着自己的心情。

不过，此时大家都想起了那个莫名其妙出现的人，并且对他很是好奇：此人究竟是谁？他是人吗？还是神仙下凡呢？普通人怎么可能提前知道何时起风起浪？毕竟他的预告比那些打了一辈子鱼的渔民还要早。还有就是，狂风乍起之时，他去哪儿了？

没有人看见他去哪里了，只有清次对此稍有印象，因为他是最后开船离开沙滩的。

清次是这里比较年轻的渔夫，那日他接了五男一女，带他们去赶海。不过这六个人与其说是去赶海，倒不如说是去享乐的。他们一到目的地便开始吃喝玩乐，吃到下午终于酒足饭饱，这才下船去海滩上做做样子，随便捡了些东西。

暴风来的时候，有两个男的跑了回来，可他们发现朋友还在外面后，便又出去找人了。

清次也跟着去救人了。可风势太猛，黄沙漫天，人都没法睁眼。清次无奈之下只好停下了脚步，安静地等这阵风过去，然后再前行。不过，风势稍小后，两个男人也跑得没影了，清次只看到远方的海滩上站着一个男子和一个姑娘在交谈，他认得那个姑娘正是他的客人，于是便慢慢向她那儿挪去。走着走着一阵风吹过，清次在狂风之中难以站稳，只能趴下。

当他再抬头看去时，海滩上的两个人都已经不见了。清次又看了看四周，都不见人影，便返回船上了。

清次有个问题一直没想明白，他看到那个和女客人说话的人似乎就是出现在海滩上的怪人，可是他为什么会在那里呢？不过那时候所有人都心神不定，他突然问这个问题只怕也不合适，因此他就没有说这事了。但是，他总有一丝炫耀之心，所以经常会在别人提起这个怪人之时得意扬扬地告诉他们这件事。

实际上，清次也不知道这六个人到底是什么身份，也不知道他们是从何处而来，更不知他们姓甚名谁。但是他从这些人出手阔绰的特点上猜测，他们应该是经商的，而且是生意不错的那种大老板。

半七是在半个月后才知道这件事的，不过他也没从清次那儿得到任何有用的线索。所以，他最后只能跟清次说道："这件事有些蹊跷，你下次若是见到了那个女客人，一定要立马跟我说，否则很有可能会惹祸上身的。"

回到办事所后，半七又叫来了他的下属幸次郎，给了他一个任务："你帮我调查一下这个人。"

"是！"

幸次郎领命而去，不久便回来复命了。

"清次今年才二十多岁，周围的渔夫对他的评价也很不错。"

"那他平日里都喜欢做些什么呢？"

"喝酒吧，有时候也会去赌上两把，但也不算出格，他们这些人都是这样的。对了，他还经常光顾品川的伊势屋，不过每次去都只找一个人，就是阿辰。我倒觉着这很正常，毕竟是个年轻气盛的小伙子，而且也没成家，流连风月场所也无不妥。"

半七笑道："你倒会帮他开脱。你再跑一趟品川吧，看看清次在那儿砸了多少钱。"

"属下明白。"

幸次郎办事效率很高，当天晚上就回来复命了。

“之前他每个月会去五次左右，但是这个月只去了两回；花钱倒是和以前差不多，无甚特别之处。是否还需要属下去调查一下其他方面的情况？”

半七有些失望地摇了摇头，道：“暂且不必了，你先盯着他，多留心些就行。”

又过了半个月，半七还是没有收到任何清次的新信息。

再过了一个月，大家也渐渐忘记那个怪人了。不过半七还记着，哪怕他最近公务繁忙。

这日，半七问幸次郎：“最近有没有什么新动静？”

“完全没有。您可真执着。”

“清次说的女客人有没有来过？”

“没有。”

转眼间就到了五月天，基本每日都有雨。十号这天早上，空中虽然没有飘雨，但天还是灰蒙蒙的。

半七这天起晚了，看着这天气，喃喃自语道：“估计待会儿还是会下雨吧。”他叼着一根牙签走进了窄廊。

旁边那户人家在院子里种的石榴花开了，鲜红一片，很是好看；而他家院子外则是有人正在出售稗子盆栽。

突然，一个人影闯了进来，还跟半七打招呼：“早上好呀。”

半七一看来人，居然是许久未见的幸次郎：“早上好。你这么急匆匆的，是发生了什么事吗？”

幸次郎解释道：“我最近查到了些东西，或许和之前出现的那个怪人有关系。我之前一段时间经常去海边溜达，昨晚打听到了一件事。大概是晚上十点钟吧，渔夫千八跟隐居旗本市濑三四郎到隅田川捕鱼，结果捞起来了一个怪人。”

“昨天不是一直在下雨吗？”

“的确如此，不过这两人根本不在乎这点雨，他们准备了斗笠、雨衣，而且还用头巾围住了脸。他们出海的时候，雨势也小了许多。可他们一路上并没有太多收获。市濑三四郎性子急，认为千八的技术太差，又嫌斗笠碍事，便拿下斗笠，自己撒渔网去了。结果他这一网撒下去，还真就有了收获。市濑三四郎觉得应该是捕到了鲇鱼或者鲤鱼，可这鱼实在是太重了，他自己完全拉不动，于是只能求助于千八。两个男人费了好大的力气才把渔网捞起来，结果他们拿灯一照，才看到那渔网里的并非是鱼，而是个人。夜里捕鱼常会捞起尸体，千八也不是第一次遇到这种事了，他本来想根据以往的经验直接松网的。”

故事说到这里，半七特地停下跟我解释了原因：“以前的习惯就是这样。若是捞到的是个女子，而且一息尚存的话，一定是要施以援手、加以抢救的；但若是男人，就直接丢回去。原因很简单，这些人多半是选择跳海自杀的。女子心思细，爱钻牛角尖，经常一时冲动就去自杀，跳下海后又很是懊悔；而男子自杀，多半是心意已决，留不住的，毕竟但凡还有一点希望，男子都不会想自我了结的，所以若是真的救了他们，只怕是在增加他的痛苦。因此，渔夫们会选择把男子丢回海里，久而久之也就成为大家默认的做法。”

我明白之后便点头示意，让半七继续讲这个故事。

三

市濑三四郎在千八打算松手的时候拦住了他，他认为能捕捞到这个人也是上天的安排，不该坐视不理。千八也不好再说什么，便答应了他。两人使出了吃奶的劲儿才把这个人捞上了船，却发现这根本不是一具尸体，而是一个活蹦乱跳的人。他甚至还开口找他们要食物。

半七听到这里，低声说道：“如此看来，这人根本就不是跳海寻死的……”

“对啊！那人精神可好了，而且还凶神恶煞的。他看到千八和市濑三四郎都傻眼了，也不客气，直接从一旁的鱼篓里捞了一条鱼，然后就生吃起来。他在吃鱼的时候还从腰间拿出一把匕首威胁市濑三四郎他们，说如果不给他拿酒来，就要他们好看。但是市濑三四郎身为一个武士，看到对方蛮不讲理，便一把夺过那人的匕首，然后把人和匕首扔进了水里。他还告诉千八，这应该是遇到水獭了。"

半七不解道："虽然水獭也爱捉弄人，可听你说来，那肯定不会是水獭呀。"

"可能就是随便说的吧，但是遇见了这事后，他们也不继续捕鱼了，原路返回家中。"

幸次郎说完了这件事后又问道："这事儿实在是蹊跷，您听了之后觉不觉得这或许和那个怪人有关？"

半七道："可能有吧。不过听你说完之后我倒是想起了一件事儿，和这件事很像。"

幸次郎惊讶道："是吗？是什么事儿？"

"那件事是在麻布发生的。某天夜里，几个商人约好去捕鱼，便租了一艘船。船行驶到一半后，一个人从水里钻了出来，一下跳到了他们的船上，然后就找这些人要食物。"

幸次郎惊叹道："这两件事确实很像啊。那这件事儿的后续是什么呢？"

"船上的人都被这个突然跳上来的人吓着了，根本不敢不答应他的要求，于是就把食物和酒水都给他了。那人吃饱之后也没说什么，便又跳进水里了。"

"这可真离奇，听着似乎就像是海妖河童作祟，您认为这两件事是一个人所为吗？"

"应该是吧，毕竟没有多少人能做出这样的事。而且，我有种感觉，这个人就是那个出现在海滩的怪人。但是有一点很奇怪，他是个人，为何不在地上生活，非要待在水里呢？你若是无事的话，不如去葛西源兵卫堀走一趟呢？”

幸次郎笑着应下，道：“说的是啊。”

半七此话自然是逗幸次郎玩的。当时一些叫花子会故意把自己涂黑，然后啃着黄瓜走在街上自称是河童之子，从葛西源兵卫堀来。大多数人对于这种事儿都是一笑置之，根本不会放在心上，不过也有一部分人坚信是有河童的。

“话说回来，你刚刚说那人带了匕首？”

“是的，这是千八说的。”

“那可就不能忽视了。这种人实在是危险，我们必须要赶紧抓住他，不然的话必成一大隐患。还请你之后多加留意，一旦有了进展，务必通知我。”

幸次郎点头答应，然后便走了。

半七思索一番，还是打算自己去找千八问个清楚。不过，这并非是因为他不信任幸次郎，而是想从千八那里得到更多的线索。

因此就算今日天气不好，他还是出门了。刚走一会儿，他便在街角遇见了清次。

清次主动招呼道：“早上好呀。”

半七回道：“早上好。你是要去哪里呀？”

清次靠近半七，小声道：“我是来找您的，我昨天见到那个女客人了！昨天天气不好，我也没接到生意，便想着去找我朋友玩。我朋友家在小梅，我在那附近看到了之前的那位女客人。她打着伞，拿着香皂、毛巾等东西。看上去似乎是刚从澡堂出来一样。我刚看到她的时候只觉得很眼熟，但是想不起来在哪儿见过。等我想起来之后，立马反应过来这是个好机会，赶紧跟了上去。我跟着她来到了一家瓦铺前，那铺子旁有间屋子，四周都是篱笆，院子看着很整洁，一点都不杂乱，女客人直接进去了。我又没办法跟着进去，只好跟周围的人打听了一下，想知道这人的来历。邻居说这个人是一个深川老板包养的情人，叫阿久。”

“行，我心里大概有数了。这个阿久是不是三十来岁？”

“看起来三十岁左右吧，差不了多少。她很会打扮，身材又好，看着跟那些良家妇女就不一样。”

“我知道了。实在是太麻烦你了，在这种天气下，还来跑这一趟。之后如果有机会，我一定会好好谢谢你的。”

送走清次之后，半七琢磨着与其去找千八，倒不如直接从阿久这里着手调查。因此，他临时改变了计划，坐船去了小梅。

那时期的小梅状况就和《梅历》中描述的一样，居民们分散在各处。每家都有一个院子，然后院子周围是一圈篱笆。

近来一直都在下雨，这里的路也是一片泥泞，水池里的蛙声此起彼伏。半七来到了瓦铺前，见旁边有口古井，井边开满了绣球花。半七低头，看上去似乎是在打量古井内部，实则是在暗中观察阿久家。

清次说得都挺准确，这房子占地面积比较小，但是整理得很干净；院子里种的也是绣球花，开了一片，很是好看。

只听见窄廊方向有一个女子说话的声音：“千代，快把院子里的鱼刺收拾了，然后扔到外面去，也不知道是谁扔到院子里了。”

随后便有个姑娘从里面走了出来，手上还提着鱼刺。

半七本以为那是给猫狗这些动物吃的，但这才发现那是生鱼鱼刺，吃得十分干净。按理说，猫狗是不会啃得这样干净的。

半七便轻手轻脚地走到屋子对面的垃圾堆前检查了一下，里面堆了很多生鱼鱼刺。

千代弄完鱼刺之后便去厨房了，半七又回到了古井边上。

此时，瓦铺的老板娘走了出来，应该打算打水洗衣服的。

半七上前问道：“您好，我想问一下这周围有没有卖鱼的地方啊？”

老板娘倒很热情：“半町外有个鱼虎，专门卖鱼的，品质可好了；还有顷带那边也有，味道也还行。我们平时买鱼一般就在这两个地方买。”

“谢谢您了。”

半七说完就去了鱼店，又在那里问了一些事情。鱼店老板告诉他，包养阿久的老板是做木材批发生意的，家底丰厚，平常过来的次数也不多；但他一来，就会指定要吃那几样菜。家里常住着的就是阿久和丫鬟千代。她们原本也不爱买鱼，可是今年三月之后她们总是来买鱼，频率基本是一天一次。不过她们家也没有养猫养狗，不知道买来干吗？

半七在掌握了这些信息之后，心中对此事已有了大概的了解。他其实可以现在就抓阿久，但是这个人已经不是三言两语就能哄骗的小姑娘了，为人情妇多年，必定也是个善于诡辩之人，就算抓了她，她也不会乖乖认账。半七之前也和这种三十多岁的女人打过交道，吃过几次亏，因此才特别问一下阿久的年纪。

半七根据以往的经验，这次打算小心一些，等拿到了确凿的证据再抓人。于是他告别了鱼店老板，正要离开之时居然遇见了千代。

千代手里提着一个包袱，看上去应该是要出门采买。半七灵光一闪，叫住了她，以一种自然的口吻跟她搭讪道：“千代姑娘，好久不见啊，你怎么不跟我说话了呢？我是鱼店老板的亲戚啊，你是不记得我了吗？前几天你去买鱼，我也在呢，那次你买了好多鱼呢。我们说帮你送回去，你还坚持自己拿回去呢。来，我们站树下去说。”

千代虽然什么都没说，但还是乖乖地跟着半七去了树下。

这时天光破晓，漏出一缕阳光。

半七开口问道：“听说你家老爷但凡是到你们这儿，都会固定叫几份料理是吗？”

千代一言不发，只是点了点头，神色有些慌张。

“除此之外，是否还有人每隔四五天就会去你们家里？他昨天是不是又来了？但是他每次留的时间都挺短的，基本是黄昏就走了，快到黎明时才回来吧？而且，这个人还特别喜欢吃生鱼，每次都会把鱼刺乱丢？”

千代这次也不点头了，只是咬紧了嘴唇，看上去很是害怕。

“经常招待这种人，你也很苦恼吧？那人衣服也很破旧，看着像个世外高人，又像是个叫花子。你认识他吗？莫非他是你家老爷的亲戚？”

千代摇摇头，终于愿意说话了：“我不知道。”

“你知道他的名字吗？”

“我也不知道。”

半七突然抓住千代的手，厉声道：“你别想在我面前说谎！你在这里当差，绝不可能不知道这些！若是没有这么个人，你为何刚才不否认？为何只用‘不知道’三个字应对？你把事情给我说清楚！你现在几岁？”

千代小心翼翼道：“十八了。”

“已经成年了啊，那你可以跟我回办事所接受调查了。”

半七此言一出，千代便知道他的身份了，瞬间面色惨白，跟张白纸一样，眼泪唰唰地向下落。

半七见状知道话已起效，又放缓了语气，说道：“我其实也不想这样，只要你老实回答我的问题，我也不会带你去办事处。这件事终归和你没有太大的关系。我们先去鱼店聊聊吧？”

千代连忙点头，并且跟着去了鱼店。鱼店老板和他妻子看到半七又带着千代回来了，自然也猜到了大概，于是赶紧笑脸相迎，将半七带到了店里，还给倒了茶。

老板妻子还劝千代道：“事已至此，你就把你知道的都告诉他吧。”

“好，我都说。”千代开始坦白，“您说的没错，从去年冬天开始，的确有个人常来我们这儿。但我真的不知道这人是哪儿来的，也不知道他和阿久的关系。他每次过来，阿久都会让他睡在库房。阿久也想给他些钱，可他根本不要。他有时也会四处遛弯儿，但我不知道他去了哪些地方。他特别喜欢吃生鱼，也会吃熟的，但没有那么喜欢。如果不给他生鱼，他就会拿出自己的匕首，左挥右砍的，像是发了疯。我们给他准备好生鱼后，他就拿起鱼从头部开始狼吞虎咽，像个野兽一样，甚至连鱼刺都吃了，那模样特别吓人。时间一长，阿久和我都很讨厌他。我几次想辞职离开，可阿久每次都给我双倍工钱，加上她平日里也未曾苛待过我，所以我到底还是没走。”

半七听了之后问道：“你家凭空多出来了一个人，周围邻居竟然完全没发现吗？”说完，他又问了鱼店老板：“你们也没察觉到不对吗？”

老板回答道：“真的没有。”

老板娘也跟着附和道：“对啊。再说了，我们若是发现不对，肯定早就告诉您了。”

千代解释道：“大家之所以都不知道，是因为这个人白日里基本是在库房休息，直到晚上才出来活动，然后天快亮了再回来。他去了哪儿，做了什么，我们也是一概不知。这里人口不多，入夜之后基本都关门休息，谁都没有发现这个人的行踪。”

半七又问：“那么他现在在哪儿呢？还是在库房休息？”

“是的。他昨晚出去之后直到凌晨才回来，然后吃了条生鱼就去睡了。”

“那你赶紧带我过去。”

千代带着半七回去了，可还是迟了一步，阿久和怪人都不在家里。地上的衣物摆放凌乱，想来他们是走得很仓促。

半七问道：“你家老爷最近什么时候会来？”

“今天晚上。”

半七听了之后便立马回程叫来了幸次郎和另外两个捕快，潜伏在这里。等到夜幕降临，人到了之后，一举拿下了那个老爷和他的两个随从。老爷奋力反抗，一直跑到水田才被制服；两个随从倒是没有任何抵抗，束手就擒。

这人叫喜兵卫，看起来应该是过了不惑之年，他表面上是个老板，但实则是名海盗。两个随从也是他的同伙，此外还有其他人没来。他们这群人的据点是深川八幡，经常在品川周围的海上打劫，偶尔也会袭击海上的船只。阿久之前是在茶馆做事儿的，现在换到了木更津；喜兵卫包养她的时候，也没有隐瞒自己的身份。

喜兵卫有次出海的时候捡到了这个怪人。那是去年的十月份，喜兵卫带着他的同伙狠赚了一笔，回程的时候看到海面上有个东西在游，看着有点像人。不过他们也不敢确定，毕竟海鲈和海豚也是这种游泳方式。有人说这可能是传闻中的人鱼。大家顿时升起了好奇心，便放慢了船速，打算看看那是什么东西。

在确认海上游泳的是个人后，喜兵卫便叫人将他捞上船来。结果这人一上船就嚷嚷着要食物，一口气吃了好几碗饭。他是可以说话的，但明显不太习惯和别人聊天。因此，他们也不知道这个人到底是谁，为何要在海里游泳。喜兵卫本是想着这人可以为其所用，再加上好奇心作祟才救了这个人，可现在看到这个人不过如此，便又把他扔回海上了。不过，这个人坚持跟在他们船后，而且他现在吃饱喝足了，精力更好了，游得更快了，速度堪比海鱼。这些人感觉不太正常，便又在猜他究竟是不是人。大家商量一番，还是决定把这人打捞上来，并且带着他回到了江户。

大家想着上岸之后这个人就会自己离开了，可他居然还是跟在后面，打死不愿走。现在，大家的身份都被他知道了，为了万无一失，理应将他灭口，可这人似乎有一种特别的吸引力，让人不忍杀他。

喜兵卫左右为难，最终还是让手下之一负责照顾这个人。之一家在品川，离海很近，来去都很方便。不过，这个人虽然在之一家住着，却不知怎么知道了喜兵卫府邸的所在，便顺着线索找到了阿久，然后便赖上了她，怎么都不肯离开。

阿久拿这人没法，只好将他留下。

他们就这么过了大半年。这人平日里做事很小心，只要出门，便走水路，无论海水温度如何，他都可以随意游泳，所以周边的人都没有察觉到他的存在。不过他害怕会在海里碰上鲨鱼，所以身上一直带着一把匕首。

清次在女儿节那天接的六个客人便是阿久、喜兵卫，以及他的四个同伙。不过，他们那时也见到这个怪人了，为了避免节外生枝，他们特意躲开了这人。他们也听到了这人在外面说的话，但是都觉得这是无稽之谈，全不在意。而后出现的狂风巨浪才让喜兵卫开始留意他，既然这个人可以判断天气情况，那就可以带着他一起出海，肯定事半功倍。

他的决定是正确的，因为每次带着这个人，海盗们的收获都很可观。不过，这人一直不愿意告诉大家他的名字，所以众人只好叫他“师傅”。

基于喜兵卫和其余两人的供述，捕快们很快就把海盗集团的人全抓了。唯有阿久和师傅不知所踪。

半个月后，人们在海上发现了一具浮尸，尸体心口处有刀伤，是致命伤，而这具尸体正是阿久。

四

“你现在想明白这件事的前因后果了吗？”

“还是没有。”

“那个怪人的名字是万吉，有个绰号是海龟，之前一直在上总周边流浪。不过，这人自小便善于游泳，随随便便就能游个几千米。不过，这人品行不端，二十七岁那年触犯了法律，被发配到了伊豆岛。刚到那里的十年，他确实安分守己，但是日子一久，他也觉得无聊，疯狂地想要逃回大陆。伊豆岛周边鲜有船只出没，可万吉自认为游泳好，便打算赌上一把，直接游回去。可饶是他再会游泳，也改变不了地理距离过长的客观事实，他肯定是无法一口气游到目的地。所以他才会一上船就要食物吃，补充了能量后，便又回海里继续游泳。他衣服破旧，一头长发，猛地一看确实吓人，因此大家也不会拒绝他提出的要求。但这个嗜酒之人也不要别的，就要些食物和酒。于是他便这样游到了房州，在那里遇到了喜兵卫一行人。之后的事情我也都告诉你了。”

“这个人肯定是疯了，居然会这么做。”

“的确是这样。他本来想自己游到上总，可是在喜兵卫那里吃饭的时候，他便改了主意。因为这样贸然回去，他很有可能又被抓起来，所以还不如跟着喜兵卫走。他没有把自己的身份告诉喜兵卫，不过，这也是情理之中的。即使喜兵卫就是海盗，他也不可能主动承认自己是私逃出来的囚犯。而且，他在江户也没有亲戚朋友，受身份限制，他也不可能出门打工；要是离开了喜兵卫，只怕他会再度成为流浪汉。因此，他就死赖着这人，找到阿久之后更是变本加厉，不但蹭吃蹭喝，而且还强暴了阿久。只是喜兵卫不知道罢了。阿久刚开始的时候肯定是不答应的，但她终归是一介女流，包养她的喜兵卫也不可能随时陪在她身边，独自面对这样一个对她心怀不轨之人，她也只好顺从了。发生了这种事情，只要万吉不说，她也不可能跟喜兵卫说的。那天我带着千代去了鱼店，阿久发现不对的时候，便想让万吉赶紧离开。谁知道万吉直接拿出匕首，威胁阿久，让她跟着一起走。阿久为了活命，只好跟着他走了。他俩先是跑到了千住海边的堤坝处，在那里挖了个洞，以此藏身。但天网恢恢，他们的踪迹还是暴露了，二人又逃往神奈川。阿久一直都在找机会逃走，但每次都失败，两个人也经常发生口角冲突。万吉最后气急攻心，还是杀了阿久。”

“那万吉有落网吗？”

“肯定被抓了呀。他杀了阿久之后便自行去了神奈川。他还特地刮了胡子，剃了头发，以此掩饰自己身份。可他身无分文，便想着卖掉阿久的衣服换钱，结果被人识破，最终落网。他原本就是逃犯，如今又杀了人，官府最后判了他死刑。”

“这么看来，这人只是个普通人，不是什么怪人吧。那他为何偏爱吃生鱼呢？”

“他确实是在海边长大的，可并不是真的喜欢吃生鱼。根据他的供述，他是为了吓唬别人才装出那个样子的。”

“我明白了。但还有一个问题，这个普通人为什么可以在女儿节那天准确地预测天气变化呢？”

“捕快们在审问他的时候，也问了这个问题。他的回答是因为一直在岛上无聊，所以只能研究大海和天空，久而久之也就总结出了一些经验。但谁也不知道他说的是真是假。只是他被捕之后，曾在某天于狱中对别人说今晚要打雷，结果那天晚上真的就是电闪雷鸣，而且还有十六处被雷电所劈。这件事最后传得沸沸扬扬，直到明治时期，都还被人们提及呢。”

我听完之后开玩笑道：“这么说来，要是您昨天赶海时，也能遇到这么一个人的话，可能就不会被弄成落汤鸡了吧？”

半七笑道：“确实，可惜了，我怎么就没遇见呢。”

第五章　长矛杀手

他们回来之后觉得一切正常，轿子也还停在那里；不过，他们试着叫了几声，却无人回应。他们觉得那名女子应该已经是遭遇不测，便掀开轿子看了看。可轿子里面根本没有女子的尸体，只有一只被长矛刺死的黑猫。

一

明治二十五年春，山之手周围总是会发生一些奇怪的事情，比如年轻姑娘如果夜晚外出，要么就会被人划破了脸，要么就会被人削了鼻子，很是诡异。这个情况大概维持了三个月。当地百姓因此惶惶不安，整日都是提心吊胆的。许多报社都报道了这件事，所以但凡是爱看报纸的，都知道这事。

半七一直都有看报纸的习惯，因此知道这件事。

我去看望他的时候，正好跟他聊到了这件事，他好奇道："现在还没有侦破这个案子吗？"

"对啊，因为一直都没有找到相关线索。但是许多人都认为犯案者是心理变态或者精神失常，反正绝对不会是个正常人。"

"有道理，毕竟正常人是做不出这种事情的。我之前也碰到过类似的事情，比如长矛刺。你知道这件事吗？”

“我没听说过，但是您说起长矛刺，那就说明杀人犯是以此为武器的，是吧？”

“是的，而且此人极其凶残，看到人就杀。可是这个案件并不是我负责的，因此我也不太了解其中细节，只知道大概经过。”

半七老人开始给我讲这个故事的经过。

二

这件事是在文化三年的春天发生的。凶手特地选择在入夜之后潜伏在路旁，只要有人走过，就会扑上去将人杀死。这对于受害人来说也是无妄之灾，谁能想到自己走在路上都能被无辜杀死。更有些好事之人还特别为此写了俳句，如“春日夜深枪梅危，一柄长矛索命来”。但是官府一直没有找到相关线索，也因此没有抓到行凶者。好在没过多久，凶手就销声匿迹了，附近也再没有这样的事情发生。

百姓们本来觉得这件事也许这样过去了，可谁知，文政八年夏季，这个人又出现了，而且杀死了一个在当地颇有声望的三弦师傅。这人的琴技极高，算是后起之秀，因此他刚死的时候大家都在猜测是不是有人嫉妒他，后来才发现并非如此。

山之手这里有很多武士之家，所以凶手不敢肆意妄为，一直比较平静。可是下町的百姓就很倒霉了，凶手基本都是在这里行凶的，而且这人神出鬼没，极难对付。当时人们若不是遇到十万火急之事，绝不会在入夜之后离开家，而且哪怕是出门，也会呼朋唤友一起出行。这个凶手复出之后变本加厉，更加残忍，平均三天杀一次人。所有人都非常恐惧，害怕自己就是下一个一命呜呼的人，城里充满了恐怖的气氛。

奉行所自然不可能放任事态就此发展，但大家使出浑身解数，从夏季查到秋季，也还是一无所获，连一条线索也没有。每个受害人身上的财物都完好无损，可见凶手杀人并不是为了劫财，看起来就像是只想杀人一样。所以除非是在他行凶之时抓住他，否则基本是找不到这人相关信息的。根据目前所掌握的情况来看，都很难判定两次行凶的是否是同一个人，也不知道他是独自行动还是团伙作案，更查不到他究竟为什么要这么做。

坊间对于凶手的杀人目的也是众说纷纭，有人觉得他是想借此锻炼身手，也有人认为他是在测试长矛。如果以此为依据来调查的话，那些教授长矛、学习长矛的人就有极大的嫌疑了。奉行所也对这些人进行了调查，可还是没有任何收获。

此外，还有一种说法，那就是这个人想要杀掉一千个人，或者是杀死狗年出生的人。我们不知道前者是否是真的，但可以断定后者肯定是假的，因为纵然许多死者都是属狗的，可被杀的三弦师傅是鸡年出生的。

面对如此难办的案件，大渊吉十郎很是气愤，他对同僚们许诺说若是在年底抓不到凶手，便切腹谢罪。

大渊吉十郎立下了这样的承诺，他手下的捕快也不敢掉以轻心，大家放下了手上的小案子，全神贯注地调查这件事。可大家查了许久，也只能从他擅长使用长矛这点推测，他应该不是做生意或者是种地的，应该是浪客或者武士。

七兵卫也是这样认为的，他是这次破案的主要功臣。

那时，七兵卫年近花甲，不过身体康健，思维敏捷，破案率极高。他夫人已经离世多年，其生活起居皆由老太太阿兼照料。

十月六日早上，阿兼正在擦洗栏杆，七兵卫突然跟她说道："今天这天看着不太好，可能要变天。"

阿兼闻言抬头看了看，回道："的确如此，估计一会儿就会下大雨了。对啦，今晚就是御十夜了。"

“那我应该去趟浅草的佛堂了，我这个老捕快也希望下辈子的日子可以好过点呢。”

“挺好的，多去拜拜总是没有什么坏处的。据说那里还会举办盛大的佛事，还有讲经解道的呢。”

“如此说来，我更该去走一趟了。”

二人正聊着天，一个侍卫走进来通报道：“岩藏来了，您是否要见见？”

“要的，你带他过来吧。”七兵卫边说边走到火盆旁坐下。

岩藏进来之后便跟七兵卫打招呼道：“早上好啊，这天可是越来越凉了，温度变化真大。”他脱发严重，头上已经秃了，鼻头通红。

七兵卫随口调侃道：“可不是嘛，今晚就是御十夜了。但你这个爱赖床的人居然能这么早来找我，实在是让我很意外啊！发生了什么事情吗？”

岩藏走到了火盆边，略显拘谨地坐下后，开口道：“对的。藏前那边又有人被长矛刺死了，应该是昨天晚上八点左右发生的事儿。但是此事和之前的案子相比有些蹊跷，所以我才一大早来找您的。”

七兵卫问道：“死者是男是女？哪里有蹊跷？”

“是女性，不过也不敢肯定。算了，我还是从头跟您说吧。昨夜有两个轿夫，一个叫富松，一个叫堪次，他们完成了最后的生意，打算一起回浅草。在经过柳原堤防时，他们遇到了一个女子。那人看着就十八岁左右，从一棵柳树后出来拦下了轿夫，只说想去雷门。轿夫们回浅草本就会经过那里，所以也就答应了女子的要求。路上还挺平静的，可到了御厩渡口时，一个人影从暗处跳出，直冲向轿子。富松和堪次都被吓到了，丢下轿子便跑。刚跑了几十米，他们便觉得不该把一个弱女子丢在原地，于是便壮着胆子跑了回去。他们回来之后觉得一切正常，轿子也还停在那里，不过，他们试着叫了几声，却无人回应。他们觉得那名女子应该已经是遭遇不测，便掀开轿子看了看。可轿子里面根本没有女子的尸体，只有一只被长矛刺死的黑猫。”

“一个好好的活人居然变成了一只黑猫？这太不可思议了！”

“就是说啊！大家都不知道是怎么回事儿。两个轿夫以为那个姑娘是黑猫变的，但是运气不好，碰到了长矛杀手，结果一命呜呼。他们这么想倒也说得通。毕竟这段时间凶手四处杀人，普通女子哪敢在深夜去柳原堤防闲逛呢？”

“说得有理。对了，那名女子长相如何？”

“挺好看的。”

“轿夫们看到她的模样了？”

“那倒没有，轿夫说那人一直用纱巾蒙脸，看不清长相，不过感觉应该是个美女。”

“想来也是个养尊处优的小姐，以前也常坐轿子吗？”

“可能是吧。具体的也不知道。”

“确定是才十几岁吗？”

“是的。”

“我了解了，你也辛苦了。”

岩藏点了点头，然后去了别的屋子，找七兵卫的其他下属说话去了。不过他们聊的基本就是茶楼、姑娘这些，也没有别的话题了。

七兵卫自己坐在那儿，点了旱烟，边抽边想事儿。

他想着想着突然敲了下烟管，说了一句：“实在是奇怪。”

七兵卫在入夜之后戴着佛珠，提了一盏小田园灯笼，往浅草佛堂走去，顺道还去了柳原堤防查看一番。或许是由于近来总有凶案发生，所以这里没什么人经过，静得可怕，唯一的光亮还是远处的稻荷神社发出的。

七兵卫见此情景，便把灯笼藏了起来，然后继续前行。

不一会儿，就见柳树后走出了一个年轻女子，体态清瘦，有弱柳扶风之姿，宛如幽灵。七兵卫看到了她，她也敏锐地察觉到了七兵卫的存在。

二人擦肩而过时，七兵卫开口道：“小姐……”

女子置若罔闻，依旧向前走着。

七兵卫跟了上去，说道：“这里不安全，我护送你一程吧，如何？”他说着拿起了灯笼，想看清楚对方的长相。

谁料女子身手敏捷，反手打掉了灯笼。七兵卫早就预判到了她的反应，趁机去抓女子的手腕，女子用力一挣便挣开了，连带着还弄掉了七兵卫的佛珠。

七兵卫没想到这人力气竟比他还大，一时愣住，便给了对方逃跑的机会。那女子一眨眼的工夫便跑掉了，没留下任何踪迹。

事已至此，七兵卫也没有追赶的必要了。

莫非这人便是传说中的猫妖？七兵卫一边想一边弯下腰，打算把灯笼捡起来。

而就在这一瞬间，一个黑影跳了出来，长矛一转，直直刺向七兵卫左腹。七兵卫连忙侧身躲过了这一刺，矛头便扎在了地里。七兵卫立马站直，一把抓住矛柄，欲夺长矛；可来人身手极佳，一下便拔出了长矛，挥手刺向七兵卫。七兵卫堪堪躲过，可矛头紧跟其后，直指其腰腹。好在七兵卫功夫也不差，自保不成问题。

“你束手就擒吧！”

二人交手几个回合后，七兵卫忍不住厉声呵斥。

那人知道七兵卫是捕快后，便停止了攻击，转身就跑。夜色浓郁，七兵卫根本没看见对方的长相，不过他还是找到了那盏灯笼。七兵卫掏出火石，点亮灯笼里的蜡烛，又捡起了散落在地上的佛珠，然后仔细察看了周围，奈何依旧没有线索。

七兵卫别无他法，只能往浅草走去。不过他一直都在思考那女子和杀人凶手有何关系。

最近不太平，来佛堂礼佛的人很少。七兵卫略坐了一会儿，便也打道回府了，这次路上倒很平静，没发生任何意外。

几日之后，猫妖的传闻甚嚣尘上，八丁堀都已经听说了这件事，便下令让町奉行[1]出面阻止流言传播。七兵卫收到命令后，特别去了趟浅草，找到了那个名叫堪次的轿夫，因为他觉得这件事一定和两个轿夫有关系。

七兵卫找到一个杂货店的老妇人，向她打听到堪次家在马道的大杂院，走进巷子，往前过三家，便是了。

七兵卫问道："堪次每天都会接活吗？"

"以前是的，不过这段时间没有了。我想想啊，大概是十几天前开始的吧，他天天都待在家里，哪儿都不去。他媳妇儿为此老跟他吵架呢。"

"那看来他现在也在家吧？"

"应该是吧，我刚刚还听见他吼他媳妇儿呢。"

"太感谢您了。"

七兵卫道了谢便去了那条巷子。刚走进去，他便听到有女子在吵闹，一听这话，七兵卫便知道那是堪次的媳妇了。

女子叫道："你能不能有点出息！你本事没多少，说话却敢说！你如果不怕就出去干活啊！那东西又不是每天都在，你就遇上一次，至于害怕成这个德行吗？要是夜里摆摊的人都像你这样，就别做生意了！要我说啊，你当时就应该抓住那个人，然后把他交给町奉行所，那才叫本事！你天天在家里骂我，算什么男人？"

从这话也能大概了解这件事情了。堪次自那晚之后便整日躲在屋里，从他放在院子里的轿子就知道了。

七兵卫去敲门，道："请问这是堪次家吗？"

堪次媳妇满脸怒气地来开了门，大声道："是！你谁啊？"

[1]　町奉行：江户幕府的职称，掌管领地内都市的行政、司法。幕府与各藩都设有该职位，但是一般所说的町奉行专指江户町奉行。江户以外的幕府天领都市之町奉行称为远国奉行。

“鄙人是葺屋町的捕快，名叫七兵卫。”

堪次媳妇听到这话，连忙换了个态度：“是您啊！抱歉抱歉，您请进！家里有点乱，您别嫌弃啊。”

七兵卫很有礼貌地说道：“该说抱歉的应该是我，是我冒昧打扰了。”他就坐在玄关换鞋的地方，摇摇手道：“我就不进去了，我只是想来问几件事情而已。堪次先生，你是不是在几天前遇到了长矛刺，同时还接了一个奇怪的客人？”

堪次正坐在火盆旁边，他看着三十岁左右，个子不高，有点胖，是个安分守己之人。他回答：“是的。”

“那么，猫妖的事情也是你和富松说的吧？”七兵卫正色道，“町奉行所要处置传播谣言之人，你跟我去趟办事处吧。”

堪次见状急了，辩解道：“这事儿是我说的，但确实是太奇怪了啊！那个女的要不是猫妖，怎么会那样呢？而且也不是我一个人这么说的啊。您要是光凭这就逮捕我，实在是说不过去啊！”

“你说得没错，我也觉得你很无辜。这样吧，我可以不抓你，不过你叫上富松在晚上六点的时候抬轿子来找我，我需要你们做些事情，你能做到吗？”

堪次连连点头，答应道：“好的，好的。”

七兵卫见目的已经达成，便打道回府了。

他才到家，岩藏就来了，于是七兵卫便把今日的事情告诉了他。

“我打算让他们今晚抬着空轿子去那儿走一趟，说不定还能再碰上那个猫妖呢？”

“这法子倒是不错，但是我觉得你如果想做些事情的话，还不如找个胆子大的，干吗叫这两个胆小鬼呢。”

七兵卫解释道：“话是这么说，可毕竟就这两个人见过那个女子，所以我才特地去找了堪次。对了，你见过民次郎吗？我有叫他去做些事情。”

“见到了。他本来是要找你的，不过你不在，他就去剪头发了，等会儿就来了。”

二人说着说着，民次郎便回来了，这人看着就二十五岁上下，年轻气盛。

“我这几日都按照您的吩咐，和寅七巡视竹林，可江户的竹林数不胜数，我们还没全部查完，目前也没有找到任何特殊之处，非常抱歉没能达到你的期望。”

“无妨，你们接着查就行了。我知道这任务量很大，也不是短时间内就能完成的，不急。”

这天晚上六点，富松和堪次抬着轿子过来了，在七兵卫的带领下来到了老地方。七兵卫让他们走在前面，自己则是躲在暗处观察，可他们走到了晚上十点，也还是没见到那个猫妖。

次日，三人又如此重复了一遍，还是一无所获，什么都没找到。

“估计今天也是抓不到了，明天还得再来一次，麻烦你们了。这钱你们收着，算是你们的酬劳，回去买酒喝。”

第三日，富松与堪次照旧过来了，但情况还是和昨天差不多，一只猫都没看见。

七兵卫还是给了他们钱，然后嘱咐他们明天继续。几人分开后，打算各回各家。可是七兵卫刚走一会儿，便看到堪次跑了回来，上气不接下气地说道：“那里死人了！又死了一个！”

“快带路！”

死者是一名女性，死亡地点距离七兵卫有一百多米。她衣着整齐，看上去应该二十岁左右，心口有道致命伤，尸体还有余温。

七兵卫很是不解，他们之前就在这周围不远处，若是女子死前呼救，他们肯定能听到的。

他先检查了死者的嘴，赫然发现她嘴里有一截断指！

七兵卫立马想通了，死者生前本想呼救，可凶手用手捂住了她的嘴。

女子奋力反抗，凶手来不及躲开，结果手指头被女子生生咬断。

七兵卫起身对富松、堪次说道：“实在是个可怜人，烦请你们帮我个忙，将尸体搬回办事处。”随后他小心翼翼地包好那截断指，将其放到了怀里。

仵作验尸之后证实死者心口的伤确实是长矛所刺，办事处很快也查清了死者身份，她是个丫鬟，在茶馆侍奉，名叫阿秋。

所有人都觉得阿秋是被长矛凶手杀死的，她的亲属也来认领了她的遗体。

可七兵卫并不这么认为，他跟长矛凶手交过手，那人擅长远距离进攻，不会贴身肉搏，更不会自己用手捂住受害人。因此，他更偏向于说有人刻意趁着长矛刺风波杀了阿秋，然后想把这件事推给长矛凶手。

七兵卫在断指上发现了蓝色染料，由此可见，凶手应该是在染坊工作的人。在经过一番调查之后，他们逮捕了长三郎。此人刚满十九岁，学成出师不久，现在在一个染坊工作。他在看到那截断指之后，承认了自己的罪行。

长三郎在今年夏天看上了阿秋，可是阿秋觉得他年纪小，无钱无势，便不想搭理他。没过多久，长三郎知道阿秋和别的男人在一起了，心中又气又恨，顿时起了杀心。不过，他虽然对阿秋因爱生恨，但并不想把自己的命也搭进去，于是便打算趁着长矛刺风波移花接木。他先去买了一个矛头，然后埋伏在阿秋约会回家的路上，趁机杀了她。

七兵卫知道之后，心里想：“这可真是意外之喜啊。”

不过，真正的惊喜还是长三郎说的另一件事。

“我绞尽脑汁地追求着阿秋。我没有什么积蓄，便想着赌几把，希望能赚点钱。起初我是和作兵卫赌的，赌注就几百文，从来不超过一贯，也不大。我只是觉得这人灰头土脸，又才从甲州过来，赢他应该是不费吹灰之力的。可谁承想这人很是精明，我俩赌局基本都是他赢。我们赌的钱不多，不过他还会和别人赌，这么算下来，他还是赢了不少钱的。”

“居然还有这种事？这人平日里就以赌博为生吗？若真是如此，他就是赌场的常客了吧？”

“是的，他常去山之手的小赌场，但他也不是以此为生的，因为他实际上是个猎户。”

“他靠打猎为生，你靠手艺吃饭，那你俩是怎么认识的？”

“他每次猎到狼、猴子之类的动物，会带着猎物去我们染坊边上的那家兽肉铺子出售。那次，我师傅让我去买点山猪肉，他正好就在那儿，我俩便聊了一会儿。他跟我说他很爱赌钱，若是我也有兴趣的话，就和他一起。”

“他是个猎户，想必常出没于竹林这些地区吧。”

“是这样的。因为我第二次见他，也就是我们聊过的几天之后吧，他正在往竹林走。但是天快黑了，我在岸边叫住了他，问他在这儿做什么，他跟我说是在抓狐狸。”

“那他抓到了吗？”

“应该是没有的，因为他那时候回答了我的问话之后，压根没进去，狐狸肯定早跑了。”

“你知不知道他家在哪儿？”

“嗯，他住在自炊旅馆，就很便宜的那家。我也好奇呢，按理说他十赌九赢，应该是挺有钱的了，怎么还住在这种地方呢？”

七兵卫笑道：“的确可疑。多谢你跟我说了这些，帮了我一个大忙，我会替你向上面求情的。”

“实在是太感谢您了！”

七兵卫叫来下属把长三郎带回了看守所，然后又派人去缉拿作兵卫。

岩藏好奇问道：“你怎么知道这人是凶手的？他是猎户，为何会用长矛杀人？”

“虽然我还没想明白这点，但他应该就是长矛凶手。我之前和凶手交手时握住过那长矛，发现它的矛柄是用竹子做的，而不是常见的木头，可见此人用的绝非是有矛柄的真长矛，应该是拿竹子自制的长矛。要知道，武士杀人是肯定不会用这种武器的，因为他们根本看不上这个。那么，凶手只能是普通老百姓了。他每次杀人前都会去竹林里砍竹子做矛，杀人后再将凶器扔在竹林里。故而，我才让民次郎带着寅七去巡查竹林，而且一定要在夜里。可惜，一直都没有收获。刚刚长三郎的证词解释了一切。其实，长三郎第二次见到作兵卫的时候，作兵卫根本不是追着狐狸去竹林，而是打算去那里做凶器杀人的。原因很简单，他说抓狐狸，最后却没进去。另外，我之前一直在想凶手杀人的时候为什么专攻人腰下之处，现在我终于明白了。因为这人是猎户出身，常常猎杀野兽，习惯了攻击下体。”

“你说得对，那我们赶紧去抓他吧！”

岩藏听完之后便带着寅七、民次郎出发抓人了。

这日是十月二十日，七兵卫从晚餐后便在等岩藏他们的消息，心急如焚。他们黄昏时就出发了，现在天都黑了，人还没回来。七兵卫暗想着，难道是作兵卫不在家，他们正躲在周围等他？不，应该不会的，毕竟都这么晚了啊。他实在是无法平心静气地等下去了，便打算自己去看看。

他正要动身，堪次便到了，他解释道：“实在是很抱歉，富松的疝气发作，下不来床，我只好自己来了。”

“没想到会发生这种事。但没关系，今夜本来也不需要你们再辛苦了。不过，你人都来了，还是陪我跑一趟吧。怎么样？”

“好的。”

堪次在家是有些害怕自己的媳妇，但生性本分，七兵卫也很喜欢和他聊天。于是二人边聊边来到了两国刀口。

在抬轿前，堪次突然道：“今晚实在是冷啊。”

七兵卫点点头：“是的，毕竟就快到年尾了。气温再低一点，下游的人就会抓银鱼了……”

话还未说完，堪次便拉住了他的袖口，打断了他的话：“那个女的就是那夜变成黑猫的人！”

七兵卫赶紧抬头看过去，只见桥上有个女子正低着头走路：“你确定是她吗？”

“确定，我不会认错的！”

“好，那你且在这里等着，我过去看看。”七兵卫说完便偷偷跟了上去。

七兵卫一直跟到桥头才看见了这人的模样，他很有礼貌地说道：“少年人，真是对不住啊，那夜……”

那人一言不发，只是继续前行。

七兵卫追上去，道：“你是内田家的人吧，我知道你这么做也是想早日抓住真凶，是不是？可你确实不该弄出猫妖这场闹剧啊。”

那人闻言终于拿下了面巾，笑问道：“哈哈哈，你到底是谁呀？为何认识我呢？”

原来，此人根本不是女子，只是一个还不到二十岁的少年郎，他身量很高，长相俊秀，应该不超过十五岁。

“我是七兵卫，一个捕快而已。认识你是很正常的，毕竟你父亲素有声望，而且我近来因为长矛刺的事常去找他，你跟他简直是一个模子里刻出来的，谁见了你都会猜到你是他家的公子。实际上，我第一次碰到你的时候就觉得不对劲，你那副好身手可不是一般人能有的。”

七兵卫所言非虚。这人名唤俊之助，其父是声名显赫的剑客内田传十郎。内田家在下谷有一家武馆，馆内弟子极多。自从长矛刺事件发生后，所有人都希望可以尽早抓住凶手，俊之助也不例外。他在父亲的允许下，开始独自调查这件事。他仔细观察后发现，若是随意走在街上，没有明确的目的地，是不会遇见凶手的。于是他便想到男扮女装的法子，希望可以引出凶手。这天，他乔装打扮之后走在广德寺前，凶手真的出现了。他在和凶手交手时还夺走了对方的长矛，奈何那晚夜色太浓，凶手腿脚又快，所以还是让这人跑了。

而坐轿子那次，他本是想吓唬凶手的。他在出发前勒死了一只黑猫，将其藏在身上，然后在凶手攻击时，留下黑猫，以最快的速度跑走了。

俊之助又向七兵卫赔罪道："非常抱歉，给您添麻烦了。"

"你近来还是在找杀人犯吗？"

"当然了。不过我把黑猫之事告诉我父亲后，被他好一顿骂，哎，我还以为他会觉得这是个好方法呢。父亲说若不是我搞的这出恶作剧，兴许他早就能抓到凶手了。他要我弥补自己的过失，每晚都出来找那个杀人犯。可是近来月色都不错，凶手根本就不出来。"

"你也是辛苦了。但你之后不用找了，因为我已经找到了。"

"是吗？"

七兵卫刚想回答，旁边一道寒光闪过，一名身材魁梧的男子冲了过来，拿着匕首直刺向七兵卫。七兵卫敏捷闪躲，让那人扑了个空，俊之助也出手攻向来人。在二人合力之下，凶手终于落网。

三

半七老人对此点评道："作兵卫实在是太沉不住气了，居然这么做。他若是能耐住性子，不率先攻击七兵卫，或许还能再躲几天。可惜他听到七兵卫对俊之助说找到了凶手后，惊慌失措，失了分寸，还以为能在二人聊天分心之时杀死他们。他也不想想，这两个人，一个捕快，一个剑客，武功都很不错，他怎么可能轻易取胜呢？"

"确实如此，但作兵卫真的是凶手吗？他不是猎户吗，为何要做杀人的勾当？莫非真的是得了失心疯吗？"我还是有些不解。

"他的确是杀人凶手，不过他可没疯，一个精通赌博之术的人，绝不会是疯子的。不过，这人长相确实可憎，年近不惑，满脸疤痕，胡子拉碴，还被熊咬掉了一只耳朵。他在被审讯之时，头脑清醒，思维、情绪一切正常。根据他的供词来看，他们家是在甲州的深山之中，一直都是靠着打猎维持生计的。父母早逝，家中便只有他和他哥哥了。文化三年杀人风波的始作俑者便是他哥哥。当时他哥哥来江户卖肉，见这里繁荣热闹，而且城中之人穿着体面，生活又好，顿时无比羡慕。而这份羡慕最后则演变成了滔天的恨意，于是他便想杀死这些小日子过得不错的人。他先砍了竹子制成长矛，然后潜伏在暗处，伺机杀害无辜路人。但是，他在开春之后便回到甲州了，所以大家没有抓到他。他本来对这件事守口如瓶，没有告诉任何人，却在一次醉酒之后不小心跟作兵卫说了这件事。而他也在二十年后的一个冬天，坠崖而亡。作兵卫回忆起这件事后，便想着去江户看看，于是就拿着兽肉来卖。可谁知他看到江户的景象之后，居然和他哥哥有同样的想法，而且也做了同样的事。在此期间，他也曾停手回家，可他在家中觉得实在无聊，便又返回了江户，最后被七兵卫抓回去，判了死刑。这件事本来也不算复杂，结果突然出现了一个猫妖事件，添了不少麻烦。可当时的剑客也的确会弄出这样的恶作剧。”

“这兄弟二人都是猎户，那他们在江户待了那么久，是怎么维持生计的呢？”

“你还记得长三郎说的话吗？他们可都是善于赌博的人啊！他们本就不是生活奢靡之人，用赌博赢来的钱足以让他们在江户生活了。而且说实话，在江户的话，活下去也不难。只是所有人都想不通这二人为何会有如此极端的做法，最终只得出一个结论，这可能是他们猎杀动物的报应吧。还有一种说法是这二人本就是猎户，一直在和山间的野兽交手，久而久之也就有了一些兽性。但无论如何，大多数人都认为这是天道轮回、因果报应。具体原因，已经无人知晓了。不过按照现在的环境来看，这二人可能是得了某些心理疾病吧。”

第六章　金鱼双命案

他从门的缝隙间看见，其月师傅躺在地上不省人事，他的身下流淌着大片血迹。房间乱成一团，桌子倒了，放在桌子上的笔墨纸砚散落在地上，诗集也被血液染红。

一

五月初，为了拜访半七先生，我专门来到了赤坂。见到半七先生时，他正在花店和老板聊天，他的心情看上去很好，言笑晏晏。半七先生买了一盆稗子盆栽，然后示意管家付钱，等他注意到我时，和往常一样笑着朝我点头，然后带我到房间里。

房间不大，只能摆放六张榻榻米。半七先生把盆栽放在走廊里，对我说："现在的人真是越来越浮躁了，一点也静不下心。四月底我去花市逛了一圈，就看见有人卖菜苗，现在才刚到五月，就有人卖稗子，昨天我去逛了个祭典，发现有人在卖金鱼，这一切仿佛都在告诉我夏天来了，可现在不过才五月初。现在年轻人生活的节奏可真的太快了，虽然我也是个急躁的人，但和他们相比，我自愧不如。照这样发展下去，说不定元旦的时候就有人卖金鱼缸了呢！当然，我知道有一部分人喜欢在冬天养金鱼。"

我顺着半七的话问道："听说以前的人在消防桶里面养金鱼，这是真的吗？"

半七点头回复道："对呀，以前大家都在消防桶里面养金鱼，哪像现在，用玻璃缸养金鱼。真是时代变了，就算是在冬天，只要玻璃厚一点，把金鱼缸放在太阳下，金鱼也能活过一个冬天。以前可不是这样，为了让金鱼活过冬天，人们普遍用很深的消防桶养鱼，这样金鱼就可以待在桶底，熬过一个冬天。偶尔也是可以看见有人用玻璃缸养的，不过那都是在夏天。那时候民间还流传着金鱼用热水养的说法，导致冬天也有人出来卖金鱼。到了江户末期，金鱼的价格更贵了。不过金鱼这玩意儿，人们贪图的只是新鲜，长久不了的，就像那时候也很流行养兔子和种万年青，莫名其妙就流行起来，也悄无声息地销声匿迹。提到金鱼，我倒是想起了另一件事。"

二

神田松枝町的那片土地被称为玉池。在这片土地上，生活着许多风云人物，比如画家山田芳洲、锹形蕙斋，诗人梁川星岩、大洼诗佛，剑术家千叶周作等。玉池因数不胜数的大师而出名。在江户时代，玉池这个地方就十分出名，除了有非常多的大师住在这儿之外，单这个地方的传说就让玉池闻名天下，只不过大家都说不清楚具体是在哪里发生的。

松下庵其月也住在这个地方。他之所以给自己取名松下庵，是因为他住的地方有一个池塘，池塘边上种着一棵松树。

其月住宅的院落中有许多小池塘，大家都猜测这一片本来是大池塘，经过填埋后形成多个小池塘。但是其月对这个说法不屑一顾，他拍着胸脯向众人保证道，自家的池塘一定是传说中的玉池遗址。对于其月的说法，大家都持怀疑态度，不过也没人去否定。

虽然松下庵其月不如前面举例的文人墨客出名，但是他作为一名俳谐师，在他的领域里也是一位知名的前辈。这里的居民常会找到他请教俳谐，所以，他也能凭此过上富裕的生活。

弘化三年十一月中旬的某天，天色暗沉，乌云密布，有个看上去三四十岁的男人找到其月，想要拜托他一件事。这个男人名为揔八，是一家旧货铺的老板，经常到其月家串门。

其月见此人拜访，笑着将桌子的东西摆在一旁，打趣道：“你可是‘无事不登三宝殿’，怎么，又来找我转卖什么东西吗？恕我直言，你最近找我转卖的东西风评都不太好啊。”

听闻此言，揔八有些着急，他连忙说道：“老师，您先看看吧，我这次带来的绝对是前所未有的好东西！而且还有鉴定证明，一定不会出错的！”

正说着，揔八就从包里小心翼翼地取出两幅诗笺。其月一眼扫过去，就觉得这不过又是鱼目混珠的东西罢了。这两幅作品作者不同，其中一幅署名芭蕉的诗笺上写着“乌鸦停驻枯枝，暮秋”，另一幅署名其角的诗笺上写着“十五喝酒脸绯红，今日之月”。

见其月嫌弃地将两幅诗笺塞回包里，揔八失落问道：“您就不能想想办法吗？”

其月嗤笑道：“我说你啊，你明知道是假的，还要当真迹卖给别人，会不会太过分了呀？我就说你‘无事不登三宝殿’，你来找我肯定就是为了这些事情。”

揔八依旧请求说：“那您看看能帮我转卖给其他人吗？”

其月干脆摇头，毫不留情地拒绝了揔八。

揔八挠头，看上去十分失落：“就算是其角的那幅诗笺也卖不出去吗？真麻烦啊。”

其月利落回复道："卖不出去的，你就别做梦了。"

摁八垂头丧气地叹了一口气，好半天才说道："对了，我来找您，还想拜托您另外一件事。不知道您认不认识喜欢金鱼的客人。我这儿有一对朱锦金鱼，冬天用热水养着就能活。卖家和我说八两就能拿走，但是我们卖的时候可以稍微抬价，标个十两二分，可以让客户有砍价的空间。如果您可以物色到客人，帮我把这对金鱼卖出去，那么就能拿二两的回扣。"

其月笑骂道："我看你是掉进钱眼里去了，什么乱七八糟的东西都要去插一手，就是不愿意沉下心好好做生意，经营你的小店铺。"

摁八也不好意思地笑了："哎呀，这不都是为了生活嘛！毕竟现在经济不行，如果只靠我那个小店铺，我迟早会饿死的。老师，您考虑一下我的提议如何？"

最终，其月松了口，他道："实不相瞒，我的确认识这样的人，如果你真的有朱锦金鱼，我可以把客户介绍给你。"

摁八听了顿时眉开眼笑，他盘算着道："您看啊，根据现在的市场价，一对雌雄金鱼可以卖出十两，最高可以卖出十五两，谁让金鱼是这个时代的俏货呢！您放心，卖家爱金鱼如生命的，他平时十分认真打理这对金鱼，所以十两买这对金鱼绝对不亏！只要有人想买，我现在就从卖家那儿拿过来让你们看看。所以您一定要帮我这个忙啊！"

其月听了这番话后，对金鱼市场价发出感慨："真是夸张。"

处理完正事后，摁八准备告辞，正好碰见刚回来的侍女。侍女名叫阿叶，来自千住，才十七岁。阿叶十分漂亮，在一群姿色平平的侍女中显得格外耀眼。其月的妻子在其月四十一岁的时候就去世了，如今五年过去，其月四十六岁，依旧未娶，加上阿叶也一直没有嫁人，两人朝夕相处，难免会被说闲话。就连摁八看见阿叶回来，也会打趣道："哟，女主人回来啦。"

其月听后皱起眉头，板着脸呵斥摁八："不要对一个小姑娘开这种过分的玩笑！"

外面正下着雨，不知是不是摁八打趣阿叶的原因，阿叶并没有借伞给摁八，无奈之下，摁八只好拢起袖子，缩着脖颈冲进雨幕。

三

没承想，过了半个月，其月就出事了。在其月家院落的池塘底下，人们发现了阿叶的尸体，而其月则在家中被人砍死了。

发生这样离奇的命案，大家都众说纷纭，阿叶和其月本就不明朗的关系又因这起命案蒙上了一层薄纱。由于这起命案发生的地点正好是半七的管辖范围，所以半七在第一时间就赶到了现场。他到达的时候，正好碰见法医在检验尸体。

其月的房子很小，但却十分雅致，和他俳谐师的身份很相称。进门可见一个院落，没有玄关，最引人注目的就是一个占据院落一半面积的池塘，约莫有二十几平方米。继续往里走，有三间榻榻米房，分别是其月的卧室，是六席房；其月办公的书房，是四席半房；阿叶的卧室，是三席房。

这天，摁八起了个大早，第一件事就是拜访其月。走近其月住宅一看，大门没有锁，就直接推门而入。他一进门，就注意到池塘旁的松树上挂着一根女式腰带，腰带的另一端则沉没在池塘里，似乎被什么东西拽住。摁八走过去，试图拉扯那根腰带，没承想那根腰带的另一端挂的东西非常重，摁八并没有拽上来，于是他往池塘边走，想仔细看看是什么东西拉着腰带，走近一看立马被吓得跌倒在地，随后大喊大叫，他看见，腰带另一端挂着的，赫然是阿叶的尸体！

由于摁八是第一个发现凶杀现场的人，自然被带到警局做笔录。摁八看上去惊慌失措，显然被吓得不轻。据摁八交代，当他发现阿叶的尸体被沉在池塘后，就立马手脚并用地想去叫其月，没想到他从半遮半掩的房门缝隙中，看见了其月倒在血泊中的场景。房间一片狼藉，桌子上的笔墨纸砚全部被打翻在地，写满俳谐的纸张浸满了其月的鲜血。摁八被眼前的一幕吓得瘫倒在地，好一会儿才反应过来，冲出门外寻求帮助。

初步推测，其月是在书桌前批改俳谐卷子的时候被人从背后偷袭，当其月回头看凶手时，又被凶手拿刀割喉。经观察，其月和阿叶的卧室都没有铺上被褥，由此判断事发时间不是在半夜。其月的死因大概能推测出来，但是众人对阿叶的死因摸不着头脑，毕竟阿叶的尸体上没有看出有明显伤痕。这就导致众人无法判断她是在死后被凶手推入水中，还是自己跳进池塘里活生生淹死的。众人猜测这起案件的起因可能是情感纠纷。毕竟其月中年丧偶，自此以后就和年轻貌美的阿叶住在一起。其月的年龄并没有大到不能人道，若其月垂涎阿叶的美貌，对其欲行不轨，阿叶殊死反抗，杀了其月后再跳池塘自杀，这种情况也不是没有可能，因为房子里的贵重物品都没有被洗劫一空。也有人猜测阿叶瞒着其月，在外面有个相好的，阿叶为了摆脱其月和情郎在一起杀掉其月。不过这种说法很快被否决了，因为阿叶没必要自杀。那么，还有一种可能，就是有外人闯进来，杀了其月和阿叶。也不排除凶手只是想杀了其月，阿叶目睹凶杀现场后，吓得跌入池中淹死了。

现在民众对这起案件最关心的一点就是，凶手到底是只杀了其月，还是一起杀了其月和阿叶。不一会儿，法医的验尸结果出来了，经检验，发现阿叶有呛水的痕迹，判断阿叶落入池塘的时候是活着的。除此之外，法医并没有在阿叶的尸体上检查出其他线索。

半七听后，提议道："我们把池塘的水排空看看吧，万一池塘里有什么线索呢？"

很快，警员找来几个身强力壮的年轻人帮忙排池水。池子很快就被排空，令人遗憾的是，除了一把梳子，几尾红鲤鱼、黑鲤鱼外，再也没有其他线索了。这把梳子是阿叶经常佩戴的，并没有什么破案价值。警员又将房间仔仔细细排查了一遍，发现的确没有什么线索后，只好打道回府，暂时将现场交给半七。

半七首先调查两名被害者的人际关系，他将其月弟子的基本信息调查得一清二楚，同时，他还派下属去阿叶的老家调查阿叶的背景。验尸后，两具尸体暂时没有人帮忙收殓，半七只好拜托邻居帮忙暂时照看这两具尸体。

冬天的白昼特别短暂，不一会儿太阳就要落山了，其月的弟子们在天色将黑的时候匆匆赶来，他们看见这种情况非常吃惊，他们并没能提供有价值的线索，所以没过多久，他们就离开现场，前往警局做笔录。摁八此时还在警局，冬天的夜晚十分寒冷，他全身哆嗦着靠近火盆。

半七见状，开口道："抱歉啊，都年末了，还让你待在这里受冻，你可以回去了。"

摁八听后眼睛一下子就亮了起来，道："我能回去了吗？"

半七说："嗯，这里暂时用不上你，你先回去好好休息一下吧，等有需要的时候再叫你。"

摁八起身，说："好的，那我先回去了，只要您叫我，我立刻赶过来！"

"等一下！"见摁八起身，半七喊道，"你知道其月和阿叶是什么关系吗？阿叶真的只是其月的侍女吗？他们还有其他关系吗？"

摁八听后不知道该如何作答，只好嗫嚅道："我也不太清楚，我只是听大家都这么说……"

"阿叶过来多久了？"

摁八回道："两年了吧，她应该是前年来的，这么一算她快十八岁了。说起来她和其月的弟子其蝶关系不错。"

半七调查过此人。其蝶本名长次郎，家里是开尾张屋的。长次郎直到二十六岁都没有结婚，并且对家里的生意不感兴趣，他唯一喜欢的就是俳谐。他父亲去世后，家里人打算让他独立出去，然后给他妹妹招一个上门女婿，将家里的生意托付给女婿。虽然长次郎不是十分富裕的大少爷，但是他依旧能够负担起柳源附近房屋的租金，虽然钱不够请侍女，但是一个人也能生活得自由自在。虽然家里每个月都会给他寄生活费，不过时间久了他也觉得不够花销，于是他找到老师其月，称自己想要当俳谐师，想请老师助自己一臂之力。

半七听闻其蝶与阿叶相交甚好后，问道："他们应该不是普通的关系吧？"

摁八皱眉，仔细回想一番，说："不知道，反正我是没看出来。我每次去拜访其月碰见其蝶的时候，他都只给我一种只懂风雅不理俗世的感觉。当然，这只是我的个人印象，至于他是不是和阿叶有不正当关系，我就不清楚了。"

半七点头，问："其月缺钱吗？"

摁八回复道："不缺吧，他在俳谐界颇有名气，有不少富贵人家都会请他批改俳谐。除此之外，他还经常买卖诗笺、挂轴什么的，这也是不小的收入。更何况，我偶尔也会请其月先生帮我转卖一些商品。"

半七问道："那你最近托他卖了什么商品？"

摁八有些支支吾吾："这个嘛……嗯……之前带了些诗笺，不过他看不上，就没让他转卖。"

半七盯着他的眼睛，大发怒火道："好你个摁八，竟然还想隐瞒！说！除了这些，还有没有其他东西！"

摁八被吓了一跳，在半七的压力下，最终老实交代："是金鱼，说起来，今天一大早来拜访其月，就是为了金鱼的事情。"

原来，那次其月拒绝转卖诗笺，却答应转卖金鱼之后，摁八就回家等好消息。过了几天，其月就告诉摁八自己找到买家了，摁八自然兴冲冲地带着卖家拜访其月，这个卖家就是元吉。

当天，元吉提着装有金鱼的小漆桶来到其月家。其月看着桶里的金鱼，表示自己看不出和市面上普通金鱼的区别，于是他拿出自家的盆，打了一盆热水，调好温度后，将金鱼倒了进去。没一会儿，金鱼就生机勃勃地在盆里游来游去，看着十分招人喜爱。摇曳的红尾让其月确定，这的确是品相优良的朱锦金鱼。

当元吉询问买家时，其月怎么也不肯说，只说买家一定会支付足够的银钱给他。见其月态度如此坚决，元吉也没有再问，一旁的摁八却知道，这不过是抬高利润的惯用伎俩罢了。其月之所以不愿意透露买家信息，无非是想要卖贵一点，这样一来不仅可以在买家这里赚取差价，还能在卖家这里吃到回扣。由于这种事司空见惯，摁八也没有放在心上，而是像往常一样，把商品交给其月后就回家了。

没过几天，阿叶受其月吩咐来到摁八家中，说事情已经办成了，让他去拿钱。按照约定，摁八拿了八两二分，摁八给了其月二两作为报酬。本以为这件事就此告一段落，没想到过了几天，其月就怒气冲冲地叫摁八过来，指责他欺骗自己，称那几条金鱼本来好好的，结果到了买主那里没几天就死了，斥责摁八一定是将普通金鱼涂了药用来糊弄自己，让自己在买家面前颜面尽失。其月气得青筋毕露，根本不给摁八辩解的机会。

四

讲到这里，摁八叹了口气，看得出来直到现在他也非常委屈。

半七说道：“也就是说，其月觉得自己在买家面前抬不起头，于是他将责任全部推到你的身上，这做法似乎不太合理吧，毕竟金鱼可是生命，有太多因素能导致它死亡，比如天气不好，比如主人养得不好，一股脑儿地将责任推给你，这不太对。”

摁八苦哈哈笑道：“谁说不是呢，我也这么解释给其月听，可是他当时完全不听我解释，一意孤行地认为我就是卖假货。”

半七叹道：“这也没办法吧，毕竟你经常让其月帮助你卖假货。”

摁八连忙说道：“也不能这么说吧，总而言之，我的解释其月先生一点也听不进去。无奈之下，我只能不停道歉，不然他以后禁止我去他家就麻烦了。我也向元吉说了这件事，元吉态度也十分强硬，说他的金鱼不可能有问题。那我能怎么办呢，我夹在中间，承受两方的怒火。今天我本来也是想拜访其月解决这件事的，没想到碰上了命案——”

半七问道：“卖金鱼的元吉，是干吗的？”

摁八说道：“哦哦，他啊，并没有什么正经的工作。他借住在千住的叔母家，他叔母就是开金鱼店的，这次的金鱼就是从他叔母的店里拿来的，所以他坚称自己的金鱼没有问题。哎呀，听到他们各执一词我头都要炸了，我根本就不了解金鱼，也不知道他们说的是真是假，这可真的难为死我了。”

半七拍了下摁八的肩膀，说：“好了，你回去吧，等我有需要再叫你。”

摁八听后连忙答应，迫不及待地离开警局。半七则抽着烟，整理着线索。正抽到第三根烟时，他的下属松吉回来了。

半七连忙起身迎接松吉，把火盆移到松吉身边，说：“辛苦了，冻坏了吧。”

松吉一边烤火一边说道：“真的太冷了，别看没有吹风，外面依旧能够冻得你骨头发麻。”

半七叹道：“就是啊，这么冷的天气，总有人要养金鱼，牵扯来牵扯去，这下好了，发生悲剧了。对了，你出去这一趟有什么发现吗？”

松吉点头，小声汇报工作。

阿叶的家里是开杂货铺的，父亲在很早就去世了，自己与母亲和十三岁的弟弟相依为命。前年春天，阿叶第一次出去工作，她在名叫“水产屋”的烟草铺当侍女。不过这份工作并不长久，她做了半年就辞职了。听其他人说，阿叶并不是辞职，而是被主人辞退，因为主人发现阿叶和自家侄子有不正当关系。后来阿叶来到玉池，成了其月家的侍女。自那以后，除去重要节日会回千住，阿叶都会一直待在玉池。

在松吉到千住之前，阿叶的母亲阿万就从别人口中得知女儿去世的消息，由于自己卧病在床，小儿子又太小，一时间竟然没有人能够替阿叶收尸，无奈之下阿万只好拜托邻居帮阿叶收尸。这些年来，她也去过玉池找阿叶，正巧每次其月都不在，所以阿万对其月是完全陌生的。松吉见阿万一副老实模样，知道她不可能撒谎，也清楚继续待在这里也查不出更多的线索，于是他就告辞回到警局。

半七问："那个开烟草铺的和金鱼店的是不是有什么联系？元吉和他们有什么关系？"

松吉有些吃惊："先生您都知道啦？据我的调查，元吉就是那个老板的侄儿。"

半七点头，将摁八那里知道的消息给松吉复述了一遍。松吉听后，说道："这么看来，凶手是元吉喽。先生，您看，元吉和阿叶本就有着微妙的关系，元吉之所以找到摁八卖金鱼，肯定是因为有阿叶介绍，元吉想发一笔横财，所以卖给其月假鱼，东窗事发后，其月逼着退钱，可这时候元吉早就把钱花光了，于是一怒之下杀了其月。"

半七顿了片刻，问："那他为什么还要杀阿叶？"

松吉说道："因为阿叶是知情人，元吉害怕事情暴露，干脆一不做二不休，趁阿叶不备，把她推进池塘里。"

半七点头，说："也不是没有这个可能，那就先按照你的思路，调查一下元吉吧。"

"啊？不能抓过来审问吗？"

半七笑道："当然不能，我们现在又没有什么证据，办案是要讲流程的，贸然行事会被上面处罚的，你也该懂事了。好了，你叫上庄太，你们一起去调查元吉。"

“遵命，长官！”说完，松吉就昂首挺胸地走了出去，一副自信满满的样子。

目送松吉离开后，半七跟着离开，他打算去其月家，看看是否能发现什么新线索。冬天的夜晚十分寒冷，虽然没有风，但是寒意依旧刺骨。此时正值年末，路上的行人也比较多，大家都提着灯笼，行色匆匆。

半七到了后，就见房间里乌泱泱的全是人，放眼望去，都是其月的学生。阿叶的尸体至今无人收殓，所以依旧和其月的尸体放在书房里。书房门已经被关上了，里面点上了香。

半七从乌泱泱的人群中挤了进来，来到厨房边上坐下来，在厨房忙活的女人见状，连忙拿了一个暖手炉塞到半七手中。

女人说道：“您还好吧，这里实在是太冷了。”

半七回复道：“我没事。请问，其蝶也来了吗？”

女人回复道：“来了，需要我帮您叫过来吗？”

半七摇头，连忙说不用，眼神顺着女人指的位置看去。只见其蝶守着两具尸体，面色苍白。灵台上摆着一些送别的俳谐，不知道是谁摆上去的。

半七端详了一会儿，突然想到，验尸的时候他发现阿叶的左小指上贴着膏药，不过他当时并没怎么在意，但是现在他又发现其蝶的右手小指受伤了，这就显得十分不正常。他想过去重新验尸，但这就意味着他要暴露身份。想来想去，他决定让其蝶过来。

于是他扯开嗓子，叫了几声“其蝶先生”，但其蝶并没有什么反应，还是待在半七身边的妇女看不下去，帮忙喊其蝶，才让其蝶有所反应，抬头看向这边。见有人向自己招手，其蝶起身挤过人群来到厨房，站到半七面前，问道：“请问您是？”

半七简短地做了个自我介绍，惊慌的表情在其蝶脸上一闪而过，不过他很快控制住自己的表情。听完半七的来意后，他侧身让半七进入房间检查尸体。在众人的凝视下，半七直接走向阿叶的尸体，然后蹲下检查她的左小指。他撕开左小指的膏药，发现一道快要愈合的伤口，从愈合程度上判断，这个伤口起码有五六天了。

半七感到有些失望，因为这看上去和这起凶杀案并没有什么联系。虽然半七想继续检查尸体，但碍于众目睽睽之下，只好放弃，于是他站起来，向其蝶使了个眼色，约他单独出来。两人走着走着，走到水井旁边的空地上。

半七靠在水井边问他："关于这起命案，你有没有什么线索呢？"

其蝶叹口气，看上去很是沮丧，说："没有。"

半七继续问道："听说你和其月关系比较好，那么你有没有发现其月是否有仇家呢？"

其蝶摇头："没有。"

半七问："那你最近有听说金鱼的事情吗？"

其蝶说："听说过。据我所知，老师因为受摁八欺骗非常生气，不过我也不知道最终买走金鱼的人到底是谁。"

半七问："听说阿叶和其月的关系十分暧昧，有这回事吗？"

其蝶听到这个问题瞬间有些慌张，他有些结巴说道："大概……大概是吧……"

半七问："你认识金鱼店里的元吉吗？"

其蝶摇头："不认识。"

半七咄咄逼人，问："真的不认识吗？因为我怀疑元吉是杀害你老师的凶手。"

其蝶依旧摇头："真的不认识。"

突然，半七问了句："你手指受伤了？"

还没等其蝶反应过来，半七就抓住其蝶的手检查，当他拆开膏药时，伤口立马渗血。半七盯着其蝶，其蝶只是耷拉着脑袋，也不说话。半晌，半七才用讽刺的语气说道："跟我回趟警局吧，其蝶先生，你被逮捕了。"

其蝶就这么被半七带了出去，没有挣扎，好像从一开始就认命了。

五

说到这，半七用手支撑着脑袋，叹了一口气，说：“哎，我本来还觉得自己破了一桩惊天动地的大案呢，哪想到犯人抓错了。”

我没来得及喝茶，赶紧问：“什么？这么说难道犯人不是其蝶？”

半七幽幽地叹了一口气：“不是。”

“那是金鱼卖家元吉吗？”我继续追问道。

半七摇头，说：“也不是。”

即使我急得抓耳挠腮，半七先生也没有立即告诉我答案，而是笑呵呵地欣赏了一会儿我的样子，才慢悠悠地开口说：“哎，告诉你吧，凶手是阿叶。”

“阿叶？”我感到十分震惊，因为她一开始就不在我的嫌疑人名单中。

半七叹口气，缓缓说道：“听我慢慢说。阿叶在十六岁的时候就去烟草铺打工，但在此之前，她就有过男朋友。后来，她到了烟草铺和老板的侄子谈恋爱并发生关系，老板知道后非常震惊，一怒之下把阿叶赶了出去。无处可去的阿叶来到玉池，成了其月老师家的侍女。阿叶性格放荡，不是什么有节操的烈女，她来到其月家不久就和其月好上了，而远在老家的老相好，早就被她抛在脑后，元吉也不是非她不可的人，所以两人的关系就这么淡了下来。“江山易改，禀性难移”。阿叶和其月交往后，也时不时向来拜访其月的学生抛媚眼。虽然其月知道阿叶的本性，但他还是抑制不住地产生嫉妒情绪，长期压抑下，其月终于爆发了。其月越来越易怒、易妒，每当他发现阿叶勾引学生，他都会扒下阿叶的衣服，将赤身裸体的阿叶关进侍女房。阿叶没有反抗，也没有对任何人说起，所以在外人看来两人还是和和睦睦的。”

我有些不解，问：“既然阿叶受过虐待，那为什么在她的尸体上没有发现伤口呢？”

半七意味深长地看了我一眼，说：“如果你在质疑我们验尸不仔细，忽略了阿叶的伤口，那我们可太冤了。这不是普通虐待，这是性虐待。怎么说呢，其月和阿叶的关系不仅是工作意义上的主仆，也是性关系上的主仆。其月是个施虐狂，阿叶则是受虐狂。阿叶此人性格倔强，她不仅不会因为遭受性虐待而收敛，反而变本加厉勾引其月学生，其蝶就是其中一位，这让我很难不怀疑阿叶是因享受性虐待的过程从而故意惹怒其月。不过阿叶勾引其蝶如同对牛弹琴，因为其蝶的心里只有俳谐。阿叶一计不成又生一计，于是她开始给其蝶写情书。被骚扰得不胜其烦的其蝶决定将这件事告诉其月，但他害怕直接说出来会破坏阿叶名声，于是他用俳谐暗示，比如‘落叶后，月光增’，这很好理解是吧，意思是只要将阿叶赶出去，其月名声和地位会更上一层楼。其月当然也看懂了，但是他误会了。”

我接着半七的话茬说道：“他以为其蝶之所以怂恿自己将阿叶赶出去，是因为其蝶自己想要和阿叶在一起，他以为这两人之间有奸情。”

半七点头，说：“没错，其月在感情方面十分不理智，并且偏激自大。他知道阿叶给其蝶写了情书，加上这次其蝶给自己暗示的俳谐，他更加确定这两人背叛了自己。于是，其月虐待阿叶的手段变本加厉。纵然是受虐狂的阿叶也忍无可忍，她觉得自己总有一天会死在其月手中，与其坐以待毙，不如自己先动手杀了其月。她计划杀了其月后和其蝶在一起，于是她给其蝶寄了一封信，为增加真实性，还割破手指摁上血手印。其蝶收到信后十分慌乱，他害怕阿叶做出什么不理智的事来，但很快又冷静下来，因为他觉得阿叶只不过在说气话。过了几天后，他去拜访其月，却发现其月已经躺在血泊中，正当他惊慌失措时，听见了阿叶叫他名字。没一会儿，他就看见阿叶从侍女房间出来。阿叶走到他面前，对他说，自己是趁着其月批改俳谐卷子的时候一刀割喉。让其蝶更觉得惊悚的是，阿叶杀了其月后并没有落荒而逃，而是回到房间，换下溅上血渍的衣服，重新打扮一番。不仅其蝶吃惊，我也很惊讶，我都不知道这是胆子大到无所畏惧还是蠢到不知道逃跑。”

我点头附和道：“我也觉得。”

半七叹口气，接着皱起眉头，继续说道：“后面故事的发展，就很无聊了。阿叶拽着其蝶的胳膊让他带自己走，不然就杀了其蝶再自杀。其蝶虽然被阿叶吓得不轻，但是他好歹是个男人，力气比阿叶大不少，他使劲抽手回来，义正言辞拒绝了阿叶。阿叶被拒绝后更加癫狂，举着剃刀想要和其蝶同归于尽。其蝶一把夺过剃刀，跑到院子。阿叶跟在后面追，追逐中腰带松了，阿叶踩着腰带，栽进池塘。其蝶听见声响，但由于他太害怕了，并没有折返回去查看情况，而是头也不回地跑了。等他回到家，没多久就天亮，这时他才察觉自己的手指隐隐作痛，原来是和阿叶抢夺剃刀时被划破。”

我很疑惑：“那他为什么不报警啊？”

半七回复道：“因为他想保护其月的名节。虽然他的老师被阿叶杀死，但是阿叶最终也死了，在他看来也算是因果得报，没必要再说出来毁坏其月的名声。我本来很气愤他隐瞒真相，但是想到他也不过是个被牵连进来的可怜人，所以我也只是斥责他一番就放他走了。”

听完整个故事，我更疑惑了，问：“那这件事和金鱼有什么关系？”

半七笑了笑，说：“可能有，也可能没有，不过这已经不重要了。直到现在我也不知道是谁买走了那对金鱼。不过我敢肯定的是，这起命案和元吉并没有什么关系。哎，就算他们的金鱼是假货，也不会受到严重的惩罚。说来奇怪，你说，谁会在大冬天买金鱼观赏呢？是不是感觉很奇怪？不过，在其他人看来，其月和阿叶也很奇怪吧。”

第七章　河童

天色刚亮，屋里的人就听见从厨房后门传出一阵窸窸窣窣的奇怪声音，还没有等他们反应过来，就见一道矮矮的、黑色的身影溜了出去。等女子急匆匆地寻找主人时，才发现主人已经死去。

一

“半七爷爷，”我仰头看着面前的老人，“您当初在向岛答应我的事，您还记得吗？”

老人低头，装出一副迷茫的样子，用夸张的语气打趣道：“哎呀，我可不记得我们之间有过什么约定呀！”

我有些着急：“您怎么可能忘记呀！当时在向岛，您明明答应我要给我讲河童的故事呀！”

“哈哈哈哈，我还以为是什么事儿呢！你这记性可真好，这么久的事儿都还记得。让我想想啊，当初在向岛答应给你讲河童的时候，好像是在去年吧，我记得当时正好是樱花盛开的季节。你这小孩儿记性可真好，要是你每件事儿都能记得这么清楚，我就不敢事事向你打包票了。”半七爷爷呵呵道，“好了好了，不逗你了，爷爷现在就给你讲河童的故事。故事发生在庆应元年的五月，按照习俗，每年的五月二十八日都要在河上举行避暑的烟火大会，但是那一年并没有举行，由此可见那一年民生潦倒，江户时代也到了末期。”

讲到这里，半七停了一下，脸上的线条稍显柔和，眼神有些放空，很显然，他在怀念过去的江户时代。

很快，他的意识从江户时代回到现实，继续讲道：“也就是那个不同于往年的五月二十八号，河童出现了。由于烟火大会被取消，我得了空，就待在家里。中午的时候，家里来了一位客人，当她被我太太带来我面前时，我才看清楚她是阿浪。阿浪是艺妓阿照的妹妹，才刚满十八，青春靓丽，看上去就像刚下凡的仙子。”

二

半七看着阿浪，打趣道：“这不是龙宫来的仙女乙姬吗？怎么在浦岛太郎还没睡醒的时候就过来了呀！话说，现在的日子真是不好过了，虽然形势一年比一年严峻，但今年还是头一次取消烟火大会。哎，不过，虽然烟火大会被取消了，但是外面应该还是挺热闹的吧？茶馆和游船的生意是不是比平时好很多？”

半七絮絮叨叨说完，发现阿浪没搭理他，仔细一看，才瞧出端倪。只见阿浪虽然衣服整齐、发型未乱，但是脸上的妆容已经花了，眼睛也哭肿了。

这让半七心里不由得泛起一阵嘀咕，今天可是河上避暑纳凉的第一天，虽然经济不景气，可总归是她们赚钱的最佳时机，怎么阿浪不去工作，反而哭着来到这里呢？

半晌，半七开口询问道：“阿浪，你怎么了？我听说你现在很有名气，不会是因为这个和你姐姐阿照吵架了吧？我可管不了你们两姐妹的家务事啊！”

虽然半七是用开玩笑的口吻向阿浪打趣，但是阿浪笑不出来，她哽咽着回答道：“不是这样的。半七大人，您可能还没听说，我的父亲遇害，凶手至今未知，公家扣押了我的姐姐，至今还没有释放。我实在是不知道该如何是好，才来这里向您寻求帮助。”

半七听到这里，神色严肃起来，背部挺直，认真听起阿浪的诉说。

那天早上六点，阿浪家的侍女听见敲门声，正在厨房准备早饭的侍女放下手里的工作，正打算去开门时，却被阿浪的父亲新兵卫阻拦，他让侍女当作没听见敲门声，继续回厨房工作。

敲门声响了一阵后停了下来，正当侍女以为外面的来客已经离开时，突然，厨房里传来奇怪的声音，有什么东西从外面闯进了厨房！还没等侍女反应，那东西就一路奔向新兵卫的房间，钻进蚊帐，没多久就夺门而出。侍女被这突发状况搞得不知所措，她一脸茫然来到新兵卫的房间，才发现他已经躺在了血泊中。

侍女被吓得说不出话，连滚带爬地冲到二楼，来到阿照、阿浪姐妹俩的房间，将这件事告诉她们。三人急匆匆跑到新兵卫的房间，看着新兵卫的尸体号啕大哭。凄厉的哭声惊醒了邻居，有人报了官，很快，警局就派人过来检查尸体。

在场的人都想知道凶手是谁。这里只有侍女是唯一的目击证人，可惜的是，侍女年纪小，才十七岁，头一次遇见这么大的事情，早已经被吓得神志不清，加上这是一大早发生的命案，命案发生的时候侍女本来就比较困顿，只看见凶手轮廓，所以侍女很难精确描述凶手的体貌。不过，有经验的警察从侍女的话中提取了几个重要的信息，即凶手矮小，和小孩子差不多高，赤身裸体，看上去黑乎乎的，有时用两条腿走路，有时候又手脚并用地爬行。

目前为止，侍女也只提供出这些信息，所以她被扣留到现在，等待新一轮的问话。按照流程，阿照和阿浪姐妹俩也被问话，警察认为阿照的措辞含糊不清，就暂时扣留她，至今也没有放人。时间一点点流逝，左邻右舍也一直讨论这件事，讨论半天也没得出个结果，眼看着要到中午了，有人给阿浪支招，让她去找半七试试，于是她就急匆匆来到半七家里。

半七听完后，道："我真是失职啊，这件事都发生一个上午了，我居然都不知道。根据你的描述，杀死你父亲的，是一个和小孩子差不多高，浑身黑漆漆的一个怪物？"

阿浪点头，道："反正目击证人是这么说的。"

这时，在一旁旁听的半七妻子道："有没有可能是猴子呢？"

半七抬手制止了她，避免她的声音打乱自己的思路。虽然也有猴子伤人的案例，可是猴子用刀杀人的事件可是前所未闻。他整理了下思路，向阿浪问道："你姐姐阿照，为什么会被警察扣押呢？"

阿浪说，因为姐姐在做笔录的时候面色苍白，无论警察问什么，她都一个字也不说。在半七的追问下，才得知阿照与父亲发生过争执，这就是阿照在做笔录时沉默的原因。

半七继续问道："你姐姐与父亲发生争执的原因是什么呢，是因为她新交的男朋友吗？"

"不是的。"阿浪摇头否认。

半七不信，继续问道："但是据我了解，你的姐姐阿照最近可是在和旧衣铺老板的小儿子恋爱呢。"

"是这样的没错，"阿浪说道，"但是姐姐新交的男朋友并不是她和父亲发生争执的原因。他们吵架是因为父亲突然说要搬家，搬去一个遥远的地方，但是姐姐想留在这里。"

听闻此言，半七说道："毕竟你姐姐刚陷入热恋，肯定不想搬走和情郎异地相隔。不过我很好奇，为什么你父亲突发奇想要搬家呢？"

阿照叹口气，说："我也不知道，父亲只是说在这里待久了觉得无聊，想要换个地方生活。姐姐和父亲也因为这件事僵持很久，在此期间我也不是没劝过父亲，但是父亲铁了心要搬家，我也没有办法，所以这件事我也不知道该站在谁的立场。”

半七摸了摸下巴，说：“好奇怪啊，你父亲为什么一定要搬家呢？警察可能也是因为知道你父亲与阿照有过争执，所以才怀疑阿照并且扣留她吧。目前看来，嫌疑最大的就是她，但是我敢肯定她不是杀人凶手。对了，警察有叫旧衣铺老板的小儿子去做笔录吗？”

阿浪点头，回复道：“有的，警察有去找过他，不过他昨天晚上就不在家，到现在也没找到他人在哪儿。”

半七挑眉，问道：“这可就有意思了，他叫什么名字？”

阿浪回道：“定次郎。”

半七将从阿浪口中获得的信息一一记在脑中，从冗杂的信息中抽丝剥茧，拼凑出一个完整的真相：父亲与大女儿发生强烈争执，起因是父亲要卖掉这里的房产搬到遥远的地方，最后父亲遇害。根据推理，凶手可能是大女儿阿照、小女儿阿浪和旧衣铺老板的小儿子定次郎。由于阿照做笔录表现异常，所以她的嫌疑最大。

半七能得到的所有信息就只有这么多，没有充分的证据指向谁才是真正的犯人。这起事件有一点让他非常在意，那就是为什么新兵卫在这里生活得好好的，突然决定搬走呢？半七猜测是否新兵卫得罪了什么人，他将这个疑问告诉阿浪，阿浪摇头，她说：“我父亲不是会得罪人的性格。他脾气温和，乐于助人，经常去河边放生鱼、去庙里参拜，他也从不沾染烟酒，邻居们也常常以他为榜样。我觉得若是寻仇，只可能是那人认错了人，可是那天凶手的确是冲着我父亲的，所以我也想不通。”

半七听完，仍然执着问道：“会不会是你父亲得罪了人，但是你不记得了？你再仔细回忆回忆，不然为什么你父亲这么着急搬家呢？”

“可我真的想不出父亲在什么时候得罪了人。”阿浪咬唇说道。突然，她似乎想到了什么，说："我想起来一件事，但我不知道这和此次事件有没有关系。听侍女说，上个月，有个和尚到我家化缘，正好是我父亲接待他的，结果两人认识，并且父亲给了他一些钱财。从那以后，和尚就经常来我家找父亲。由于和尚每次都是晚上来，而我晚上要去酒馆上班，所以没有碰见过他。不过仔细一想，父亲说要搬家，似乎就是在这个和尚找我父亲叙旧之后开始的。"

半七听后，低头沉思，难不成新兵卫这个老好人与和尚还能有什么牵扯吗？他觉得思绪越发凌乱，继续问道："你的父亲身上有没有文身？"

阿浪点头道："有的，两个手腕各有一个。"

"是什么文身呢？"半七追问道。

阿浪想了想，说："好像是枫叶和樱花。父亲说这是他年轻不懂事文的，平常也穿着长袖遮得严严实实，我也是偶尔才发现的。"

"除了手腕，还有没有其他地方有文身呢，比如后背？"

阿浪摇头道："没有了，只有手腕才有。"

"这样啊。对了，方便问下您父亲年龄吗？"

"五十九。"

半七点头，继续提问："我记得你姐姐阿照是你父亲领养的。你还记得你父亲老家在哪儿吗？"

阿浪回道："没记错的话应该是信州吧，毕竟偶尔能听他提起以前的事情。"

半七点头，他问完问题后，让阿浪先离开，然后起身换衣服，打算独自出门。正当他准备出门时，他的助手幸次郎过来了。幸次郎一来就问半七是否听说新兵卫事件，半七点头，称新兵卫女儿阿浪刚来过，自己正打算出门调查，并让幸次郎陪他一起调查此次事件。

三

半七和幸次郎来到事发现场，也就是阿照家。阿浪看见他俩立马出来迎接，并且告诉半七旧衣铺老板的小儿子定次郎回来了，并且听到阿照被扣留的消息后，失魂落魄地走了。

幸次郎听后，向半七建议道："大人，这个定次郎肯定有问题，您看我们要不要先把他抓过来，好好审问他一番？"

半七拒绝了他的提议，说："再等等吧，还是不要轻举妄动的好。"

说完，半七就在阿浪的带领下，来到新兵卫的卧室。这个时候，阿照和侍女都在警察局，所以家里除了阿浪和他们这两个外人，就只有新兵卫的尸体。不过，在这么炎热的季节，尸体还是要尽快安葬比较好。

半七蹲下，仔细检查尸体。尸体的脖颈处有一道狰狞的划痕，证明新兵卫的确是被人割喉致死。半七又去厨房后门溜达了一圈，检查凶手的必经之路，意外发现柱子上有个黑手印。半七上前，将黑手印小心翼翼地刮下来。

他将刮下来的粉末递给幸次郎，问："你看看这是什么？"

幸次郎仔细辨认，说："这看上去像是锅底的煤灰。"

半七点头，继续问："你知道这附近有几个河童吗？"

幸次郎想了想，回道："应该只有一个。"

半七哼笑一声，让幸次郎在傍晚的时候去逮捕河童，因为他要等河童表演完再逮捕。

幸次郎领命离开后，半七继续在房间搜查线索。他翻到了一个手册，上面记录着密密麻麻的名字，都是已逝之人的名字。半七发现手册中记录了名为“释寂幽信士”的人，他问阿浪是否认识此人，阿浪摇头称不认识，只知道父亲每年都会为这人诵经祈福。

半七皱眉，直觉告诉他此人必定与这起事件有千丝万缕的联系。他问阿浪：“你父亲最近有没有离开这里，前往外地？”

阿浪摇头说：“没有，我父亲是个喜欢宅在家里的人，这段时间天天宅在家里不出去。”

半七感觉自己摸到了真相的边缘，就是还差点东西，以至于他不能拼凑出完整的真相。于是他又蹲下检查尸体，他发现新兵卫的手腕处果然纹了枫叶图案，不过仔细一看，枫叶图案是遮盖文身，下面还有一层文身，不过看不清是什么。由此看来，新兵卫一定隐瞒了什么事情。

半七推测，新兵卫的死与他的往事息息相关，从覆盖的文身可以推测出，新兵卫应该是在年轻的时候闯过祸，从他为释寂幽信士诵经祈福可推断出，这人是新兵卫犯错的受害者。问题来了，这位名为释寂幽信士的人到底是谁？

沉浸在思考中的半七听见远方传来的钟声，已经下午四点了。半七决定暂时不去整理思绪，先去两国那里找幸次郎，看看他那里有没有什么收获。

刚踏出门口，就见乌云密布的天空划过闪电，紧接着下起瓢泼大雨。看样子这雨一时半会是停不了的，无奈之下，半七只好退回房间，等雨停再去找幸次郎会合。

他有一搭没一搭地跟阿浪聊天：“乌云密布这么久，终于下雨了。”

“是啊，”阿浪回道，“不过这雨下不了多久，看样子是雷阵雨，过一会儿就停了。”阿浪一边说着，一边将门窗关得严严实实，以防雨点飘进来打湿房间。

就这样，半七只能窝在屋里听雨声。雨势越来越大，关紧门窗的屋里却越来越闷热。半七忍着身上的黏腻，数着时间等雨停。没过多久，声势浩大的雨声终于衰弱，半七趁雨变小，伞也没拿，随意系上头巾后就急匆匆地冲出去。

两国桥边的小摊子也因为这场突如其来的暴雨而收起来了，虽然摊位上没有人守着，但依稀可以看见摊子上的画像。这是当地的特色，一直以来，两国桥的附近都有很多这类画妖魔鬼怪的小摊子。若路过的行人对摊子上的画感兴趣，那么交一点票钱就可以到小摊里面，观看更多的画像。半七停在专门画河童的摊子前，虽然摊子前的画像简单粗糙，但是门票便宜，加上很多人对河童感兴趣，所以小摊上的生意并没有那么凄凉。摊子上画的河童和大家所熟悉的河童差不多，是一个十来岁小男孩儿的模样，发型是河童头，手脚和脸上都是脏兮兮的煤灰。这个煤灰和阿照家柱子上的煤灰相似，所以半七第一时间就想到河童扮演者会不会是凶手。

半七本想进摊子看表演，但是见摊位的入口已经关闭，就知道今天的演出已经结束，无奈之下，他只好进入后台，碰巧遇到认识的打更大叔，就这么聊了起来。

半七熟稔地打了声招呼，道："六助大叔，好久不见，我才知道你居然在这里工作！你之前的工作呢？你已经辞职了吗？"

六助见是半七，行了个礼，回复道："半七大人，好久不见。如您所见，我现在这里工作，之前的工作早就不做了，那里总会身不由已地做一些令人讨厌的事，我不喜欢那种工作氛围，所以干脆辞职，来到这里。"

半七点头："这样啊。对了，你刚才有没有看见幸次郎？"

六助很快回复道："看见了看见了，他不仅来了还带走了河童。河童一点也不想被幸次郎大人带走，直到幸次郎大人承诺河童只是问一些问题，很快就放他回来后，河童才勉强跟着幸次郎大人走了。也不知道幸次郎大人说的作不作数。"

听见有河童的线索，半七一连问出好几个问题："你知道这个河童的名字、年龄吗？还有他是哪里人？"

"他叫长吉，今年十五岁，至于来自哪里嘛……"六助停顿了一下，似乎是在认真回忆河童的来历，半晌才继续说道，“抱歉，我不太清楚他来自哪里，我敢说这里的人都不知道他来自哪里。他应该是个孤儿，毕竟他是摊位老板在信州善光寺演出的时候，在附近捡回来的。”

半七有些怀疑，问：“你确定他无父无母？”

六助说道：“应该是吧，我听说他出生没多久，父亲就去世了。”

半七继续问道：“那你知道他父亲是怎么死的吗？”

六助唔了一声，说：“我听别人说好像是因为犯罪。”

半七点头说：“我知道了。除了我和幸次郎，最近有没有人找过河童？”

六助皱眉，一直回想是否有其他人接触过河童，好半天，他想起来的确有人找过河童，他说道：“我想起来了，有个和尚来找过他！这个和尚本来是来这里化缘的，但是好像认识长吉一样，自称是长吉的叔叔。这个人看上去四十多岁，高高瘦瘦，眼睛看着很亮，看上去非常有精神。就在昨天，他过来找长吉，说要带他出去吃饭，长吉跟着去了，至于去哪儿，我就不知道了。”

“关于那个和尚，你还知道些什么吗？比如那个和尚住在哪儿？”

“我想想啊，我听别人说过那个和尚住在下谷的一家客栈，至于更详细的位置，我就不知道了。您放心大人，我知道您是警察，一心缉拿罪犯，所以我知道的东西一定会事无巨细地告诉您，绝对不会有任何的隐瞒和欺骗。”

半七点头，知道也问不出什么有价值的线索，起身离开，打算去附近的警局，因为他推测幸次郎会把河童带到那里去。让他没有想到的是，等他到了警局，警员们说幸次郎不在这里，并且由于自己的失误，导致河童跑了。在半七的追问下，警员说出了经过，原来，幸次郎带着河童来到警局，将他与其他犯人关在一起，并仔细系好绳索以防逃脱，然后他让警员仔细看管，自己则出去找半七。幸次郎走后，突然下起了暴雨，警员着急回家，加上来来往往的路人涌进来避雨，警员就没有留意河童，就是这阵工夫，河童挣脱绳索逃跑了，任凭警员如何追逐都没有逮住他。警员和半七正说着话时，幸次郎回来了。幸次郎本来去找半七，结果与赶来警局的半七恰好错过，等他回来时，就得知了河童逃脱的噩耗。幸次郎气得跳脚，指着警员的鼻子骂了几句，就冲出去找河童。

鉴于这次是公家人的失误导致嫌疑人逃跑，半七也不好说什么，他想着与其待在这里等幸次郎回来，还不如和幸次郎一起出去追河童，于是他也跟着跑出去，和幸次郎一起去追捕河童。路上，半七拦下一个妇人，询问有没有看见河童，得知河童往小梅方向逃逸时，他又急匆匆向小梅方向奔去。跑着跑着，他就看见了幸次郎，只见幸次郎垂头丧气，一看就知道他没有追到河童。半七关怀道："怎么这么没精神？没有追到河童吗？"

幸次郎蔫蔫回答道："是啊，我听路人说他往这个方向跑，我一路狂追，可是连半个影子都没瞧见。"

半七拍了拍他的肩膀，安慰道："好了好了，别想这么多，毕竟河童是个活泼的小子，不可能一直藏着不出来的，我们先去吃点饭补充一下能量，这样才有精力思考对策。"

两人随意找了家小餐馆坐下，点了几个菜，安静吃了起来。正当两人吃着，听见有人抱怨蚊子多，服务员才立马进来一边点蚊香一边道歉："对不起啊各位，我刚才在外面听老板讲鬼故事，听入迷了，忘记点蚊香了，实在是抱歉。"

听完此言，半七来了精神，问道："鬼故事？哪里来的鬼故事？是这个餐馆的吗？"

服务员反驳道："才不是呢，我们的餐馆可干净了，可没有那些污糟东西。我是听老板说，他刚才在堤坝那儿看见长得像河童的怪物，你说奇怪不奇怪？"

半七和幸次郎一听就站了起来，他们连忙请老板进来，请他讲述在堤坝看到河童的经过。老板回忆说，今天去外面办事，回来的时候经过堤坝，正好前面有两个人。其中一人看上去年龄不大，十来岁，头顶一个草帽，身着黑色衣服，光着脚，与他并肩行走的另一人看上去是个醉醺醺的武士。这个武士似乎见不得少年的穿着，大声斥责他，骂他衣衫不整有伤风化，让他回去重新穿衣服。少年并没有搭理他，这惹怒了武士，刺激得他上前教训。就在这时，他看见少年的屁股上有银色的眼睛，武士不屑嚷嚷道："我当是什么东西呢，原来只是个河童！"说完，他就提着少年，胳膊一轮，将他甩到了河边。少年看起来好像并不害怕，可这一幕吓坏了跟在他们后面围观全程的餐馆老板。

半七和幸次郎听完后，饭也没来得及吃完，匆匆结下饭钱就向堤坝奔去。按照老板的说法，武士将那孩子当成了河童，但是他们可不会，毕竟在河童表演上，扮演者只是需要在屁股上贴眼睛并展示给观众。听完老板的故事，半七就知道，那被武士摔下堤坝的孩子十有八九就是长吉。

两人很快来到堤坝，果不其然找到了昏迷的长吉。万幸的是，长吉被卡在柱子间，才躲过被洪水冲走的命运。

两人把长吉背到餐馆，请老板帮忙给长吉清洗，服务员也因好奇围了过来。当老板发现屁股上的眼睛不过是贴纸时，愣了一下，然后哈哈大笑，终于松了一口气，不再害怕了。

半七一直守在长吉的床边，等他醒过来时，喂他喝药，然后说道："你好，我叫半七，是个警察，这是我的助手幸次郎。我知道你的名字，你叫长吉。你在堤坝晕过去了，我救了你，现在我们在一家小餐馆里。我手上有一桩命案与你有关，所以接下来我问你的问题你要如实回答，好吗？今天一大早，你是不是去了新兵卫家并刺杀了他？别着急否认，我在厨房的柱子上发现沾满煤灰的手印。而且，如果你不心虚的话，你为什么要从警局逃跑？"

长吉毕竟只是孩子，心理承受能力没有那么大，所以没多久他就对自己的罪行供认不讳。

半七道："那么，你能说说，为什么你的叔父要怂恿你杀掉新兵卫呢？"

长吉眼里满是仇恨，咬牙切齿道："因为新兵卫是杀死我父亲的凶手，我所做的不过是一报还一报！我父亲名为长左卫门，住在信州善光寺。新兵卫那时候叫新吉，和我父亲住在同一个村庄。他们两人都是无所事事的小混混。某天，两人一起密谋去隔壁村的地主家入室抢劫，在抢劫过程中杀死了地主一家人。新吉害怕被逮捕，就跑去报官，并将所有过错都推到我父亲一人的头上。警察看他主动报案，就没追究他的责任，任凭他逃之夭夭，而我可怜的父亲，却被判处死刑。我母亲听闻此事后一病不起，临终前她还拉着我的手，让我一定要为父亲报仇。我的叔父听到这件事后，也想为父亲报仇，奈何他本身也没有什么光明的身份，只能继续流浪等待时机。没多久，我母亲去世，我也被卖到这里扮演河童。后来，叔父回到家乡，早已物是人非，他决定改头换面，重新做人，就当起了和尚，一路化缘流浪，不久前，他才来到这里。没想到"踏破铁鞋无觅处，得来全不费工夫"，他在这里找到了新吉！没多久，他也打听到我的住处，于是，就发生了这件事。"

说到这里，半七叹口气，对我说："那我就说接下来发生的事吧。新兵卫告诉长平，也就是长吉的叔父，说自己已经改邪归正，并且给长左卫门起了诫命，长期供奉他，为他诵经祈福。此时的长平已经是和尚，不能开杀戒，而新兵卫也一心向善，事情本来朝好的结局发展，转折就出现在新兵卫为了弥补，给了长平一大笔钱财。突来横财打破了长平的道心，他拿着这笔钱很快就挥霍没了，于是他不停地向新兵卫要钱，并且要求阿照侍奉他。新兵卫拒绝了他，于是他怀恨在心，怂恿长吉杀了新兵卫。说来感慨，本来两个人都在改变，不同的是新兵卫已经成了实实在在的好人，而长平还存有邪念，才导致他最后做错了事。"

我问道："那长平最后被逮捕了吗？"

半七回道："肯定的啊。我们听完长吉的招供后，立马去阿照家守着。毕竟新兵卫死了，这个觊觎阿照的男人一定会按捺不住找阿照的。果不其然，新兵卫头七刚过的夜里，我们就逮住了拿着刀准备威胁阿照的长平。长平的罪恶罄竹难书，最后被判处死刑，而长吉，考虑到他是未成年，又受人怂恿，就发配他去孤岛。幸好办这起案件时，我没有和其他警察一样，将重点放在和父亲吵架的阿照上，而是从头调查新兵卫的人际关系，不然也不会这么快就破案。说来感慨，新兵卫做了那么多坏事，后来痛改前非，一心向善，也没有逃脱死亡的命运，这真是报应啊。说起来，最好笑的应该是那醉酒的武士吧，他可能一辈子都会把长吉当成河童，毕竟那个岛上总会时不时流传妖怪的故事呢。”

听完河童的故事，我迫不及待地追问道：“那个岛上有蛇的传说吗？”

半七哈哈笑道：“我就知道你对这个感兴趣，等我有空再给你讲蛇的故事吧。”

第八章　向岛蛇屋

阿通觉得她见到的就是幽灵，被吓了个半死，而且之后她便很排斥去仓房送饭的活儿。但不管怎样这都是她的本职工作，所以即便她有万般不愿，也只能硬着头皮做下去。不过，阿通平复了心情后实在想不通，幽灵怎么会像人一样，要准时吃饭呢？她一定要弄清楚这件事。所以她找了个天气晴朗的时间，打算再去看看。可这一看，她又被吓着了：那昏暗的光线之下，有一条淡绿色的巨蛇！

一

转眼已是六月天，可完全没有夏天的感觉。也不知为何，今年比以往要冷一些。本来四月份就该暖和起来了，但今年四月大家还是要穿着厚厚的棉衣出门；五月底就该停了的细雨还是在下，天地间都是雾蒙蒙的一片，屋子里也很潮湿。

气温反反复复，弄得很多人都染上了风寒，半七老人就是其中之一。他觉得头疼，而且全身发冷，精神很差，只能坐在火盆旁边，希望可以暖和一点，舒服一些。

而药草店的老板平兵卫此时也正好过来：“早上好啊，捕吏大人。最近老是下雨，实在是太糟糕了。”

“是呀，这种天气下，生病的人肯定很多。”半七又问，“你们店里的生意应该不错吧？”

“跟去年这一时间比起来，今年确实很忙啊。说来也好笑，没有生意的时候吧，我们天天发愁，琢磨着怎样多赚点钱，生意太好吧，我们也不开心。草药生意，总是让人心情复杂啊。总之我们还是希望所有人都能好好的。”平兵卫边说边拿出烟筒，然后凑到半七旁边小声说道，“我这次来找您是有事相求。我真的是走投无路了。您这么聪明，可一定要帮我出个主意啊！不过，话说回来，这事情本来跟我也没关系，主要还是我家里的丫鬟阿德……”

二

“你先告诉我发生了什么吧。”

“可能你也知道，阿德她不是我们这里的人，是从生麦来的。她十七岁的时候就来我家了，做事本分，这五年里她也是勤勤恳恳，基本没有出过错，我们都挺喜欢她的。”

“我对阿德倒是有些了解。我还跟我夫人说过，她是个很优秀的用人，也不知道在哪里才能找到像她这样优秀的人。我们还很羡慕你们呢。她怎么了？”

“阿德倒没怎么，是她妹妹出事儿了。她妹妹叫阿通，今年满十七了，想找点活干，赚些钱给家里用。于是她就来江户投奔阿德了。阿德刚开始是想着外神田那里的中介所消息灵通，便打算带阿通去那里请中介所帮忙介绍点工作。去了之后中介所跟她们说目前正好有个工作，每年三两银子，府里的主人家对下人们也很大方，年年都会给丫鬟们置办新衣服，不过要求挺多的。第一，做事的人必须安分守己，而且要是沉默寡言的外地年轻姑娘；第二，要在府里做三年以上，其间不许辞职……”

半七听了之后，忍不住皱眉：“这……”的确，一年三两银子的薪酬已经远高于市场价了，毕竟这钱都可以聘请一个优秀的武士了，可这家人只要求找一个外地人，事出反常必有妖。

平兵卫继续说道：“阿德在江户做工这么久，肯定很清楚这里的市场行情，面对这么高的酬劳，她也觉得不太正常。中介还告诉她们，这份工作是在向岛深处上班，很是偏僻，阿德便不想让阿通去了。但是阿通有她自己的想法，她认为自己符合相关条件，而且三两银子实在是太让人心动了，尤其是对她这种涉世不深的小姑娘而言。所以，阿通想都不想就答应接受这份工作了。阿德见她这么执着，便也不再多说什么了。阿德回来后也把这件事告诉了我们，我们都觉得这件事很奇怪。但又想着或许是因为那个地方实在是太远了，没有几个年轻人愿意去，所以给的酬劳格外高吧。只是，阿德一直很担心阿通，在阿通通过试用期，又没有跟她联系后，她便去找介绍所了。中介跟她说阿通在那里做得很好，主家对她很是满意，只要阿德愿意，便要和阿通签长期合同了。阿德刚开始还是不太相信这话，直到她收到了阿通的亲笔书信后才终于放了心。阿通来信说她工作的地方是一个大户人家的别墅，家主一个月来一次，平常只有主母和杂役住在这儿。虽然这里位置比较偏僻，但她自幼生活在乡下，这对她来说也没有什么影响。阿通还说她在那里做得很开心，事情也不多，叫阿德不用担心她。阿德便答应了介绍所的条件，替阿通签了三年的合同。”

半七问道：“所以阿德就没见到她妹妹？”

“是的。不过她很肯定那封信是阿通写的，所以才安了心。不过，在此之后的半年里，阿通都没有再给她寄信了。前天有个自称是来自向岛的男的来找她，说是答应帮阿通给她送封信。阿德欢喜地打开信，只见阿通在信上说自己在这里待不下去了，想赶快离开，不然只怕会性命不保，可情况太复杂，几句话也说不清，只求阿德赶紧过来救她。阿德看完这信都傻了，再三确认了这是阿通的笔迹，然后看信上写的情况也很危急，知道妹妹肯定没有撒谎，就想着快点去向岛。我们知道这事儿后也觉得事态紧急，可是那天实在太晚了，让阿德一个姑娘自己去向岛实在是太危险了，所以我们拦下了她。昨日早上，我让龟吉陪着阿德去向岛了。”

半七点头夸奖道：“你这样做是对的。在这种局势不明的时候，的确不能让阿德自己一个人去。”

“对啊，我也是这么想的。可是昨天下午两点刚过，他们回来了，表情很是慌张害怕。他们说在向岛找了一圈也没看到大别墅，好不容易找到了一栋别墅，门卫却说这里没有他们要找的人。阿德他们跟那人磨了很久才见到了阿通。一见面，阿通便放声大哭，只说这里实在是吓人，她根本待不下去，希望阿德帮她离开，她现在只想赶紧回家。然而，她们已经签下了契约，难以辞职。阿德只能先安抚阿通的情绪，等她平静下来问清楚了事情原委。原来这里真的有问题，无论是谁都不可能再在此处多待一天。”

半七笑道：“莫非那别墅不太干净？或者说，那里有吃人的妖物？”

“还真就被您说中了！”平兵卫眉头紧锁，声音更低了，“那地方在寺岛村人迹罕至的地方，已经是偏得不能再偏了，青天白日里都会有各种动物出没，但是它们跟阿通说的事情没有什么关系。阿通刚到的那半个月，基本什么事儿都不用做，吃住都在主人家里。之后管家夫妇才给她安排了一个工作——去库房送餐，一日三顿。”

半七好奇道：“去库房送餐？是送给谁的？”

“据说那里面是一条大蛇！一日三餐都是给它的供奉。而且那蛇还要求送餐的人得是童女。所以管家才让阿通去送。这事儿听着是有点吓人，好在阿通从小就在乡间嬉闹，对蛇虫鼠蚁已经是见惯了的，刚开始也不觉得害怕。管家还跟她说了，这巨蛇接受人间供奉，也算是蛇神了，自然是不会对凡人下手的。阿通也没有察觉到有任何不对的地方。她去送餐的时候发现仓库里黑得伸手不见五指，就算是在白天也见不到一丝光亮，根本什么都看不到。所以她只能根据管家说的做——打开库房大门，把食物放在门口，然后立马就离开，每次都是这样。阿通这样送了一段时间之后，一直都安然无恙，便也放宽了心。然而在四月二十日的时候，她因为要解决一些事情，所以耽误了送饭时间。阿通急忙跑到了库房，但她刚打开门还来不及放下食物，就听到二楼传来了一阵声响，似乎是有东西掉下来了。”

半七听得很是认真，还抽了口烟，道：“原来如此。”

“阿通当时以为是那条巨蛇跑了出来，便想着把食物放下后立马逃走。但是那天的天气很好，库房里似乎有微弱的阳光，能勉强看清一些东西。她实在是很好奇库房里的蛇神是什么模样，便想要趁机瞧一瞧。因此她偷偷地藏在了门背后……可她等在那里看到的不是巨蛇，而是一个年轻的姑娘出来把食物拿走了，然后打算回二楼去。可对方发现了躲在门后的阿通，便没有立马离开。那名女子轻声唤着阿通的名字，阿通当时都愣住了。随后她又冲着阿通招手，阿通看着那双瘦得只剩皮包骨头的手，觉得她像是一个幽灵……阿通落荒而逃，随后将库房大门紧紧锁住，再以最快的速度逃走了。为什么库房里的巨蛇变成了一个女子？而且居然还会说话？阿通觉得她见到的就是幽灵，被吓了个半死，而且之后她便很排斥去仓房送饭。但不管怎么样这都是她的本职工作，所以即便她有万般不愿，也只能硬着头皮做下去。不过，阿通平复了心情后实在想不通，幽灵怎么会像人一样，要准时吃饭呢？她一定要弄清楚这件事。所以她找了个天气晴朗的时间，打算再去看看。可这一看，她又被吓着了：那昏暗的光线之下，有一条淡绿色的巨蛇！阿通怕极了，随后又听到二楼传来和上次一样的声响，那个像幽灵一样的女人出来了……阿通再次落荒而逃，这次逃跑的速度比上次更快了。”

半七用低沉的声音说道：“阿通的这场经历听着就像是一场怪谈。”

“谁说不是呢！在此之后，阿通被吓得魂不附体，可她认真思索之后又觉得这事儿也不是真的不可思议。不管是那条绿色的巨蛇，还是那位宛如幽灵的姑娘，听着都挺吓人的，可都很善良，也没有伤害过阿通。阿通也没想因此辞职。结果管家夫妇知道阿通擅自偷窥库房之事后，狠狠训斥了她一番，并且扬言说，若是阿通再敢这么做，就用绳子把她一绑，直接丢到库房去。阿通一听自己会被丢进去，又想到那库房里的幽灵和巨蛇，真的害怕极了，所以才难以忍受，想要逃走。可是管家夫妇看她看得紧，她不可能有机会自己逃掉。后来，她遇见了一个伙计，这才赶紧把给阿德写的信托这人带回去。"

"原来如此。"

"这就是这件事的前因后果了。阿德知道此事后，又是心疼又是着急的，完全失了分寸，不知该如何是好。按理说她本来该找中介商量阿通离职的事，然而她已经和对方签署了长期合同，合同里规定阿通必须在那里做工三年以上，不可以违约，因此这件事就变得十分棘手。我们见阿德心急如焚的样子，也很心疼这两姐妹，可我们实在是不知道应该怎么办了，只好来求您，看看您能不能帮帮她们。捕吏大人，您有没有法子能解决这件事呢？"

半七闭上眼想了一会儿，随后微微颔首道："行，这事儿就交给我解决吧。其实我也可以自己去找中介商量一下，但他们已经签了合同，毁约只能帮助阿通脱离现在的困境罢了。我总觉得这件事不简单，得好好调查一下，然后再找出解决方案。不过你不必担心，我一定会负责到底的。你先告诉我那家中介所在哪儿吧。"

"就在外神田那边。"

"好，你给我三天时间，我一定会将这件事全部解决的。你回去告诉阿德，让她不用着急。"

平兵卫喜出望外，感激不已，道："那真的是太好了，万分感谢！所有事情就拜托给您了！"

然后，平兵卫便回去了。

三

半七在吃过午饭之后便去了那家中介所。中介在知道了半七的身份之后，便将阿通雇主的情况都告诉了他。阿通是在正月末去往向岛别墅的，那家主人是三岛商店的老板，从事稻米批发，颇有声望。

半七也是听说过这家三岛商店的。江户城内从前也曾因为缺乏粮食而发生过动乱，下谷神田那里还有穷人抢粮食的事情发生。一些富豪为了安抚民众便站出来捐献了大批粮食，其中，三岛商店便捐献了两千四百斤米，慷慨至极，当真是雪中送炭。大家知道这件事后对三岛商店也是赞不绝口。可谁又能想到三岛商店的别墅居然有这样一个不可对外人道的隐情。

半七在了解了这件事情之后，绝对不会坐视不管。他先回了家，然后找了下属松吉，一起商讨这事。

“松吉，我需要你去帮我调查一下三岛家的情况，可以去灵岸岛问问，看看这家是否有年轻姑娘。”

“我倒是听说三岛家的小姐貌美如花，叫作阿际，应该没满二十岁吧。”

“这阿际如今怎么样了？”

“好像在三年前和家里的伙计私奔了，至今都没有消息。”

“知不知道男方叫什么？”

“不知道。”

“那你去将这件事调查清楚，尤其要查清楚阿际是否有兄弟姐妹以及相关的三岛家内情。这次调查要事无巨细，知道吗？”

“您放心，我一定会查清楚的。”

松吉走后，本来就已经感冒的半七头更疼了。他赶紧去洗了个澡，然后吃了感冒药就上床休息了，当时天都还没有黑。

松吉是在晚上八点左右回来的。

“大人，我调查清楚了。跟阿际私奔的伙计名叫良次郎，今年二十二岁，外地人，老家住在浅草今户。这人长得很是普通，不过寡妇们都挺喜欢他的。”

“有谁知道此人现在何处？”

“没有人知道，而且他也没有回老家。”

“那阿际这边呢？她家里还有没有别的兄弟姐妹？”

“没有了，她是家里的独生女。”

“原来如此。”半七听着松吉的情报，推翻了自己之前的猜想，重新梳理所有线索。他似乎在松吉的话里捕捉到了重要线索，露出了一个满意的笑容。

“好了，我现在对这件事已经有了大致的了解了。”

“这就够了吗？”

“是的，之后的事情就让我来处理吧，你辛苦了。”

次日，半七醒来之后觉得身体舒服些了，可能是因为昨天晚上发了一场汗。不过，今天虽然没有下雨，但是天气还是有些阴沉。半七吃完早饭就去了草药铺找阿德，从她这里了解了一些有关送信的事情，随后便去了今产后巷的大杂院，良次郎之前就住在这里。

房间面积不算大，但屋内十分整齐。屋子里的人正在做针线活，是一位五十岁左右的妇人带着一个十多岁的小女孩。

“打扰一下，请问你们知道良次郎先生现在在哪里吗？”

这位老妇人看起来应该是良次郎的母亲，她听见这话之后放下了手中的针线，回头看着半七，不过她并不答话，只问他：“您是哪里来的呢？”

半七毫不犹豫地说：“灵岸岛。”

“灵岸岛……”妇人打量了一下半七，随后站起来走到门口，道，“那您应该就是三岛商店的人了吧？”

“是的。”

妇人听到了这话，一把抓住半七的袖子，喊道：“那你还来找我？我还想问问你们，我儿子现在在哪里？良次郎他人呢！”

良次郎母亲的反应是在半七意料之中的，不过他还是装出一副很震惊的样子说：“您先冷静冷静……连您都不知道自己的儿子在哪儿，我们又怎么可能知道呢？”

“你骗人，一定是你们把他藏起来了！我根本不相信他会做出带小姐私奔的事情，这肯定是谣言！你看看这个女孩，她叫阿山，是良次郎的未婚妻，再过两年他们就会结婚了。他知道家里的未婚妻正在等他，怎么可能和别人私奔呢？而且良次郎一直都很孝顺，他肯定不会丢下老母亲自己跑了的，怎么可能突然失踪了！绝对是你们把他抓起来了，你快告诉我，我儿子现在究竟在何处？”

良次郎母亲厉声质问，状若癫狂，半七都有些不知所措了。

“您先冷静一下！您说的或许是对的，但是我根本不知道呀，我只是照着店主的话做。如此说来，他真的不在这里吗？”

“就是不在啊……”良次郎母亲泪流满面，“你们真的太欺负人了，把良次郎抓了起来，却来找我要人。可别想装不知道，我有证据的，你在这儿等着，我现在就拿给你看。”

夫人掏出了一封信拿给半七，半七打开发现就是良次郎写的，信里如是说到：

母亲，我必须要出去躲三年，其中缘由实在无法告诉你，请您见谅。三年之后我便会回来，您不必为我担心。或许外人会说我是带着小姐私奔了，您千万别信这些谣言，也帮我向阿山解释清楚。我做这些都是为了您和主人，万望母亲体谅。

妇人哭诉道：“良次郎留下了这封信，还偷偷找人给我们拿来了黄金三十两。他在信里面说了，他肯定是和主人达成了某种约定，主人给他钱让他藏起来，所以他才离开了的。我说过了，他是一个孝顺的孩子，他肯定是觉得有了这笔钱之后能让我们的日子过得更好。但我根本不想要这些钱，我只要他能好好地待在我身边！”

妇人拽着半七的袖子，哭得厉害。

她一哭，房间里的阿山姑娘也开始落泪，场面瞬间悲伤起来。对于这种局面，半七是完全没有料到的，他只好赶紧表明身份：“我还是跟你实话实说吧，我叫半七，并非是三岛商店的人，而是一名捕快。我今天来您这就是想查清一些情况，现在我心中已经有数了。您放心，我一定在三天之内找到你儿子，并且把他带过来。”

听到这话，妇人连忙止住了泪水，开始请求半七一定要找到良次郎。

半七离开之后，理清了自己的思路，现在他要调查的是阿际和良次郎在哪里。再联想阿通所说的话，她在库房里看到的那个宛如幽灵的姑娘八成就是阿际。可这些都是半七自己的猜测，他现在也不可能直接闯入那栋别墅，把库房打开进去查看。他如果要采取行动，就必须要有百分百的把握。因此他思索一番后决定去向岛一趟。

刚走一会儿便下雨了，半七只能去买了把伞，然后继续前行。临近午饭时分，他找了一家小餐馆点了餐。正在吃饭的时候，他发现不远处坐了两个人，但是由于中间有屏风隔开，他没有看清那两个人的长相，只能从他们的声音中分辨出应该是一位年长者和一位少年人。

他们刚来的时候都在很安静地喝酒，三巡之后，酒意上头，年长者便开口说道：“你快想个法子，可别让那小鬼逃掉了，不然咱俩都没有好果子吃！我也看出来了，你是瞧不上那个乡下小丫头的，但是对付这种人，钱可没有美男计好使，你就牺牲一下色相，先拖住她。反正也只是骗她，不会让你把她娶回去的。”

少年人说道：“你说得简单，可我还是不想这么做。”

年长者冷笑道："你现在装出这个样子有什么用？所有人都觉得你就是贪图小姐美色、诱骗良家妇女的登徒浪子，反正你的名声已经无可救药了，你再想这些也是无济于事。"

"我真的是悔不当初，我那时候会答应老板娘的要求，是因为她平日里对我很是照顾，而且又那么可怜地求着我。我现在真是后悔极了。发生了这种事，所有人都会嘲笑我、唾骂我，还要连累母亲为我操心，实在是太不孝了。那件事是我的错，所以不管你现在怎么说，我都不会再重蹈覆辙了。而且，阿通那么想离开，你们为什么不愿意放她走？"

年长者压低了声音说道："要真像你说的这么简单，我也不会想方设法地留下她了。她现在知道的太多了，要是就这样让她走了，谁知道她出去之后会不会胡说八道。所以只能拜托你这种美男子，想办法接近她，让她为你神魂颠倒，痴迷不已，然后把她留在这儿。你好好想想吧，反正一回生二回熟，你也不是第一次做了，怕什么呢？而且只要你答应，我就去老板娘那给你多说几句好话，让她多给你点钱。这种天上掉馅儿饼的事，你有什么好纠结的呢？直接就应了吧。"

"这种事我不可能再做第二次，我绝对不会答应的，死了这条心吧。我劝你还是去找其他人来做吧。"

"你别妄想了！你觉得我就只是别墅里的门房，不能对付你了吗？看看我这文身，我六藏可不是好惹的！你最好乖乖听话，不然……"这人可能是有些醉了，说话声音越来越大。

半七听到这话觉得现在是个好机会，便对屏风那边说道："二位在说什么事儿？好生热闹啊。"

六藏瞬间收起了凶神恶煞的表情，不好意思地说道："抱歉，打扰到你了。主要是这个小子整天都在想些不切实际的事情，我得好好给他开导开导。"

半七笑道："原来是这样啊，不过根据现在的情况来说，我怎么觉得这位年轻人做的没有问题，倒是你这年长之人头脑不大清醒啊。良次郎先生，你是不是也有同感？”

此言一出，另外两个人呆若木鸡。

半七又继续说道：“这位有文身的先生，都到现在了，你已经自身难保，就别再带坏年轻人了。”

六藏闻言转身看向半七问道：“你在说些什么？你到底是谁？”

半七推开屏风，看着六藏，说道：“你不必知道我是谁，不过，我现在要去你家别墅，你给我带路就行。”

六藏见势不妙，想从怀中掏出匕首，但半七早一步抓住了他的手腕，然后将捕绳套在了他手上。

良次郎被眼前的局势吓住了，缓缓地站直了身子。只听半七对他说道：“你要是跟我一起走，不节外生枝，我一定会帮你求情的。”

四

于是，半七催促着已经被捆住双手的六藏走在前面，良次郎则失魂落魄地跟在后头。他们便这样淋着雨来到向岛别墅，找到了阿通。半七便吩咐已经手足无措的阿通去把库房的门打开。

门开后，大家看见光线昏暗的二楼，站着一位宛如幽灵的女子，她貌美如花，就是三岛家之前已经失踪的女儿阿际。

次日，奉行所传唤了三岛商店的未亡人阿系，还有大当家由兵卫，之后便将他们押解下狱。

事情的真相是这样的：三岛商店的掌柜在四年前撒手人寰之后，其遗孀阿系就和由兵卫暗通款曲了。由兵卫想将三岛家的所有财富据为己有，便琢磨着让三岛家的女儿下嫁给他的侄子。奈何由兵卫的侄子当时只有十五岁，根本无法迎娶年满十九岁的阿际。阿际如出水芙蓉一般清雅秀丽，又是花一般的年纪，来她家里提亲的人都快把门槛给踩烂了。由兵卫根本没有办法阻拦，难免心中不悦。

另一边，阿际也发现了阿系有外遇，对由兵卫百般嫌弃。由兵卫因此更加容不下阿际了，于是便挑拨阿系想让她将自己的女儿逐出家门。不过，若是轻易将亲生女儿赶出家门很容易惹人非议。由兵卫便想出了一条奸计，他指示六藏，让他把阿际骗到了向岛的别墅，然后把她关在库房，并且到处散播谣言说她是跟人私奔了。

阿系被这男人的花言巧语所迷惑，也不甚关心自己的女儿，所以在由兵卫提出这个计划后，她也就答应了。

六藏便挑中了年轻英俊的良次郎，因为他一直被由兵卫和阿系看重。阿系软硬兼施，让良次郎同意做这件事，而且还许诺做完这件事之后会更加重用他。当然如果他之后不想再留在这里的话，他们也愿意支付给良次郎一笔巨额酬劳，使他下半生都能高枕无忧。

良次郎也不好拒绝主人的请求，又觉得只要忍过了这三年就能给自己换一个大好前程，让家里的母亲衣食无忧，便答应了这件事，即便他心里依旧是有千般的不愿。所以他在阿际被关进库房的那天也离开了商店。为了让整个计划更加天衣无缝，他甚至都没有回家，只能借住在朋友家，尽量不要暴露自己的行踪。

管家夫妇一直监视着被关在库房里面的小姐，只是他们于心不忍，不愿意看到阿际被活活饿死，因此每天都会准时给她送饭。他们又想到阿系和由兵卫在别墅私会时需要有丫鬟在此伺候，便去找了中介所。于是就找到了阿通。阿通看上去是一个老实得有些笨拙的姑娘，可相处久了，六藏就察觉到她其实心思缜密，而且还知道了库房的秘密。六藏本来不想再留着阿通了，但又怕现在把她放出去会节外生枝。

六藏现在的处境是左右为难，最终他想到可以让良次郎出面引诱阿通，将她拉到自己的阵营中。然而，本就良心不安的良次郎绝不愿重蹈覆辙，便私下帮阿通把她的亲笔信送到了阿德那里。六藏根本不知道这件事情，为了说服良次郎还特地将他带出来下馆子喝酒。结果被半七抓到，所有计划都暴露了。

刚开始，六藏根本不承认他做的这些事，一直到半七打开库房找到了阿际。良次郎也将所有事情和盘托出后，他才俯首认罪。他本就是有前科，如今又四处为非作歹，最后自然是难逃死刑。

此外，阿系在接受审讯之时意外身亡；由兵卫觊觎家主财产，勾引女主人，囚禁家主独生女，也被判处了死刑；良次郎虽是从犯，可因为他真心悔过又是被人指使，所以奉行所法外开恩，只对其进行了训斥，没有判刑。

三岛商店在族人们的劝说之下将向岛的别墅拆掉了，并且拆毁了那里的库房。

可最让人匪夷所思的是，在拆毁别墅的时候，谁都没有找到阿通说的那条淡绿色的蟒蛇。阿际也回忆说，她在库房三年的时间，并没有见到过蛇。

莫非这条蛇真的通灵，对之后发生的事有所感知，因此在拆毁库房前便自行离开了？还是说一切都只是阿通在恐惧的情绪之下所产生的幻觉？

事已至此，再也没有人知道真相究竟是什么了。

第九章　蝴蝶合战

到了六月间，又一次出现了这种奇怪的现象，可见善昌的预言是真的。从早上十点到下午两点，一大群蝴蝶围绕在一起，数量极为庞大，可是在四点的时候，撞钟声响起，那些蝴蝶又全部飞走了。人们出门纳凉便能看到，束川上全是那些在合战中死去的蝴蝶的尸体，它们根本没有被水流冲走。可是到了第二天，这些落在水里的蝴蝶尸体又消失了。

一

其实对于生长在江户的人来说，比起到处旅游，他们更愿意留在家附近生活，除非有充足的理由，否则他们是不可能到处奔波、舟车劳顿的。半七老人也是这样。

可是我之前去找他的时候，他并不在家，我满腹狐疑地询问了老管家，这才知道是他有个亲戚要结婚了，所以他只能去一趟宇都宫。我兴致勃勃地来找他，满心失落地回去了。

他去了有半个月的时间，这几天我虽然也要做其他事情，但找不到他还是觉得有些无聊。不过，他的管家昨天来找过我，跟我说他回来了，而且还给我带了当地的特产——羊羹和干瓢。虽然是一些寻常东西，但是也能看出他是惦念着我的。所以我第二天下午就又去赤坂找了他。

这时已经是六月间，雨季时期，虽然还没有下过瓢泼大雨，但细雨纷纷，时断时续，也十分惹人烦恼。

我总会在离家之时纠结要不要带伞，因为我一直嫌带伞太麻烦，所以这次也没带。可走到一半，雨便下了起来，打在我脖子上，凉意袭人，实在是让人很难受。我只好加快速度赶到半七家里。我驾轻就熟地推开了格子门，只听半七笑着说道："我就知道来的人不会是管家，她才出门买菜，不会这么早回来。"他站起来看着我，继续道，"肯定只有你了。"

我们照常去了里间屋子。

半七拿出准备好的点心茶水，坐到我对面，高兴地说道："你真是守约，这种天气还出门过来。唉，近来的天气也都不太好，不是下雨，就是乌云，真的让人心情烦闷。"

我喝了口茶，回答道："就是啊！但我倒是没料到您会离家这么久。感觉如何？路上是否遇到了好玩的事儿？"

半七有些遗憾地摇了摇头，道："一件都没有。那里稍微偏远了些，基本没有好玩的事情，真要说的话，也就麻雀合战能勉强算一件了。我之前就听说过这个场景很是壮观，这次还专门去看了看。倒不像传言中说的有几万只麻雀聚在一起，但也有好几百只。它们聚于一处，一直叫唤，不知在做什么。"

"我也曾有耳闻，东京之前也有这样的传闻。"

"的确如此，江户时代，青蛙、麻雀之类的动物特别多，常常会发生这些事情。这些动物和人一样，只要住在一起的同伴多了就会打闹，乃至于厮杀。除了青蛙、麻雀，蝴蝶和萤火虫也会如此。我在落合就见到几百只萤火虫聚在一起！还有蝴蝶合战之事，我之前有跟你说过吗？"

"应该是没有的。这听起来很有趣啊，您现在告诉我吧。蝴蝶会和什么案子有关呢？"

“关系可大着呢。”

半七开始向我讲述这件事情。

在我们说话的时候，雨势渐渐变大，好在老管家已经回来了。

而对于我来说，可以听到这个故事，真的是三生有幸。

二

这件事发生在本所竖川大桥旁边。那时还是万延元年，夏季炎热，成千上万只白色的蝴蝶忽然飞了过来。孩童们见此情景，兴奋不已，成天拿着一根竹竿或者是木棍去追蝴蝶。

刚开始人们也没有把这当回事，只是之后的蝴蝶越来越多，就跟飞雪一般。它们成群结队地飞舞着，一会儿飞到半空，一会儿又贴着地面，蔚为壮观。到了六月底的时候，这里的蝴蝶数量应该已经过万了，很多人都来这里欣赏这罕见的场景。

有人感觉这些蝴蝶肯定是发疯了，也有人在看到了河面上漂浮着的蝴蝶尸体后觉得是蝴蝶发生了内斗。

来看蝴蝶的人逐渐增加，不知从何处传出了这个说法——善昌之前就说过了，这是弁天的预警，蝴蝶合战就是其征兆。

善昌是个尼姑，在弁天堂里修行。她原来的名字是小鹤，云游四海，几年前才到了松阪町。她在某天夜里经过下谷御成街边的一家商铺，看到里面有奇怪的亮光，她之前都没有见过。她好奇地看向里面，只见这是一家古玩店，店里有个东西正在发光。她忍不住走了过去，原来是一尊木雕的弁天神像在发光。

小鹤见此情景，深受触动，回家之后，更是难以入眠，她好不容易睡着，居然就梦到了弁天神，小鹤也是惊喜不已。

弁天神对她叮嘱道:“之后若是一心向佛,便能普度众生,福泽自身。”

次日清晨,小鹤便去了那家古玩店买下了这尊神像,然后租了一间屋子,命名为“弁天堂”,从此改名为善昌,在此定居,再不出门。她看管着这间佛堂,对外宣称堂内供奉的是光明弁天。

她平常会给人解卦算命,也会出门行善。但是三年前,善昌出门之后,弁天堂中出了事。

某天午后,有客过来这里礼佛,她家就在旁边,平日里也常来。她在堂里看见佛龛前有个年轻人突然倒地,口吐鲜血,痛苦至极,她被吓得赶紧叫人来帮忙。

人们听到呼声之后,赶紧聚了过来,都在问地上的年轻人发生了什么事。可这个人只剩下最后一口气,根本说不了话,没过多久就死了,死之前他抬手指着落在地上的点心。

众人之后才明白,这个死去的年轻人是一个小偷。他是来佛堂里偷钱的,而且还偷了值钱的工具,在离开之前,他看见佛祖面前供奉的点心后,起了贪念,将点心和水果全部吃了,随后倒在地上,应该是中毒而亡。

弁天堂里死了人,自然会有人去找善昌。她知道这件事后也是震惊不已,赶忙跑回来。

“我也不知这人为何会死,可我敢肯定,我这里供奉的点心绝对是安全的,你们若是不相信,我便自己吃一块,你们好生看着。”她说完便拿起一块点心咬了一口。

她吃下了这块点心,没有任何不适的反应。

众人见她安然无恙,便纷纷猜测那人为何会中毒,最后觉得点心应该就是专门惩罚恶人的。因为那人是个小偷,不但偷盗佛堂的财物,而且还偷拿供品,实在是可恶。肯定是弁天神看不下去,所以才大显神通,让这人一命呜呼。

经过这件事之后,大家更相信弁天神了,来这里礼佛烧香的人也逐渐增加,与此一同增加的还有香火钱。善昌拿着这些香火钱将弁天堂重新修葺了一番，吸引了更多的信徒，这里的香火也愈发鼎盛，哪怕是无意经过这里的人都会进来拜一拜。

到了三月间，善昌跟所有人说道："我知道大家都记得在五年前，有地震发生，在四年前，有暴风雨突袭，在两年前，有霍乱爆发……可这并不代表厄运已经过去了。因为弁天神已经降下神谕，跟我说今年会有更严重的灾难降临。在此之前，必会有预兆，请大家务必小心！若是井伊大老[1]能知道这些，虔心供奉的话，那么他肯定能逃过一劫……"

大家近年经历的不是天灾就是人祸，生活艰难，每个人都过得小心翼翼。善昌此言更是让那些信徒们如坐针毡，度日如年。

到了六月间，又一次出现了奇怪的现象，可见善昌的预言是真的。

从早上十点到下午两点，一大群蝴蝶围绕在一起，数量极为庞大，可是在四点的时候，撞钟声响起，那些蝴蝶又全部飞走了。人们出门纳凉便看到束川上全是那些在合战中死去的蝴蝶尸体，它们根本没有被水流冲走，可是到了第二天这些落在水里的蝴蝶尸体又消失了。

大家经历了这场异象后，更加恐慌，只好去弁天堂找善昌帮忙，这对于他们来说也是唯一的出路了。

可是大家到了这里才发现原本灯火通明、香火鼎盛的弁天堂现在漆黑一片，善昌的表情也很凝重。"刚刚突然出现一大群白色蝴蝶，将这里的烛火全部扇灭了。看来弁天神的预言就要成真了，大祸降至……"

众人惶恐道："那我们现在能做些什么呢？您快为我们指点出路吧！"

"我也无力回天啊。不过，或许还有一个办法，那就是从农历七月一日到盂兰盆节的半个月间，一直举办火供仪式，但决定我们是否可以逃过一劫的还是各位的诚意够不够。"

[1] 大老：江户幕府时代辅佐将军的最高官员。

大家听了这话纷纷采取行动，不仅上交了数量庞大的供品，而且还给佛堂添了很多香火钱。火供仪式之后的七天倒很平静，没有发生任何事情。可是到了七夕祭奠之后，善昌忽然告诉大家弁天神又给她托梦了，说若想消灾解难，必须要在百日内护住佛像，不能让任何人看到。于是，在仪式第八天，善昌便把帷幔放下，遮住了佛龛。

一些信徒隐隐觉得不对，也不怎么相信善昌的话，都在猜测佛像是否还在佛龛上。几日之后，这种猜测甚嚣尘上，几名威望较大的信徒也有些起疑了。于是他们找到善昌，劝她让大家看看佛像，以安民心。

善昌肯定是不答应的，并且态度很是坚决地说道："从没有人看见过浅草观音像，可去参拜的信徒还是络绎不绝，神灵对他们也是有求必应。这种事件并不是偶然的。你们为何还不理解？神明降下这样的谕旨，自然有他的安排，我也没有其他办法。你们一定要看佛像，一定要违背神意，就不怕有恶报吗？我们眼下最重要的事情就是祈福避难，而你们却想着冒犯神灵，真的是分不清轻重缓急！百日之后，你们自然能看到佛龛之上到底有没有佛像。若是还有人不信，那以后也不必来了！"

大家看到善昌这样坚持，又害怕之后真的会有报应，所以也就不再说什么，继续每日来烧香拜佛。可大家私下还是在讨论佛像究竟在不在原地的问题。为期半月的火供仪式终于完成了，所有人都如释重负。

可仪式完成后的第一天就出事儿了。

这日，善昌一直都没来开门，实在是很反常。不过，大家也没有想太多，都认为是由于她前半个月都在负责火供仪式，很是忙碌，所以今日才睡得比较熟，没有准时起床。

可是直到中午，佛堂还是没有开门，这实在是前所未有的事情。众人这才起了疑心，赶紧去敲门，却得不到任何回应。几个人只好走到后门，发现这里没有锁住，就推门进去了。大家都在叫善昌的名字，但无人应答。有几个人直接进到了里屋找人，就连善昌的房间也去看了看，还是没找到她。

之前这里都是善昌自己打理的，她就算出门也不会耽误太长的时间，像今天这种情况还是第一次发生。

大家想到她之前一直藏起佛像不让人看的事情，纷纷猜测应该是善昌没有保管好佛像，觉得没脸见人，便卷款潜逃了。其他人听说这件事之后也都赶了过来。佛堂里面聚集了一众信徒，大家将整个佛堂都找了一遍，这里被收拾得干干净净，看着与从前一样，所有人都没有任何发现。

有人说道："看这架势，肯定是佛像丢了，然后善昌卷款逃跑了。"有些胆子大的人也建议说打开帷幔一探究竟。大家现在也不在乎任何报应了，小心翼翼地走到了佛像旁边，掀起了帷幔。出乎所有人意料的，那尊佛像竟然安稳地立在佛龛之上，没有任何损坏。

"看来是我们误会善昌了。可现在佛像立在这里的话，善昌又会去哪儿了呢？"无人知晓究竟是出了什么事。这个佛堂本来就是善昌租用的民房改造的，现在发生了这种事情，众人只能先去找房东了。房东过来看了也没有办法。大家商量之后打算继续查看一下佛堂。这一次所有人都很仔细，就连地板下也没放过。

一个人打开了厨房的盖板，终于在里面找到了被捆住手脚的善昌，头上还被套了一个黑色的袋子。她就躺在那里，完全不动弹。发现的人被吓了一大跳，连忙叫来了别的信徒，一同将她抬了出来。可他们刚抬起善昌，她头上的袋子就掉了下来，所有人都大吃一惊：善昌已经遭遇不测，最吓人的是，这具尸体的脑袋不翼而飞！其余人得到消息后都跑了过来，同行的还有一些凑热闹的人，将原来就不甚宽阔的巷子堵死了。

这里的人都明白善昌肯定是因为钱财出事儿的。毕竟这次的火供仪式收集到了很多钱财和供品，难免会有人眼红想要杀人越货，抢夺财物。可大家现在要弄清楚的是，凶手是在杀了善昌之后才抢劫的，还是在抢劫过程中因为善昌反抗才痛下杀手的。

最让人不解的是，为什么凶手要在杀人之后砍掉她的脑袋呢？

三

大家又将佛堂里里外外仔细搜了一遍，可直到仵作来了，他们也还是没有找到善昌的头。

但不管怎么样，既然有人死了，官府就必须着手调查。官府本来是指派了朝五郎来负责这件事情，不过当时他正好要回千叶参加葬礼，所以就只能让半七来负责了。

半七奉命前来时，他的下属熊藏正好也在，两人便一同到了案发现场，那时候是刚过下午二点，正是最炎热的时候，所以二人才走了几步，便满身是汗。

当时才过了盂兰盆节，依照以往的习俗，大家会休息一天，他们经过两国桥时，看到回香院周围全是人。

熊藏说道："看来这回香院的香火很鼎盛啊。"

"是啊，来烧香拜佛的人这么多，这些神明还不做事儿。看着凶案发生也不出来阻止。"

"或许是阎罗王也要过盂兰盆节，需要休息一下吧。"

他们说着话便走到了弁天堂。这里全是聚在一起看热闹的人，巷子口都被堵死了，他们费了好大劲儿才挤了进去，结果看到其他同僚都已经在现场勘查了。

半七礼貌地打了个招呼："实在是不好意思，我来晚了。"随后便开始检验尸体。

凭借多年的经验来看，半七断定死者在死之前基本没有进行反抗，她的手脚都被紧紧捆住，可手腕上并没有任何挣扎之后留下的伤痕。而且榻榻米上也没有留下任何血迹，可能是被凶手擦干净了吧。

半七思索片刻，似乎是发现了什么，突然趴在榻榻米上，仔细闻着味道，像一只警犬一样。

半七问旁边的人："善昌以前会饮酒吗？"

那人认真答道："不会的，她跟我们说她从来都不喝酒的。"

半七点了点头，不过他在这张榻榻米上已经闻到了酒气，由此可见善昌是骗大家的。但是按照她目前的地位和身份来看，她确实也不能跟大家说实话，也许她平日也并不嗜酒，只是背地里偷偷喝两杯而已。

半七又问："有没有其他东西不在了？"

"他平日里最宝贝的那个盒子不在了，是装钱用的。一定是凶手把这个东西带走了。"

半七找了两个声望最高的信徒——伊助和五兵卫，想跟他们打听一些事情。伊助是开化妆店的，五兵卫则是开柴火铺的。因为他们平常也会帮善昌解决一些问题，所以和她的来往比较多。

半七问："善昌如今多少岁了？"

五兵卫回答道："她没有跟别人说过自己的年龄，不过，我觉得她看起来很年轻，估计就三十左右吧，应该不会超过三十五岁。"

"她一直都是独居吗？还有没有其他亲戚呢？"

伊助回答道："她提到过自己的身世，是一个孤儿，没有别的亲戚朋友。"

"那她以前是否整夜不归过？"

五兵卫想了想，说道："没有。虽然大家找她出门做法事的时候她都会答应，但不管弄到多晚她都会回来的。"

半七又问了其他问题，然后看向弁天佛像。这佛像是木头雕刻的，高约二尺，有些旧了。半七走过去闻了闻，又摸了摸，然后叫来熊藏，让他也来闻一下。

半七突然问道："之前有没有梳头人常来拜佛呢？"这个问题听起来跟案件似乎毫无关系。

伊助说道："有的，名字叫阿国。她跟善昌关系很好，也特别信奉弁天神。她只要有空就会来拜一拜。"

"阿国的情况怎么样？"

"也是自己生活，今年四十多了吧。"

"请你帮我去叫一下阿国吧，麻烦了。"

伊助点了点头："好，我现在就去。"说完便走了。

他去了没多久就回来了，跟半七说没有找到阿国，因为她不在家。但是昨天晚上有人在澡堂看见了她，还有人看到她出门了，但是之后就没有回来过。不过对于梳头人来说，确实会经常出门接生意，有时候也会在朋友家里过夜。现在正是休假的时候，她有可能是出门玩了。

半七听完之后眉头紧锁，在思索一番之后，他的目光又落到了那具穿着法衣的无头尸体上，然后摸了摸死者的手。

"麻烦你们帮我注意一下阿国的动态，要是她回家了，请务必来告诉我。"半七在交代完这件事后，便想离开这里。

五兵卫提醒道："我们知道了。但是现在天气太热了，这具尸体还是要赶紧处理了吧？"

半七想了想连忙叮嘱道："是该处理了。不过现在还没有调查出结果，之后也许还会验尸。你们可以把尸体埋了，但是千万不能烧掉。"

"那就入土为安吧。我们会赶紧处理的。"两位老板答应了这件事，半七便离开佛堂了。

半七与熊藏在这里待了很久，可离开的时候还是很热。他们走到竖川大街，又出了一身汗。

半七开口问道："之前就是在这里发生了蝴蝶合战吧？"

"应该是吧，虽然我没有见到，但还是听大家说了一些，据说是轰动一时。”

“我也是这个感觉。”半七突然停止了脚步，而且换了一个话题，“刚刚你在佛像上有没有闻到什么气味？”

“有点像发油的味道。”

“是的，我也闻到了，按理说善昌一个尼姑是不会用发油的，那么佛像上的发油一定是别人在碰佛像时染上的，而且这个人还常常会用到发油。”

“那这么说的话，碰佛像的人应该是阿国了。”

“你觉得死者会不会另有他人，不是善昌？”

熊藏震惊道：“什么意思？”

“我觉得那具尸体应该是阿国的。”

熊藏的表情更加惊讶了，他问道：“您有什么新的发现吗？怎么会出现这种情况呢？”

“我在那张榻榻米上闻到了酒和发油的味道，随后我检查了那具尸体的双手，上面也有发油。五兵卫会说善昌最多只有三十五岁，但是那双手看起来至少是四十岁的人了，而阿国正好是这个年纪。伊助又说阿国昨夜一直不在家，于是我又去检查了一下那双手，发现这绝对不会是尼姑的手，而且上面有很多束发用的细绳所留下的痕迹。从尸体的双脚上看，脚底长了很多老茧，可见死者生前是经常走路的，这具尸体又没有脑袋，如果只是从她穿着僧袍来断定她是善昌的话，实在是没有说服力。”

“如此说来，应该是凶手在杀死阿国之后，将僧袍套在了她的身上，把她装作是善昌？”

“应该是的。但是凶手这么做的原因是什么呢？善昌现在在哪儿？我们先去调查一下和阿国相关的事情，绝对不能放过任何一个线索。”

“那我们快走吧。”

阿国住在距弁天堂不远的巷尾的大杂院中。半七和熊藏向她周边的邻居打听了阿国的情况，大家都说她个人生活奔放不检点，以前就有过好几个男人，现在也没有成家，还是和许多男人暧昧不清，普在寺的住持就是她的裙下之臣。邻居们根本不相信阿国说的，因在外面招揽生意时间太久只能住在朋友家的说法，都觉得她肯定是去寺庙里找住持鬼混了。老住持去年死了之后，阿国就和新来的住持勾搭上了。

“我认为我们应该去一趟普在寺看看。”

半七领着熊藏一边走一边问路，没过多久就来到了普在寺。

这间寺庙的占地面积不大，不过很是整洁，庙里还种了多种植物。其中最为引人注目的是那棵又高又大的百日红。半七特地去周围的一家花圃，以购买线香和芥草为名，与铺子里的女孩搭讪，希望可以探听到更多消息。

半七问道：“这间寺庙的现任住持叫什么呀？”

“觉光。”

“我听说那个叫阿国的梳头人是这里的常客，你见过她吗？”

“见过的，我对她有印象。”

“她有时也会住在寺庙里，是吗？”

女孩突然不再说话了。

“除了她之外，是不是还有一个尼姑也会来这里？”

女孩点了点头说道：“是呀。”

“你知道她的名字吗？”

女孩刚想说话，却被外出打水归来的老妇人打断，那妇人恶狠狠地瞪了女孩一眼，女孩便闭嘴不言了。

半七便去找老太太搭讪了，但他打听了半天，感觉没有什么可用的消息，所以就离开了。

熊藏不好意思地问道：“买的这些东西怎么办啊？”

“就烧给那些无人扫墓的亡魂吧，反正都买了。”半七说完便走向墓地。

他走过每个石塔都仔细地检查，似乎在寻找什么东西。现在依旧很热，可墓地却透着一股阴森森的凉气，似乎还有秋虫的叫声。

半七走到尽头，看见这里有一座新坟，用木片做的墓碑上没有写字。根据旁边被翻动的土壤，可以推断这座坟墓应该是刚挖的，最早不过昨天。

熊藏看了看说道：“这是座新坟，就在这儿烧香吧。”说完他便要点燃买来的线香。

半七一把抢过他手里的东西，制止道：“千万不要这么做，你如果不想拿的话就随便丢掉，或者给我。”

熊藏只好将东西交给了他。

四

“之后发生的事情比较复杂，又无趣，我还是直接跟你说结果吧。其实听到这儿你应该也知道真相是什么了吧。那具尸体就是阿国的，善昌也没有死。”

我接过话，说道：“一定是善昌杀了阿国吧。”

“确实是这样的，但是这个阿国也不是什么清白可怜之人，她有这个结局也算是恶有恶报了。我之前提到的小偷，就是死在佛像前的那个，他看上去是被神明惩罚而亡，实则是被阿国和善昌设计陷害的。他叫作与次郎，是善昌的叔叔。”

“这未免也太恶毒了吧。”

善昌本来是住在富山县的，她丈夫在她年轻时就过世了，于是她自己来到了江户，做了尼姑，到处游玩。那尊佛像是她无意中得到的，为此她故意编造了一段被神明所指引的经历，谁承想居然有那么多人都相信了，而且还特地来这里拜佛。

与次郎之后也来了这里，还在善昌这儿赖着不走，没钱了就找她要，若是善昌不给，他就到处说她坏话，毁坏她的声誉。善昌为此很是苦恼，因为她有一个把柄被与次郎抓住了，那就是她亲手杀死了自己的丈夫，所以她根本没法不听与次郎的话。不过善昌之后一直没有承认过这件事情，加上富山县与江户相距甚远，很难再查清这个多年前的真假冤案了。

与次郎的勒索变本加厉，善昌也忍受不了了。因此她找到了阿国，想跟她商量一下，看看有没有办法解决这件事。阿国告诉善昌，要想之后高枕无忧，必须要让与次郎再也没有开口说话的机会。

善昌犹豫再三还是答应了杀人计划。不过她并不想亲自动手，徒惹麻烦，所以就找到了与次郎，假装是向他告饶，说之后愿意妥善照顾他，不过以她目前的实力来说，实在是很难让两人都过上好日子，所以必须要让弁天神的声望更大，吸引更多的信徒，得到更多的香火钱才行。为此，需要与次郎配合她演一场戏。

善昌告诉与次郎，让他装成来佛堂偷盗的小偷，然后在偷完东西要离开的时候，就突然站在那儿，打死都不动。然后再由善昌站出来告诉大家，说是弁天神显灵，抓住了这个小偷，只要她向神明求情，弁天神就会法外开恩，让这个小偷恢复行动。若是有信徒想把小偷抓到官府去，善昌也会告诉大家要以仁德为先，放此人一条生路。如此之后，大家就会更加信奉弁天神，对善昌也会加倍敬重，同时，这样还能起到宣传效果，吸引更多的信徒前来烧香拜佛，善昌和与次郎就能坐享其成，有数不尽的财富了。

与次郎听完之后也很赞成这个计划，而且配合得很积极。到了那天，所有的事情都是根据善昌的计划所进行的。不过在与次郎打算离开的时候，善昌突然拉住了他，跟他说只是不动起不到威慑效果，要是想让所有人都相信是神明显灵的话，得吃点儿东西，做出一副特别痛苦的样子，于是他边说边从佛前供奉的点心中拿了一块递给与次郎。他不假思索地吃下了点心，没过多久便倒在了地上，痛苦至极，七窍流血。

躲在一旁的阿国见此情景便装作发现了小偷，开始叫人过来。与次郎根本没有想到自己会被善昌陷害，心中悔恨不已，可是他已经毒发了，根本无法开口言语，只能一直盯着那盘点心。

与次郎自从到了江户之后，便住在下谷那边的一家廉价旅馆中，也没有工作，更无朋友亲人，因此他死了之后也没有人会为他申冤。

经过这件事之后，善昌既消灭了威胁她的人，还得到了极高的声望，来佛堂礼佛的人也是日益增加。她借此赚了一大笔钱，然后便将佛堂重新修葺了一番。

她本以为与次郎死了之后就可以过安稳日子了，谁知道人算不如天算，阿国成了她新的威胁，常常用这件事来敲诈她。但是善昌觉得，在谋杀与次郎的计划里，阿国也出了一份力，所以她一定不会将这件事告诉外人的，便也照旧和其来往。

“但是之后发生的事情超出了所有人的预料。”半七言及至此，拿起茶杯，喝了口茶。

我觉得之后的事情应该与普在寺的那位住持脱不了关系，他肯定是让这两个女人反目成仇的导火索。

我的猜想是对的，这三人之间果然是有感情纠纷的。

“周边人对阿国的评价比较差；善昌看似本分，但其私下的生活也很混乱。她对外说从不喝酒，但其实经常在深夜和阿国一起饮酒作乐，一喝就要喝到天亮。除此之外，她们还聚在一起打牌，不过两个人打实在无趣，所以阿国就提出带善昌去普在寺，找那儿的住持觉光一同玩。觉光这个人吃喝嫖赌样样都沾，对于美色更是毫无抵抗之力，之前便和阿国勾搭成奸。跟善昌接触后发现她出手慷慨，而且更加年轻漂亮，所以便开始纠缠善昌。在此之外，他还会去青楼寻欢作乐，只是阿国和善昌都不知道罢了。不过时间久了她们还是有所察觉。阿国一直都很嫉妒善昌，比她年轻还比她富裕，在知道善昌和觉光偷欢后，阿国更是愤愤不平，甚至放言说要把善昌做的坏事全部都告诉大家。但善昌还是和觉光藕断丝连，这引得阿国更加生气。她多次警告善昌，让她赶紧和觉光断个干净，不然就去官府将她设计陷害与次郎的事儿说出去。善昌见阿国已经失去了理智，心中不免有些害怕，但她更清楚阿国和这件事也有着洗不清的关联，所以阿国绝对不可能去衙门举报她的。故而，她根本不管阿国的警告，只是敷衍了事。阿国因此愤怒不已，打算给善昌一个教训，就在火供仪式举办后的第七晚偷走了佛像。善昌这才真的怕了，因此才会在第二天那样坚持，不让信徒看佛像。”

“难怪！看来大家当时的猜测是对的。”

“阿国逼着善昌答应了和觉光分开，这才将佛像还了回去。但是这也只是善昌的缓兵之计罢了，她是不愿意离开觉光的。而且她还意识到，如果放任阿国继续胡搅蛮缠的话，势必会带来恶劣影响，最坏的结果就是阿国真的要玉石俱焚，将她们之前计划杀害与次郎、欺骗信徒的事情曝光，那么善昌辛苦筹谋多年的心血就会付诸东流。她几番思索后，觉得要想让今后的日子高枕无忧，那只能杀了阿国，让她不能再开口说话。所以她在与阿国喝酒的时候，趁机将他灌醉，然后勒死了她。为了不被怀疑，她还特意伪造了现场，将自己的僧袍脱下换在阿国身上，然后把她的手脚绑起来，藏到了厨房的盖板下，并且直接割下了她的脑袋。其实在割头前，阿国还是一息尚存的。”

“这实在是太可恶了！”

“善昌在布置好现场之后，拿着全部家当逃跑了，但阿国的头颅实在是个累赘。为了掩人耳目，她只能带着这颗脑袋离开了佛堂。对于她来说，现在能去的地方就只有普在寺了。但她把所有事情都告诉觉光之后，觉光根本不能接受这些，还想将她送到官府去治罪。不过，他又怕到了官府善昌会反过来诬陷他，而且将他之前做的那些丑事儿全部说出来，因此，他思索之后还是决定留下善昌，并且帮她把阿国的脑袋埋在了旁边的坟地里。虽然他自己并不愿意这么做。”

半七也是在发现那座新的坟墓之后感觉有异常，才制止了熊藏要烧香的行为。

在当时的律法中私挖坟墓是重罪，而且是不问因果缘由的，可如果没有得到寺社奉行所的许可，也不能轻易抓捕寺院的住持，所以半七只能先去奉行所告知事件的缘由，然后奉行所去向寺社奉行所讨了一张逮捕令，最后才去普在寺抓捕了觉光。

“善昌在落网之后没有进行申辩吗？听起来她应该不是那种会乖乖认命的人。”

“她肯定是一直在狡辩啊，对于所有的罪行都不承认。可是那天佛像上的发油味和尸体手上的味道一致，捕快又在那座坟里找到了阿国的脑袋，面对铁一般的证据，她根本无从抵赖。我那时候带人去围住了普在寺，让熊藏去堵住了后门。随后便找到觉光，将事情告诉了他，并且劝他主动交代罪行。觉光最初也是不承认的，而且还说自己和善昌根本没见过面，也不承认收留了杀人犯。直到我提出挖坟的要求，他才慌了，找不出任何言语为自己狡辩。善昌知道东窗事发，想从后门逃跑，自然是被守在那里的熊藏抓住了。最后官府判了善昌斩刑，觉光也被绑在桥上以示惩罚，之后就被赶出寺院了。”

“这也是他们的报应。”

“而那掀起了一阵风波的蝴蝶合战，根本就是个巧合。只不过当时才发生了井伊大老的事情，善昌知道大家人心惶惶所以才借题发挥，想要骗点儿香火钱。”

我连忙问道：“那佛堂里面的那尊佛像怎么办呢？”

“这件事情水落石出之后，佛堂就被拆掉了。而至于那尊佛像，大家虽然想着之前也一直在供奉它，但是现在出了这种事后所有人都不愿意礼佛了，便把它放在了河里。听说那尊佛像被河水冲击时，突然出现了一条白蛇缠绕在佛像上。大家对此事又是议论纷纷，甚至有传言说那条白蛇就是善昌变的。不过这都是人云亦云，胡说八道罢了，也不知道为什么会有人信。想来，可能就是因为大家总是相信这些怪谈，所以才让善昌这种老尼姑有机可乘吧。你看，我俩就想着聊天儿了，外面似乎不下雨了。”半七说完便站起来去拉开了廊滑门。

应该是我听故事听得太认真，没有注意到外边的雨的确不下了。

皎皎月光洒在院中，夜空也是那样的干净。

第十章　古宅奇遇

大概过了十几分钟，阿蝶觉得身后已经安静，才慢慢回头看去，可之前徘徊在帐外的白影已经不在了。

而这时候，天光破晓。

一

八月是一年最热的时候。我特地跑去找了一个可以乘凉的地方，在那儿避暑，过了半个多月才带着一大堆特产去拜访半七老人。当时他才从澡堂里回来，正拿着一把蒲扇，坐在廊庭外的草垫子上扇风纳凉。

时值黄昏，微风吹过这间小院子，依稀听见隔壁的蟋蟀声。

半七老人对我说道：“我跟你讲，这些昆虫里唯一有江户气息的就是蟋蟀了。蟋蟀的售价不贵，也非高档玩意儿，可其实那些金铃子、金琵琶之类的，都没有江户的味道，都不如它。我每次逛街的时候，如果要听到街边人家里传来蟋蟀声，便会觉得格外熟悉。这些蟋蟀总会让我回忆起江户的夏季。我觉得那些高级的昆虫也就是卖得贵些而已，但没什么用。简单来说，还是蟋蟀接地气啊！”

半七话里满是对蟋蟀的赞美之情。而且他还跟我说养蟋蟀的性价比最高了。我们聊着聊着，又说到了风铃，然后就提到了今天的日期——公历八月十五日。

半七想起了之前八月的事情，跟我讲了一个故事，而我的笔记本上也多了一个逸闻。

二

文久二年，也就是公元一八六二年八月十四日。这日黄昏时分，半七下班比较早，吃了晚饭便想着去邻居家待会儿。可是，突然有人来敲他家门。只见来人是一位四十岁左右的中年女性，梳着椭圆发髻，神色忧愁。

“大人，实在是很抱歉，我这些日子都没来看望您。但是您现在神采奕奕，想来最近生活应是比较如意了。”

“阿龟嫂，有日子不见啦，您最近如何？自己带着女儿生活，还是很不容易吧？不过，阿蝶现在也长大了，又有上进心，您看着应该还是会觉得欣慰吧。”

“话虽如此，但我今天来找您就是为了阿蝶的事。这件事发展成现在的局面，我实在是不知道该怎么办了啊。”

阿龟看起来很是憔悴，额头上又多了几条皱纹，这让半七有了不好的预感。

阿蝶是阿龟的女儿，今年刚满十七岁，母女俩在石桥附近开了一家茶馆。阿蝶生性文静，小时候便是粉雕玉琢，长大了也如出水芙蓉一般，只是不太爱说话。周围的人对阿蝶的评价都很好，而且很多年轻人慕名前来，想要见阿蝶一面。

阿龟见女儿出落得很是水灵，自己也是心中欢喜。所以她这次要真的是为了阿蝶来找半七的话，那么多半是和儿女情长相关了。这个年纪的女孩，如鲜花一般，肯定也会有自己的小心思。半七心中暗想着，要是阿蝶遇见了心仪之人，自然也是会对其朝思暮想的。难道是阿亀反对他们？她们母女平时在茶馆经营，遇见的人也多，难道是阿亀掌控欲太强，想要干涉阿蝶的恋情？若真是如此，阿亀未免有些迂腐守旧了。

半七调侃道："阿蝶这么一个年轻女孩，是不是忙着谈恋爱，忽略了您，惹您不开心了？说真的，咱们做父母还是别插手孩子们的恋爱了吧。年轻人嘛，肯定有自己的爱好，要是只想着赚钱，可真是白活这一世了。您也是从这个年纪过来的，就别念叨阿蝶了呀。"

可阿亀并没有玩笑之心，正色道："不是您想的这样的！阿蝶若真的找到了命定之人，我肯定是会支持她的。可这事发展成如今的局面，真的是弄得我束手无策，阿蝶也整日惶惶不安，以泪洗面。"

"究竟是发生了什么事？"

阿亀吞吞吐吐道："阿蝶她……似乎是遇见狐仙了，偶尔也会消失不见。"

半七听了这话还是不觉得有什么，毕竟茶馆的年轻女孩偶尔跑出去也是正常的。

阿亀看到半七这副表情，更急了。

"我还是把事情的来龙去脉都跟您说一遍吧，这根本就与阿蝶谈不谈恋爱的没有关系。五月间，我们那儿办了一个小烟火会。而在这之前的几天，一名拿长刀的武士带着一名侍卫从我家茶馆门前经过，他无意间看到了阿蝶，便特意转进来叫了壶茶喝。这人喝完茶之后留下茶钱就离开了。说实话，此人出手实在是大方。三天后，他又来了，但这次带着的是一个看起来有三十多岁的丫鬟。这丫鬟气质出众，看着便不是普通人家的女子，颇有领头人的架势。我觉得她应该是大户人家管事儿的，毕竟两人看着也不像是夫妇。那个丫鬟把阿蝶叫了过去，问了阿蝶的年纪和名字，而后又留下了一大笔茶钱便走了。又过了三天，阿蝶突然就不见了。"

“原来如此。”半七一边点头一边思索，他认为来的人可能是拐卖年轻女子的人口贩子，这次是特意装成管事丫鬟和武士来探听情况的，然后便将阿蝶拐走了。

“那阿蝶后来是否回家了？”

“回了，十天之后回的。当时天色就要暗了，阿蝶忽然就回来了，但她整个人都瘦了一圈，脸色苍白。我只觉得这是老天庇佑，让我的女儿平安回来了，我终于安了心，便问阿蝶究竟去了哪儿。”

阿蝶说她也是在这个时间段走丢的，那时阿龟嫂正在店里招呼客人，阿蝶独自回家。她走在路上，突然跳出了几名壮汉，他们抓住阿蝶，用手帕捂住她的嘴和眼睛，将她的手脚捆了起来，随后便把她丢到了一顶轿子里抬走了。阿蝶在轿子里只觉得头脑一片空白，根本不知道绑架她的是什么人，也想不出他们为何要绑架她、又想把她带去哪里。她心里只剩下害怕和无助。

轿子好像是停在了一间大房子门前，可阿蝶并不知道自己现在身处何处，只感觉有人带着她往屋子里走，然后进了一个房间。随后有几个女子围了上来，帮她解开了绳索和手帕。没过多久，之前来找她的那个管事丫鬟就进来了，她轻声细语地安抚着被吓到的阿蝶，让她不必紧张害怕，只要听话就好。阿蝶现下也无法言语，更不敢挣扎，只能静静地注视着这些人的举动。管事丫鬟安慰了阿蝶之后便让人端了些点心进来给阿蝶吃，使她放松下来，随后又叫人来服侍阿蝶洗漱并且带她去了澡堂。

阿蝶洗完澡后又被带去了另一间屋子。这屋子比她之前去的还大，地面上铺着一张毯子，厚重又漂亮；柜子上摆着一个精致的花瓶，花瓶里放了一株鲜花，娇嫩美丽；墙上还挂了一张古琴……屋内的摆设尽显奢华之气，但阿蝶根本没有心思欣赏这些，因为她现在基本是半昏迷的状态了。

但是阿蝶此刻还不能休息。管事丫鬟很快又来了。她带了一众婢女为阿蝶换衣、梳发，就像是要去见重要宾客一般。最后还给阿蝶披上了一套精致华丽的长袖和服，配上绣着繁花盛开图案的腰带。阿蝶对此很不适应，但也只能像一个牵线木偶一样任人摆布。

梳妆结束后，这些丫鬟又引导阿蝶乖乖坐在垫子上，并且拿了木桌放在阿蝶面前，桌上放了好几本书和一个香炉。香炉里有一缕紫色烟雾飘出，阿蝶闻了之后神情更加恍惚。

管事丫鬟走到挂在高架上的纱网灯前，拿出火石将其点燃，屋里瞬间变得朦胧暧昧，阿蝶只觉得自己进入了冥想的世界，她便坐在那里，一动不动，什么话也不说。有个丫鬟走过来将一本书放在阿蝶面前，随便翻了一页，叫她假装是在看书。

阿蝶根本无力抵抗，基本是对方说什么，她就做什么。而旁边的丫鬟在她看书的时候还为她扇扇子，似乎是怕她觉得热。

管事丫鬟低声叮嘱阿蝶："千万要记得别开口说话啊。"

阿蝶一直在想她们是在等谁，但根本找不到答案。没过多久。屋外就响起了脚步声，声音很轻，但很凌乱，来人应该不止一个。此时管事丫鬟又叮嘱阿蝶，叫她低着头别露脸。

说完便有人轻轻拉开了门，露出了一条窄窄的门缝。

阿蝶刚想回头，便被管事丫鬟低声喝止了。

究竟是什么人在外面呢？或者说外面的究竟是人是鬼？为什么要这么轻手轻脚像做贼一样？阿蝶越想越觉得害怕，但是又不敢回头一探究竟，只好将视线聚集在眼前的书籍之上，做出一副淡定自若的模样。

没过多久，外面的人就把门合上，慢慢离开了。

三

阿蝶这才松了一口气。虽然之前管事丫鬟一直跟她说不用紧张，但她早就吓出了一身冷汗。

管事丫鬟看见阿蝶的反应又柔声安慰道："你不用这么紧张拘谨，可以放松一点。"

在她们说话的时候，另一个丫鬟去给灯芯加了油，明亮的烛光瞬间照亮了原本有些阴沉的房间。

以前这个时候阿蝶早就已经吃完晚饭了，现在的她自然也该饿了，然后丫鬟们赶紧给她端了晚餐过来。摆在阿蝶面前的食物很丰富，看着也很精致，可是阿蝶满心惆怅，实在是没有什么胃口，勉强吃了点东西也觉得食之无味，最后还是剩了一大堆食物。丫鬟们让阿蝶先去休息一会儿，在将餐桌收拾干净后就退下去了。阿蝶也不知道她们去了哪儿。

眼下这个房间里面只有她一个人了，阿蝶也恢复了些理智。回忆起刚才发生的所有事情，她觉得自己就像是做了一场梦，实在是想不通那些人要对她做什么。阿蝶甚至在想自己是不是被狐妖下了咒。

她重新整理了一下思路，自己莫名其妙地被带到这里，一群丫鬟给她穿上了一套特别华丽的服饰，为她准备了丰富的晚宴，现在又让她在这个精美的大房间里休息，而且从头到尾那些人都很温顺，对她也十分客气。她们为何要这样热情款待她呢？这样做对她们又有什么好处？难道她是被当成了谁的替身，要在这里演戏，最后被送去陪葬？阿蝶越想越觉得害怕，心里更加惶恐，根本坐不住。她想逃离这里，奈何自己是一个路痴，就算跑出去也很难找到回家的路。

阿蝶想来想去，还是冷静了下来，仔细打量着四周，思考着若是要逃跑，必须要先找到这间屋子的突破口，然后再从此处逃向外界。最终她做了一个深呼吸，开始了自己有生以来最疯狂的行动。她敛声屏气，轻手轻脚地挪到房门口，想偷偷拉开房门。可她的手还没有碰到门，就有一个丫鬟从外面开门进来。阿蝶被吓了一大跳，瞬间就不敢动了。那丫鬟却说，如果阿蝶内急的话，她可以陪着去。

随后她便带着阿蝶出了房间。只见屋外是一个大院子，这夜没有月光，所以能看见在院子里有几只萤火虫在飞舞，也能听到远方的猫头鹰在叫唤。

再返回这间房时，已经有人帮阿蝶铺好了床单被褥，并且挂上了轻薄的纱帐。神出鬼没的管事丫鬟又来到阿蝶床前叮嘱道："今天的事情已经结束了，你就好好休息吧，但是我得先告诉你，不管晚上听到了任何动静，你都不要露脸。"

说完这话，管事丫鬟给阿蝶盖好被子，并且放下了纱帐。

然后外面响起了打钟声，屋子里的人全部都退下了，并且没有发出任何脚步声，真的是训练有素。

这夜实在是让人心惊胆战啊！

阿蝶现在虽然躺在普通人家根本不可能享有的大床软被中，享受到了大户人家小姐的待遇，可是她并不觉得开心舒适，而且完全睡不着。

房间内静得都能听到一根针落地的声音，阿蝶自然也听到了自己怦怦的心跳声，她现在又怕又慌，身上全是冷汗，黏糊糊的，十分难受，甚至还有些头疼。她在床上翻来覆去，怎么都无法安心，根本不能闭眼休息。

阿蝶就这么一直躺着，也不知道几点了，本就觉得四周可怕，在夜深之后更是吓人。但她似乎听到隔壁房间有人正踮着脚走路，那声音很轻。阿蝶好不容易攒出的睡意瞬间被吓没了，整个人都呈现出一种戒备的状态，下意识地拉高了被子，只留了半张脸在外面。

阿蝶放缓了呼吸，躺在床上，完全不敢动。只听到有人突然拉开了门，然后慢慢向她的床边走来，来人的衣摆随着其步伐摆动，布料摩擦的声音让房间的氛围更加怪异了。

来人走到了纱帐前便停下了，似乎是想借着微弱的光探头看阿蝶。

阿蝶偷偷往被子里躲了一点，不安地想这个人是不是来杀她的。

来人站在那儿静静看着阿蝶，过了好一会儿才打算离开。阿蝶听到布料摩擦的声音越来越远，直至消失不见，才终于放松了下来。就这么一会儿，她额头上就全是细细的汗珠了。她缓了缓，慢慢睁眼，看到房门已经关上，屋子里重归平静。

折腾到现在，饶是阿蝶再不放心，也实在是坚持不下去了，她感到眼皮越来越重，终于还是睡着了。

次日清晨，昨晚的丫鬟们又重新出现，照旧是尽心尽力地伺候阿蝶洗漱更衣，并且服侍她用餐。当阿蝶吃了早饭后，管事丫鬟又来了。她体贴地问道："还是不太习惯吗？请再忍耐一下吧。如果留在房间里觉得无聊的话，那我带你去院子里散散心吧。"

于是丫鬟们又来服侍阿蝶换鞋。

阿蝶跟着这些人到了院子，这里十分宽阔，景观也不错。她们顺着一条小路走到了一座水池前。这个水池看起来已经修建很久了，水面上长满了绿色的浮萍，周围全是杂草，应该是一直没有人打理。

有个小丫鬟在阿蝶耳边说这池子里面之前有一只怪兽呢。

阿蝶听了这话瞬间起了一身鸡皮疙瘩。

管事丫鬟忽然变了脸色，道："所有人都不要说话，阿蝶把你的视线放在水池上，不要看其他地方。"

阿蝶觉察到周围有一道目光正落在她身上，赶紧站直了身子，目不转睛地看着水池。莫非这里面真的有个怪兽？这怪兽是什么样子呢？这水面如此平静，难道也是暗藏玄机？

阿蝶注视着水池，直到偷窥她的那道目光消失，管事丫鬟才松了口气，所有人也恢复原样，若无其事地忙着自己的事情。

逛完院子后，阿蝶又被带回了房间，丫鬟还给她找了一些书看，让她打发时间。阿蝶看了会儿书便开始吃午饭了，还有个丫鬟给她弹琴解闷。

六月的天气最为炎热，但阿蝶的房间房门紧锁，窗户紧闭，完全不透气。纵然丫鬟们对阿蝶毕恭毕敬，服侍得极为周到，没有任何抱怨，阿蝶也还是觉得煎熬无比，度日如年。

日落时分，丫鬟们又领着阿蝶去沐浴了，而后给她换衣打扮，再让她坐在木桌前，嘱咐她千万别动。

虽然这时阿蝶还没感受到那道偷窥的目光，但她隐隐有种预感：“莫非今天也与昨晚一样？”

到了十点钟，阿蝶又被服侍着上床休息了。她依旧惶恐不安，也不睡觉，就等着昨晚出现的那人。在寂静的屋子里，阿蝶的听力更加灵敏，她听到了外面淅淅沥沥的雨声，也听到了水池边此起彼伏的蛙声。夜色越来越深，屋里的灯油燃烧殆尽，灯光越来越弱。

阿蝶实在是没忍住，偷偷睁开眼看向纱帐外，只见有一道白影在那里来回踱步，很是惊悚。

“鬼啊！救命！”

阿蝶被吓到，连忙收回目光，转过身，嘴里一直说着“老天保佑”之类的话，希望外面的人可以赶紧离去。

大概过了十几分钟，阿蝶觉得身后已经安静，才慢慢回头看去，可之前徘徊在帐外的白影已经不在了。

而这时候，天光破晓。

四

之后的日子，阿蝶一直都在重复这样的生活，洗漱更衣、化妆打扮、吃饭散步，然后在晚上坐到木桌前看书，十点钟上床休息，深更半夜又看到那道白影出现在纱帐外。

每个白天、每个夜晚皆是如此，阿蝶就这样煎熬了整整八天，整个人濒临崩溃。

“我究竟还要这么过多久？你们能不能给我个痛快！”

阿蝶忍不住了，她找到管事丫鬟，痛哭不已，希望对方可以放她回去见见自己的母亲。管事丫鬟最初也拿不定主意，可看到阿蝶那样决绝，又怕自己若是不答应，她之后会寻短见。

所以，管事丫鬟在第十天还是答应了阿蝶的要求，只是有另外的条件：“你必须记住，离开这里之后不可以向任何人提起这件事。之后我还会再让人去接你的，那时你可得回来，有劳了。”

阿蝶知道若是她不答应管事丫鬟的条件，自己肯定不能回家的，因此她只能做出承诺，之后肯定会再回来的。管事丫鬟好像是觉得有些对不起阿蝶，所以还在她走的时候送了她一个布包。

临近黄昏时分，天色灰蒙，阿蝶被丫鬟们蒙了眼睛、捂住嘴，带着离开了这间屋子，坐进了之前来时坐的轿子。轿夫们特地找了一条很少有人经过的小路，将阿蝶送到了之前的河边。阿蝶下轿之后，这些人便连忙抬着轿子跑了。

阿蝶站在这里，似乎是被施了定身法一样一动不动。过了很久，她才反应过来，好像是想到了什么恐怖的东西，飞快跑回家里。在看到阿龟的时候，阿蝶才真的觉得自己回到了人间。阿蝶本来以为自己之前就是被狐仙抓了，那个管事丫鬟给她的肯定是一些奇怪的东西，但她打开一看，却发现里面是一大堆金子。

阿龟看到这么多金子，瞬间乐开了花，开心道："天啊！我还是第一次看到这么多钱！我要卖多少茶水才能赚到这么多金子啊！"对于这些靠双手卖力气养活自己的人来说，不管怎么努力都只能勉强维持生计，让自己不被饿死罢了。而阿蝶基本是什么都没做就拿到了这么多钱，还能在大户人家享受小姐待遇，穿上精美的服饰，有一堆下人服侍，吃尽山珍海味，可真的是天上掉下个大馅儿饼了！阿龟想到这里就乐得合不上嘴。

但阿蝶并不这么认为，这些钱完全不能让她开心，她根本不想再回到那个恐怖、诡异，让她吃不下饭、睡不着觉的地方。这几天她已经被折磨得快要疯了，就算是现在回到了自己家，她还是无法安心休息，整天担惊受怕，杯弓蛇影。阿龟之后也知道自己当时是被金钱所迷惑，忽略了女儿的感受，现在回想起来，若她和阿蝶易地而处，只怕也会像女儿那样惶惶不可终日。

阿龟怕那些人又来绑架阿蝶，便让她先在家里藏着，不要出门。可是到了月末的某一天，她收摊回家，却找不到阿蝶的踪影。她赶紧向周围邻居询问，但所有人都说没有看到阿蝶。阿龟便知道肯定是那些人来强行带走了她的女儿，但她根本不知道阿蝶会被带到哪里去，只能在家干着急。

阿龟就这样在家等着阿蝶，一日又一日，只希望女儿可以回来。十天之后，阿蝶终于回来，还是和上次一样抱着一个包袱，神色惊慌。而那个包袱里依旧是装着一大堆金子。

半七听到这里，神色变得严肃，分析道："这听起来似乎不是什么亏本买卖。但实在是太诡异了，那要是换了别人，只怕是完全无法忍受。"

"阿蝶回来住了几天就又被接走了，就是上个月月底的事。那些人每次都是趁我离开家就强行带走阿蝶的，而且他们每次都蒙着阿蝶的眼睛，绑了她的手脚，让她坐在轿子里面。因此，阿蝶直到现在也不知道自己到底是被带去了哪儿。”

“那么她这次回来了吗？”

阿龟露出失落的表情，道：“还没有。之前她都是十天回来一次的，这次早就过了十天，可她还没有回家。就在我都快要放弃了的时候，那个管事丫鬟来找我了，跟我说阿蝶还要在那里多待几天，但她不能告诉我这是为什么。她甚至说让我开个价把阿蝶卖给她，多少钱都行。她真的太过分了！我怎么可能会出卖自己的女儿，让她在那种如地狱一般的地方受苦呢！我当场回绝了她，但她不依不饶，一定要我成全她。最奇怪的是，她这种大户人家的管事丫鬟居然直接跪在我的面前，苦苦哀求我答应她。我也被她弄得不知所措，只能先说请她给我几天时间考虑一下，才把她打发走了。半七大人，您看看，这都是些什么事啊？”

阿龟在说这些事情的时候，说几句就要停一下，应该是真的被吓得失了分寸。

半七思索了一下，道：“你也实在是可怜。从你说的来看，带走阿蝶的那些人应该也是名门出身，按理说是不该做出这些下作事的。所以他们到底是为了什么要这么做呢？阿蝶虽然是个美人，但就算是真的嫁入豪门，也只能为人妾室罢了。他们要真的是想要阿蝶，直接上门提亲就可以了啊，为何要做出这种奇怪的举动呢？”

“现在最麻烦的是阿蝶还被他们关着，也不知道她现在究竟在哪儿，什么线索都没有。我们该如何是好？”

半七扶额思索着，阿龟只能乖乖站在旁边，手足无措。

“如果以后再也看不到我女儿了，那我活着还有什么意思呢？”阿龟一想到这种事，便绝望至极，眼泪夺眶而出。

半七赶紧安慰她：“你先别自己吓自己了。依我看，那个管事丫鬟过几天还会来找你的。我先去调查一下，查查这些人到底是想做什么吧。”

“大人，您若是愿意帮我，我真的感激不尽！只要您出马，我就放心了，您明天可千万要过来啊！一切都只能靠您了。”

阿龟边说边向半七鞠躬，千叮咛万嘱咐后才回家去了。

五

第二天恰好是农历八月十五日，风高气爽，街上早就有小商贩摆摊吆喝了。半七在结束了手里的工作后便打算去找阿龟。阿龟就住在河岸边，从巷子里就能过去了。她家门口还有菜贩摆摊卖菜，都是应季蔬菜，很新鲜，邻居家还有蝉鸣声。

阿龟看到半七来了，赶紧出来迎他进门，开心道：“大人您来了啊，真的是太感谢了！快进来坐！对了，阿蝶昨天晚上回来啦。”

阿龟昨天和半七告别回家后就看到阿蝶回来了。阿蝶说管事丫鬟送她回来是想让她和阿龟商量卖她的事情，希望她们母女可以好好想想，做个决定。

对方能想到让阿蝶回来跟母亲商量，可见也不是蛮不讲理之人。

阿蝶回来之后实在是有些累，便想回房休息一下。半七却拦下了她，希望可以问问她在那边遇到的事情。不过阿蝶说的跟阿龟说的都差不多，半七也没有得到更多有用信息。但是阿蝶提到，她去的那个院子或许是某个富商为自己的妻女置办的别院，只是她也不了解那些人是什么身份，那个院子又在哪里。

“之后她们肯定还会有别的动作，我们就先以不变应万变吧。”半七暂时没打算回家，就在阿龟家留宿了。

如今的白日时间越来越短了，还不到黄昏时分，天色就开始暗了。阿龟把一些点心小吃放到餐盘上，准备中秋拜月。入夜之后风也更凉了，半七穿得少，感觉有些冷。

半七吃过晚饭后叼着根牙签，慢慢悠悠地走到了院子外。他抬头看着夜空，突出的房檐将其分割成了好几块，各有各的形状。现在这个时间还暂时看不到月亮，只有点点星光在夜空中闪烁。天光洒落，云影重重，像是在为之后的中秋夜色打响前奏。

半七欣赏着这一景色，突然发现周围的花草树木上都有白霜，这才意识到已经起秋霜了，这些植物像是挂着银色点缀，透亮迷人。

半七转身走到屋子里去，边走边说道："月亮马上就要出来了，你们可以到这外面来拜月了。"

话音刚落，便有人来敲门。

半七叮嘱道："我先藏着。"然后便赶紧提着鞋子跑到了阿蝶的屋里。

阿龟去开了门，来人是一个武夫模样的男子，他跟阿龟说，过一会儿府上的管事丫鬟就会来接人。

半七将门稍稍拉开，露出一条门缝从这里观察屋外的情景。没过多久就有一个三十岁上下的女人来到阿龟家里，看她的模样气质，确实像是大户人家的女管家。

那人也是彬彬有礼，先向阿龟道了个歉，说道："不好意思，直到现在才来找您。您应该是第一次见我吧。"

阿龟不知道该怎么办，只能先回了个礼。

"我就开门见山跟您说吧，之前也有人来找您说了我们的要求，如果您答应的话，我们现在就接阿蝶姑娘走。"这个人说话语气温和，但总是有着一丝不容拒绝的强势。

阿龟被对方的气场所震慑，说话都有些结巴了。

"事已至此，若是您不答应，那我们也无法交差。希望您能体谅一下，不要为难我们。"

阿龟想先将对方打发了，便随便找了个借口道："阿蝶她，她昨天晚上才回来，特别累，现在都还没起来。我们还没有机会讨论这件事儿呢。"

那人见阿龟不愿意答应，瞬间变了脸，厉声道："胡说八道！我们就是为了让你们商量才把阿蝶姑娘送回来的，您现在却跟我说你们什么都没有讨论，这是没有将我们的话放在心上吗？您若是不把阿蝶姑娘交给我们，我们该怎么交差？您快去把阿蝶姑娘叫起来，我们一起商量一下怎么办吧。"

女人的强势让阿龟不知所措，就在她犹豫的时候，那个人又拿了一袋金子放到阿龟面前的桌子上，说道："这是我们之前答应给您的钱，一文不少，您可以数数。现在就把阿蝶姑娘交给我们吧。"

"我……"

"看您这个样子，似乎不打算把阿蝶交给我们了。实话跟您说吧，如果不能把阿蝶姑娘带走，我也无颜再回主家了，只能死在您面前。"女人边说边从腰间拿出了一个布袋，里面似乎装了匕首。

这人明显是拿出了最后的底牌，阿龟被她这个举动吓到了，脸色都有些发青。

半七看着这一幕，转头问阿蝶："你以前见过外面的那个女人吗？"

阿蝶告诉他从未见过。

半七想了一会儿，便站起来走到房间另一头，从别的出口离开，然后绕到了门外。那里站了四个轿夫和之前敲门的武夫，应该就是要接阿蝶走的。半七又从小门进去，一脸严肃地坐在那个女人面前。

之前只能从门缝看，也看不清那人的样貌，半七现在才仔细打量着来人。她有一张瓜子脸，双眼透亮，鼻子高挺，一头秀发全都盘了起来，似乎还刻意梳洗装扮过，举手投足间很有女管家的做派。

半七开口道："实在是很抱歉，但我还是想说几句。"

对方并没有觉得震惊，而且还大方地点头回礼。

"鄙人半七是阿龟家的亲戚，她之前跟我说你们想花钱买下阿蝶。可能你们不知道，阿龟这辈子只有这么一个宝贝女儿，之后也只想找一个入赘女婿罢了，但你们要真的如此喜爱阿蝶，坚持要带她走的话，也是可以的。”

此言一出，阿龟震惊不已，但还是没有阻止半七继续说话。

“我想你们肯定也是有难言之隐，所以不便告诉我们，但我也希望你们能体谅一下阿龟母女，因为阿龟答应了你们的话，那么她们母女就断了联系，所以还是希望您能先告诉我们您是谁家的人，让阿龟可以放心把自己的女儿交给你们。”

“实在是对不住，我们真的不能告诉您我们老爷的身份，但您放心，我们的老爷也是极有声望的。”

“请问您家老爷官居何职？”

“具体的我也无法透露，只能告诉您是管事之人。”

半七笑道：“原来如此。我还是跟你们说实话吧，我们不会答应把阿蝶卖给你们的。”

女子目露凶光，厉声质问：“为何？”

“因为我不能接受贵府的作风。”

女人挺直了腰，不屑道：“你怎么知道我们府里是什么作风，你有证据吗？”

“您是府里的管家，右手手指上却满是老茧，可见平日里常会弹琴。由此可见，贵府的作风有问题啊。”

女人的脸色有了微妙的变化。

这时屋外突然传来了一个女人的声音：“请问家里有人在吗？”看来也是来找人的。

“有，马上来。”

阿龟边说边跑到门口去接人。

门外的来客见此阵势，有点打退堂鼓，“请问您是在招待什么重要客人吗？”

“是呀。”

“那我还是先回去吧。”

半七站起来，出言叫住了想走的女子：“您先别走，正好这儿有一个冒充大户人家管家的骗子，你看看是不是她？”

这个被半七叫作是骗子的女管家，居然笑了起来。

“是我有眼无珠，居然没有认出大人。您是衙门的捕快吧？真是不能在捕快面前骗人啊。既然我们的把戏被您识破了，我也就不装了。”

半七也笑着说道：“我就知道你不是真的管家。我告诉你吧，刚才我去外面看过了，如果你们真的是大户人家的下人，抬过来的轿子怎么会那么差。而你一个管家，手上却全是弹琴留下的茧子，实在是不合理。但话又说回来，你们的戏演得是真不错，只是道具没选好。好了，现在可以告诉我，你们究竟是谁了吧？”

女人行了一个礼，道：“您的洞察力实在是太强了。我最初也觉得这戏挺难演的，不过还是壮着胆子来了。刚开始的时候，我还觉得一切都在自己的把控之中，没想到您突然杀了出来，让我们的计划全盘落空。事已至此，我就跟您实话实说吧，我并不是本地人，而我的母亲是一位琴师。”

六

这个人名叫邮可俊，自小便接受了母亲的教导，学习弹琴。不过阿俊所有的心思都在儿女情长之上，根本没有好好弹琴，她母亲因此对她失望透顶，阿俊便离家出走，四处流浪，靠着弹琴来维持生计，直到前几年回家，她才发现母亲早已去世了。

阿俊在亲友的资助下去了母亲生前授课的地方继续做琴师，也教了很多学生。不过天生爱热闹的她根本接受不了平淡到近乎乏味的生活。她甚至为了养活一个没用的书生而设计骗局，也曾到澡堂里工作过。

阿俊有个朋友的女儿跟阿蝶是闺中密友，自然知道阿蝶被绑架的经历，而这事之后也就被阿俊知道了。阿俊之前也见过阿蝶，知道她是个美人，所以心生一计，打算借助这些人的神秘身份拐走阿蝶。于是阿俊拜托名叫安藏的男人监视阿蝶家，并且打听一下相关消息，安藏因此知道了那户人家想要买下阿蝶的事情，并告诉了阿俊。阿俊便在那些人把阿蝶送回来，让她和母亲商量相关事情后，趁机假扮成女管家，带着安藏来找阿龟，想骗她交出阿蝶。而她拿出来的这袋金子也是假的。

阿俊见半七已经识破了她的计划，便也不再掩饰，直接说道："因为我们赶时间，得在那些人出现之前带走阿蝶，所以仓促间随便找了顶轿子，让您见笑了。"

半七点头道："这便也说得通了。不过我现在既然知道了这件事，就不能坐视不管，得劳烦你跟我走一趟了。"

"愿赌服输，我毫无怨言。但在离开前，请您给我点时间去换套衣服吧。不然这么走出去，得让其他人也看我笑话了。麻烦您找个人去我家帮我取套常服吧。"

半七答应了阿俊的要求。不过眼下他也找不到跑腿的人，便打算让阿俊先跟他去办公地点。

"这件事若是被其他人知道了，对我们都很不利。而且，这些人并没有骗走阿蝶，大家目前都没有损失，不如您高抬贵手，放她一马吧？"

在半七要带着阿俊离开的时候，站在门口的女子如是说道。而她就是之前带走阿蝶并且一直照顾她的管事丫鬟。她坚持请半七放了阿俊，半七也是左右为难，最后因为一些不好说明的原因，他还是决定暂时放了阿俊。

阿俊感激地说道："实在是太感谢您了！改日我一定亲自登门感谢大人的恩德！"

半七拒绝道："上门感谢就不必了，只希望你日后可以遵纪守法，不要再做这些事情了。”

阿俊也知道自己做的事是不对的，便不再多说，灰头土脸地走了。

冒充管家的人在被拆穿后交代了所有的事，但大家还是不知道被冒充的人到底是何身份。管事丫鬟见此情景也知道若是不说出实情，那么局面就会更加复杂，她们肯定很难得偿所愿，所以她决定将事情的来龙去脉都告诉半七和阿龟。

她与阿俊不同，是真正大户人家的女管家。她家老爷目前已经告老还乡，在家里颐养天年了，只有夫人和小姐还住在府里。小姐自幼便是天资过人，如仙女下凡，夫人很是疼爱这个女儿。小姐今年刚满十七岁，却在春季的时候染病离世，死后便被埋在了寺庙塔下。夫人哭得肝肠寸断，根本不愿意接受这件事，整日以泪洗面，思念着小姐，最后发疯了。府里特地请了庙里的住持过来为夫人诵经祷告，可夫人还是没有好转。夫人每天都在念着小姐的名字，一直说要见她，大家已经是黔驴技穷，都拿她没办法。下人们觉得夫人这样实在是太可怜了，便找到管事丫鬟，跟她一起商讨出了一个办法，那就是找一个长得和小姐差不多的人，让她在府里假扮小姐，以此来安抚夫人，希望她可以开心一些。不过，因为这种事情终究是不太光彩，也不好跟外人说，所以大家只能私下去找小姐的替身。

他们四处寻觅，终于在某天经过阿龟家茶馆的时候无意中看见了阿蝶，发现阿蝶的长相和已经去世的小姐极为相似。侍卫为了确保自己没有看错，还特意在几天后带了管事丫鬟过去找阿蝶，仔细确认了一遍。

这真是“踏破铁鞋无觅处，得来全不费工夫”，他们坚信阿蝶就是他们要找的人。

管事丫鬟赶紧回去把这个喜讯分享给了所有人。在商讨怎么接阿蝶过来的时候，大家分成了两派：一派觉得应该把原因告诉阿蝶，然后诚恳地请她帮忙，要是硬抢的话，实在是土匪行径；一派认为阿蝶家不过是平头老百姓，谁也不知道其人品如何，若是真的采取温和的做法，很有可能落人把柄，被他们威胁索财，成为一大麻烦，倒不如偷偷把人带过来，不留下任何痕迹，也能避免被不相干的人知晓，守住府里的名誉，这才是最合适的做法。

两派各执一词，互不相让，实在是难争出一个结果，只好投票决定。由于最后大多数人都赞成第二个做法，所以便让武夫出马绑架阿蝶了。

不过大家的这番心血并没有被辜负。阿蝶到了府里后，已经疯了的夫人每晚都会偷偷看阿蝶，她觉得这肯定是女儿舍不得她，所以才会回来找她的。时间一久，夫人便忘记小姐早就死了的事情，也不再犯病发疯了。

不过，这一切都只是短暂的美好，大家也是进退两难：一方面，他们也不可能一直扣留着阿蝶，不让她回家；另一方面，夫人只要看不到阿蝶就会犯病哭闹。这时候，老爷又传来消息说想接夫人到他身边去，但是老爷若是知道夫人现在得了疯病的话，他还会这么做吗？

思及至此，大家又开始担心起来，只能聚在一起商讨，最终得出的结果就是把阿蝶和夫人一起送到老爷身边，除此之外，别无他法。

那么，这就带来了一个问题：他们要怎么留下阿蝶？难道继续像之前那样过段时间就去绑架她吗？这不可能。所以，大家决定让管事丫鬟雪野去找阿蝶的母亲，希望她可以把阿蝶卖给他们，这样就能让阿蝶陪着夫人回乡了。这也就是为何雪野会在昨日找到阿龟，提出买下阿蝶的要求。

现在看来，若是雪野之前能坦荡一些，把这其中原委都告诉阿龟的话，也许阿龟是会答应她的。但是雪野太在乎主家颜面，一心只想在维护主家的同时办好这件事，不愿意坦诚相待，让阿龟难以接受，甚至还发生了阿俊这个意外，造成了现在这种复杂局面。

半七在听雪野说完了所有的事情后，终于明白了一切，同时也很怜悯那位中年丧女的夫人。通过这件事，也可以看出府里的这些人确实是很关心老夫人，甚至还想出了这种让人哭笑不得的方法来安慰夫人，减轻她的丧女之痛。

这下连半七也不知道该怎么办了。

就在大家为难之际，泪眼婆娑的阿蝶从房里走了出来。

“我知道了原因了。我没有想过平平无奇的自己还能帮助到别人。阿娘，请您允许我去安慰一下那个可怜的母亲吧。”

雪野听了这话连忙走到阿蝶面前，向她鞠躬感谢道：“这么说您是愿意帮我们了吗？太感谢您了。”

阿蝶缓缓点头。

七

故事说到现在，外面的院子里已经明月高悬，月华似水了。

“阿龟后来也答应了让阿蝶过去。不过，之后事情又出现了转机，因为雪野答应让阿龟和阿蝶一起去府里住着。其实阿龟她们在江户也没有亲友，阿龟又不想和自己的女儿分开，所以便答应了。商量好所有事情之后，阿龟就收拾好东西，和阿蝶一起跟着雪野她们走了。那边也特地为阿龟准备了一栋小楼，让她可以在那里安享晚年。几年后，阿龟去世，那边便给阿蝶安排了一门亲事，男方的家世相当不错，那家人也给阿蝶备好了丰厚的嫁妆。阿蝶现在应该生活得很幸福吧。不过，我听说那个阿俊依旧是贪图小利，死性不改，最后似乎也没有个好结局。”

第十一章　狐妖

这五人生前曾在山里的陷阱中抓住一只小狐狸，然后将它活活熏死，以此来满足自己的恶趣味。那时候，甚太郎与权十也看到了，不过他们并没有参与其中。因此，所有人都认为是小狐妖为了替自己的同伴复仇才熏死了这五个人。

一

某天，我在与半七聊天的时候也不知为何就聊到了与大冈政谈相关的话题，半七说了些与此相关的事情。

“我跟你说，戏剧里写的东西并非都是真实的。比如，大冈政谈里在写到断案之时说，罪犯的刑罚程度如何皆是取决于法官的意愿，这就太假了，因为这在任何时候都是不现实的。就算是江户时代，奉行所办案都不可能依照法官的想法，而是要根据已经成文的刑法来决定。只是在执行的时候可能会有一些不同，不过大致方向还是一样的。若是有人犯了死罪，就算是法官对犯人心生怜悯，也不可能判他无罪。这和现在是差不多的。只是那时刑法并没有这么具体、细化，所以在判断比较复杂的案件时，刑法的参考性就不大了，由此也可以判断法官的思维是否敏捷了。若是法官心中有数，在没有刑法参照的情况下，也能合理处置；反之，就很麻烦了。江户的奉行所基本就是这个情况，其他地方或许会有所不同。普通案件大同小异，基本是根据刑法判决；复杂一些的案件，轻则如流放，重则如死刑等，就需要向奉行所报备，听取他们的意见了。而在奉行所内，因为报上来的案件都比较复杂，所以会有人将其记录在册，以此来补充刑法，并且为之后的判案提供一些参考。不过普通人是不可能接触到这本册子的，只是因为我和当时的一个负责人走得比较近，所以有幸看过一些。我记得里面记录了一个案件，名为‘小狐妖’，这个案子很是奇异，我至今都记得其中细节。它虽然是发生在百年前的事情，但依我看，你肯定会有兴趣的。”

“那您快跟我说说吧。”

二

新石下村在下总国，依山而建，入夜之后便会有野猪从山上跑下来捣乱。为此，村长茂右卫门特地修建了一间茅屋，让自己的随从守在这里，以便提前给村民示警。

这个随从今年刚满十九，名叫七助，他白天会去帮村长干活，晚上就在这间茅屋里守着。

七助在村里也算是年轻一代了，平日里人缘极佳，有很多同龄朋友。七助晚上一般会把朋友叫过来，大家喝酒吃饭，谈天说地，偶尔也赌两把，好不热闹。村长也是知道这件事的，但想着这些人都还年轻，聚一聚也是无伤大雅的。

而那件事就是在宽延元年九月十三日的夜里发生的。

那天也是后赏月日。七助自己无聊，便在黄昏时分叫了佐兵卫、次郎兵卫、甚太郎、弥五郎、六右卫门和权十六个朋友来聚会。几个人一同准备了几道菜还有酒水，然后就在屋里饮酒聊天，玩玩闹闹。

有人调侃七助道："你喝了这么多酒，再喝下去怕是要醉了，要是之后野猪来了咋办？"

七助又喝了口酒，说道："你想这些干吗呢？咱们这儿好几个人呢，野猪就是来了，也只有被我们吓跑的份儿！"

不一会儿大家就都醉了。住在周围的人说他们闹了挺久，直到十点过后才慢慢安静下来。大家倒也没发现有不对劲的地方，可次日清晨村长一直没等到七助，才感觉有点反常。因为之前七助从不赖床，很早就会过来干活。村长便让人去找七助了。

这人到了茅屋，听见里面鸦雀无声，滚滚浓烟一直从门缝冒出来，他顿时心生警惕，赶紧开了门。只见一阵烟雾涌出，门外的人被呛了个半死，只能先等浓烟散去。等他能进屋后才发现屋子里包括七助在内的七人要么躺在地上，要么坐在地上，其中只有甚太郎和权十一息尚存，剩下的五个人都被烟雾熏死了。

这人连忙跑回去把这事儿告诉了村长。村长知道后就叫上了几个人来救甚太郎和权十，在救醒两人后便问他们到底经历了什么事情。不过甚太郎和权十只记得大家昨晚都喝醉了，而且慢慢觉得无法呼吸，也没力气站起来，似乎是吃坏了肚子或者是食物中毒了，剩下的就完全不记得了。

几个人听完之后便开始检查屋子，在火炉子旁边找到了许多松针，其他角落里也有。想来应该是因为天气比较冷，所以这些人在屋子里点松针生火取暖，喝醉之后又忘记把火熄灭，造成了一场悲剧。不过，甚太郎和权十都坚称昨晚没有烧松针，而且还说没有人拿了松针过来，屋子里之前也没有这个东西。大家只好又检查了一遍，结果在火炉里找到了烧过之后剩下的青辣椒，由此可见应该是有人在这些人醉酒之后进了屋子，并且在火炉里加了青辣椒与松针。

可是，这人这么做是为了什么？这个屋子里什么东西都没有，来人肯定不会是想来偷盗的。那么，是他们之前得罪了人吗？可一个人结仇惹事儿不稀奇，七个人一起结仇就不太可能了。

除此之外，还有一种可能，那就是来人是想驱走附在这些人身上的狐狸精。毕竟在那个时候民间一直流传着烧松针可以驱邪的说法，大家对此也是深信不疑，许多地方的人都纷纷效仿。不过，来人为何会知道这些人被狐狸精附身了？而且若真是如此，来人也是为了他们好，何必偷偷摸摸，非要等他们喝醉之后才来做这些事儿呢？

村长专门找人来调查这件事，但一直都没有进展。

过了一段时间，村里便开始流传一个说法，说这些人的惨死是他们的报应，因为他们招惹了小狐妖。小狐妖，传闻是条狐狸精，修行极高，当地人都尊敬地叫她“狐妖先生”。小狐妖一直都住在这一带，可以随意幻化人形，也可以变成其他动物野兽，还会以幻想迷惑人心。这里的百姓虽然一直都没见过狐妖，但都深信她的存在。

这五人生前曾在山里的陷阱中抓住一只小狐狸，然后将它活活熏死，以此来满足自己的恶趣味。那时候，甚太郎与权十也看到了，不过他们并没有参与其中。因此，所有人都认为是小狐妖为了替自己的同伴复仇才熏死了这五个人。仵作来验尸之后也确认这些人是被熏死的，这事最终也只能不了了之了。

当地人依照习俗在夜里将这五人埋在了旁边的高岩寺内。传说在埋葬他们的时候周边一直都有鬼火闪烁，仿佛是这些人的冤魂。

代管所的宫坂市五郎听说了这件事，便到了常陆屋，请长次郎来负责查明这件事。长次郎当时已经年近花甲，是取缔巡回捕吏，长长的眉毛已经花白，完全是插画里的老和尚的长相。大家都叫他老狸子。

市五郎来的时候，长次郎才从亲戚的葬礼上回来。长次郎招呼道：“好久不见啊，近来是越来越冷了啊。”

市五郎答应道：“的确是啊，白日的光景也越来越短了。”

长次郎坐到椅子上，往烟管里加了烟叶，问道："你近来应该遇到很多事儿吧？我也听说新石下村的事情了，但其中细节不甚了解，只知道个大概。"

市五郎简明扼要地解释了一下："七个人里死了五个，两人幸存。我现在知道的就这些了，这事儿是八州的人负责的，可我目前也不清楚他们调查到了多少。"

长次郎听了之后思索一番说道："我对小狐妖的传说也有耳闻，但我认为这件事应该不是她做的。因为直到现在大家都不能证明狐妖是存在的，一切都只是传说而已……你怎么看？"

市五郎为难道："我也不知道。根据目前掌握的资料来看，只能证实这五个人是烟雾熏死的，但这事儿是人做的还是狐妖做的，就不清楚了。现在活下来的两个人都说没有烧过松针，可毕竟那时候他们都已是烂醉如泥了，也说不清他们说的话有多少可信度。"

"于是你就来找我了？"长次郎笑道，"我确实是最佳人选，我这个老狸子去对付一只小狐狸，还真是宿敌。也罢，难得你如此信我，我就应下了这事。你放心，我要不了多久就能查清这件事的。"

长次郎经过一番梳理，决定先去高岩寺检查一下几名死者的坟墓，或许会有意外发现。因此他在和市五郎分别之后就动身出发了。

墓园内满是落叶，或是被风吹过来的，或是从两侧的大树上落下的；蜻蜓于半空中飞舞，阳光透过它们那双透明的翅膀，折射出七彩光芒。寺庙里的香火并不鼎盛，现在只有银藏一个人在这里，他是这里的下人，年纪也不小了。只见他在额头上绑着一张手帕，弓腰整理着柴火，为即将来临的冬天做准备。

长次郎走过去跟他打招呼道："还在忙呢？现在逐渐转寒，确实要多准备一些御寒用的柴火了。"

"是呀，这天气也太冷了，现在还是秋季就冷得不行，你看地上都有霜了。这霜还是在九月三十号之后结的呢。”

长次郎语焉不详道：“可能和那件事有关系吧……实在是太倒霉了，现在是收庄稼的时候，突然就死了五个青壮年，我想他们的家人现在不仅伤心欲绝，而且会觉得很头疼吧。我之前不在这里，今天才回来。还是宫先生来跟我说了这件事，我才知道的。对了，那五个青壮年就埋在这儿吗？”

“是啊，他们都是这里的孩子，根据以往的习惯，当地人死后都会在这里入土为安的……但他们这几个人确实让人很头疼。”

“为什么这么说？”

“虽然他们现在都死了，可那小狐妖还是不肯善罢甘休。就这十天来，小狐妖每天早上都会来他们的墓前捣乱，把这里弄得乱七八糟的，祭奠用的鲜花被乱扔一通，而且还拔了刚立起来的卒塔婆。这不是给我添乱吗？这几个人的头七就快到了，到时候他们家人过来扫墓，看见这里乱成这样，一定会说是我没有管理好。我不想落人口舌，因此每日起来都会将这里重新整理一番，可是第二天早上这里还是会乱成原样，实在是让人头疼。若真的是小狐妖在折腾的话，我还是想请住持出来做一场法事，希望可以改善这个情况，其实我觉得这个小狐妖实在是有些过分了，毕竟人都已经不在了，何苦让人死后都不得安宁呢？我是真的束手无策了。左兵卫的兄长善吉昨日过来扫墓，我就把这件事儿告诉他了。我就是一个凡人，根本耗不过小狐妖，这几天我也是已经尽力了，以后就随她闹吧，我真的是没有精力了。”

“你也觉得这件事是小狐妖做的吗？”

“也只能是它了呀。终究还是这些人先虐待那只小狐狸，将它活活熏死，小狐妖回来报仇也是理所应当的。他们的亲属不也因此放弃追究了吗？而且之前村长还找人调查过，也是一无所获。现在应该只有善吉不相信是小狐妖复仇了吧，但他也没有任何线索。”

“你能带我去墓地那边看看吗？”

“好，你跟我来。”

银藏带着长次郎去了墓地。可这里的情景并非银藏之前所说的一片混乱，那五人的卒塔婆都好好地立在原地，花草也摆放整齐。

银藏只觉不可思议，道：“怎么会这样？莫非那只小狐妖终于消气了？”

“有可能吧。”长次郎蹲下身子，在明媚的阳光下仔细观察着那些卒塔婆，随后又问道，“我知道你向来是个细心之人，做事也仔细。现在是不是因为年纪大了有些恍惚，所以昨天没有把这些东西擦干净？”

“不是的。是因为昨天庙里在办葬礼。你知道，寺里面只有我一个打杂的，生火泡茶都是我来做，实在是太忙了，所以才没来。”

长次郎听了之后，又仔细地检查了一下周围，任何一处细节都没有放过，甚至还踢开了地上的树叶，检查里面是不是有脚印。

他检查完之后打算离开，却被角落的一座墓碑所吸引。

那座墓碑应该是新立的，坟前还摆满了新鲜的野菊花，应该是有人才来扫过墓。

长次郎问道：“这是谁的墓碑？”

银藏叹息道：“是小夜的，这孩子也是真可怜。”

“我之前听说过她，她是怎么死的？”

“听说是跳河自杀吧。”

“什么时候的事儿？”

“就是上个月十五号。”

“我记得小夜一直是一个温顺的孩子，为何会突然想不开呢？”

“谁知道呢，说实话我也不知她究竟是怎么死的。外面有人说她是自己想不开跳了河，也有人说她是在采芒草的时候不慎掉入河内，还有人有其他说法，反正是众说纷纭。”

长次郎又仔细地观察着周围，问道：“其他说法是什么？”

“死者为大，我们还是不要再说这些了吧。这个孩子年纪这么小就没了，真的是让人惋惜……”银藏这样念叨着，就是不愿意再讨论小夜为何而死的话题。如果面对的是其他人，长次郎还会耐着性子去套话，可面对银藏，他很清楚，只要是对方不愿意，就绝对不会再多说一句。因此，长次郎也就作罢了。

长次郎实在想不通小夜究竟是为什么而死，所以在离开寺庙后特地去了村里的一家茶馆，希望可以打听一些消息。这家茶馆门前长着一棵参天大树，枝繁叶茂，挡住了灼灼烈日。而这家茶馆与其说是一家正规茶楼，倒不如说是一个卖杂货的地方，只是摆了几张桌子，让人可以在这儿休息一下、喝口茶。杂货铺占地面积不大，里面就放了一张凳子。

老板娘看见有人来了，连忙给来者泡了茶，又准备了一些点心。

长次郎喝着茶跟老板娘打招呼，聊了几句之后才切入正题。

“我是外地人，有时也会来这里办些事情，刚刚听见有人说前几天淹死了一个叫小夜的姑娘，是真的吗？”

“是呀！说起来也是怪可怜的，小夜长得又漂亮，对人也好，而且特别孝顺，村里面的人都很喜欢她。谁知道去采芒草的时候会发生这种事……”

“她今年多少岁了？”

“十九岁。”

“这年纪也不小了，应该知道正月十五是需要用上芒草的，为什么非要等天黑了才去采呢，就不能早点去？”

“我们也不知道啊。”

“对了，您说她长得漂亮又年轻，就没有喜欢的人吗？我隐约听过一些传闻，不知道您有没有了解？”

“您真的听到了？”

“对啊，好事不出门，坏事传千里，但凡是有心之人都能发现到底是不小心出事儿还是自杀吧。更何况我还去高岩寺那了解了一些情况。”

“是吗？您是从银藏那儿听到的，还是住持告诉您的？”

长次郎看着老板娘笑道:“这不重要。不管是谁传出来的,结果都是一样。你天天在这儿做生意，难道就真的一无所知？”

老板娘看着长次郎胸有成竹的样子，也就将知道的事情都告诉他了。

三

小夜的父亲是这里的农民，不过家里没钱，积劳成疾，年纪轻轻的就去世了,家里就只剩下一个四十多岁的瞎眼母亲和小夜姐妹,生活也很艰辛。小夜的妹妹叫阿竹，小她五岁。小夜在村长家里帮厨，阿竹则是在离家不远处的地方做工。

小夜自幼就是美人胚子，大了更是有倾城之色。所以村子里经常会有年轻小伙子来招惹小夜，或是出言调戏，或是动手动脚，占些小便宜。不过小夜为人自重，向来不搭理这些人。

邻村有一户人家，儿子叫平太郎，父亲名为平左卫门。平太郎今年二十岁，知道隔壁村的小夜不仅长得漂亮，而且品性也是万里挑一的好，便想找高岩寺的住持帮忙说媒，希望可以迎娶小夜。平太郎家还承诺说可以接小夜母亲过去一起住，他们肯定会好好对待小夜家人的。

小夜对平太郎家自然也是很满意的。可之后村里忽然出现了和她相关的谣言。

某夜，小夜从村长家往自己家走去。当时夜色深沉，突然街上跳出了一个年轻人,看着不是村子里的,似乎是在庙里帮工的。那人也是一表人才,跟小夜似乎是老相好了，只见二人相视一笑，随后便十指交缠走进了树林。此外，也有人说以前在麦子田里见过这两人厮混。人们都觉得这个年轻人是小狐妖变的，或者是别的狐狸精幻化而成，纷纷猜测小夜和这人有染，已经身怀有孕。

越来越多的人开始讨论这件事，自然也就传到了平左卫门的耳朵里，于是这门亲事也就黄了。住持对此传言是不信的，打算将这事查个清楚，抓出造谣之人。可他还没来得及查，小夜就在三天后出事儿了，人们从河里打捞起了她的尸体。

长次郎也是想调查这件事的，他认为小夜绝不会是死于自杀，但他未料到的是这其中居然也有小狐妖的事。他感慨道："平左卫门怎么能光凭谣言就来判定一个人，甚至悔婚呢？若是他当时有自己的判断，或许小夜也就不会出事儿了。"

"或许是吧，但这也不能怪人家啊。小夜真的是太倒霉了……"老板娘也是感触良多，顺便还提到了另一件事情，"这个平太郎也怪可怜的。虽然他父亲信了外面的谣言，但是他并不信，而且还说不管这件事是真是假，他都会迎娶小夜为妻。可是他家里的人都反对他这么做，觉得若是让这样一个不知检点的女人过了门实在是有愧先祖，而且之后还要奉养小夜的瞎眼母亲，实在是不值当。平太郎自己一个人实在是无法力抗众怒，最终只能妥协。所以当他听闻小夜出事儿的噩耗后，只觉得是因为他没有坚持到底才会害了小夜，而且都是小狐妖造成了这出惨剧，所以自己拿了把镰刀要去寻仇。还好他家里人把他拦住了。说真的，当时平太郎已经有些精神失常了，虽不至于全疯，但在大家眼里，也相差无几了。"

"哎，这也是个可怜人啊。"

老板娘小声说道："是啊，不过这事儿跟小狐妖也有关系呢！您肯定知道之前发生的凶案了吧，大家都说那也是小狐妖做的。"

老板娘话还没说完，门前吃食的麻雀突然飞了起来。长次郎回头看去，只见有个人从大树后面走了出来，神色慌张，看上去应该不过二十五岁，耷拉着脑袋，像霜打的茄子一般无精打采。

长次郎问道："这也是村里的人吗？"

"是啊，他叫善吉，死去的佐兵卫就是他的弟弟。"

“是他啊。”长次郎回忆起银藏跟他说的那些话，站起身跟老板娘打趣道，“您如果觉得是小狐妖捣乱的话，就多加小心啊。您虽然有些年纪，但也是风韵犹存，小狐妖兴许也会对您下手的。”

“哈哈，您可别拿我开玩笑了。”

长次郎在这里也不认识其他人了，所以给了茶钱后便返回代官所了。他吃了个午饭又起身去了平左卫门那边，在这个村子里打探和平次郎有关的消息。

平左卫门家境不错，虽说还是靠农耕度日，但家中装修气派，院落极大，还种了一棵柿子树，如今正结了一树果实，或青或红。

村民们都说平太郎疯了，素日里温和安静的他在小夜死了之后已经离家出走多次了，说话也是神神叨叨的。他家里人都在想方设法地掩饰这个事实，但也只是徒劳，因为这已经尽人皆知了。而且大家都觉得这件事的原委是这样的：这个小狐妖原本是心仪于小夜的，在听说了小夜和平次郎的婚约之后因爱生恨，杀死了小夜，然后附在平次郎身上，使其癫狂。总之，所有人都认定了这事和小狐妖脱不了关系。

那么，疯了的平次郎什么时候离家出走的？离家之后去了哪儿？又做了什么？

长次郎为了弄清这些问题特地找到了平左卫门家的长工，从他那里知道平次郎在九月三十号的夜里离开家跑到了河边。

两人正说话，府里突然跑出来了一个年轻人，面色惨白如纸。他过来对两人说道：“快点跟我走！我们一定要杀死那个小狐妖！”

长次郎听了这话，立马知道了眼前人的身份——平次郎。

平次郎怨恨道：“除了小狐妖外，我们还要杀了佐兵卫和六右卫门！就是他们造谣生事，才逼死了小夜！”这话听着确实很像是一个疯子说出来的。

长次郎了解完相关事件后并没有打道回府，而是去了新石下村，在这里左晃晃、右走走，好像是在等待什么。

与此同时，新石下村又发生了大事。

阿德是善吉与佐兵卫的妹妹，刚满十五岁。她平日和佐兵卫走得近，所以佐兵卫出事之后她也是伤痛欲绝，整日都郁郁寡欢。这夜，阿德出去为善吉买酒。她一个人回家有些害怕，所以走得比较快，谁知走着走着，一个东西突然跳了出来，凶猛异常，还抓花了阿德的脸。阿德吓得叫出了声，扔掉酒壶就往家里跑去。

阿德到家之后善吉便发现她脸上、脖子上满是鲜血，气急败坏道："肯定是小狐妖做的！它杀了佐兵卫就罢了，如今还要对我妹妹下手！太过分了！"

这个消息不胫而走，很快就传遍了村子。银藏本是想出去买酒喝的，在知道这事儿后，也不太敢出门了。

长次郎正好来找银藏，看他站在门口徘徊，便从背后拍了拍他，说道："我可不可以在你这儿借宿一晚？"

银藏被吓了一跳，回头见是长次郎，才放了心，道："当然可以，我带你去吧。"

长次郎问道："你这应该是想出门吧？"

"是的，我想出去打酒喝，可现在还是不去为好吧。"

"当然要去啊，走，我请你喝酒。"

"还是算了吧。"

"莫非你也害怕那小狐妖？"

"倒也不是怕，就是感觉别扭。而且现在也太黑了，看不清路，别去了。"

银藏边说边带着长次郎往庙里走。二人来到了银藏的屋里，坐着聊天。快十点钟时，长次郎起身，拿一张手帕蒙着脸，偷偷去了墓园，躲在一个大石塔后，凝神屏气。

夜黑无月，却有着满天繁星；虽未起风，却也是凉意袭人。草上皆是露水，偶尔有蟋蟀声响，只是不太响亮。

约莫过了一个小时，墓园后的山坡上传来了脚步声。

长次郎轻手轻脚地回头，正看到一道黑影钻过篱笆走向这边。

那黑影越来越近，不过它经过一个石塔时，一个大一些的黑影窜了出来，直接扑倒小黑影，两个黑影就这么纠缠在了一起。

长次郎连忙跑了出来，本打算先制服大的再抓小的，谁知大的身手敏捷，几次都躲开了长次郎的攻击，而小的本想趁另外两人争斗的时候逃走，可还是被武功高强的长次郎抓住了。长次郎费了一些功夫，终于抓住了这两人，并且吹起了警笛。

一直等在一旁的银藏听到警笛声后连忙举着火把跑来了。

火光一照，银藏看清来人，惊讶道："居然是你们！"

原来这两道黑影，小的是阿竹，大的是善吉。

长次郎问阿竹："你为何深夜来此处？说实话。"

阿竹道："我想我姐姐了，所以来扫、扫墓。"

"这是实话？"

"是的。"

"既然如此，你跟我过来。"长次郎将阿竹带到弥五郎的坟前，拔了卒塔婆，对阿竹说道，"你把手给我。"

阿竹不明所以地伸出了手。长次郎抓住她的手，然后放在卒塔婆上，带着一丝似有似无的笑，说道："你说你是来给你姐姐扫墓的，那你跟我解释一下，为什么弥五郎卒塔婆上的这个手印跟你的手完全吻合？依我看来，最近一直在此处捣乱的是你而不是小狐妖吧？"

阿竹低着头，一言不发。

"我今天看到这上面的泥手印就觉得有些不对劲，这个手印这么小，一看就是个孩子的。可是小孩子为什么会做这些事呢？我当时也感觉有点不可思议。而且，我还在这些墓碑前看到落叶下的脚印，看着也应该是孩子的。所以我只能开始重新思考。你现在能不能跟我说句实话，这些事情是不是你干的？茅屋里的事情是不是也与你有关？你若是撒谎，我就将你母亲也下狱了！”

阿竹听到这话，一下就哭了。

银藏见状也在劝导阿竹：“事已至此，若真是你做的，如今就赶紧说实话吧。”

阿竹听了之后还是一言不发。长次郎只好开始问善吉：“深更半夜，你跑到这里又是为了什么？”

“我一直不相信我弟弟是被小狐妖害死的，可我实在想不到会是谁做出这样的事情。直到我今天中午听到你和那老板娘说话，这才想到或许凶手就是平次郎。然而，我还没去找他，阿德就在出去买酒的路上被狐妖袭击了！我的亲人们接连出事，我实在是不安心，又想到小狐妖之前在这里出现过，便跑来看看，这也不行吗？不过，我昨晚便来过这里，但是我等到天都亮了，还是没看到小狐妖。”

四

其实，善吉与此事真的是毫无关系，始作俑者既不是传说中的小狐妖，也不是善吉认为的平太郎，而是阿竹。

阿竹之前知道姐姐意外身亡后就赶紧回家参加葬礼了。那段时间她虽不在家，却也听说过小夜的婚事，便觉得这与小夜之死脱不了关系。可她问母亲小夜死亡的真相时，母亲也不知道原因，只是每日以泪洗面。

之后阿竹收拾小夜的遗物，不经意在佛龛里找到了一封遗书，是小夜留下的。这封遗书记录了小夜为何会自我了结。

次郎兵卫、佐兵卫、六右卫门、弥五郎、七助、甚太郎和权十等人一直觊觎小夜的美色，经常调戏她。可小夜从不理会他们，这也让他们心生芥蒂。之后听说了小夜的婚事后，这几个人便开始造谣，污蔑小夜和小狐妖私通，最终毁了小夜的名声，让平次郎家退了婚。小夜只觉得无颜苟活，但苦于没有证据，无法让这些人付出代价，最终只能以死明志。

阿竹本就刚烈，看了这封遗书后更是怒从中来，心中满是怨恨，非要为姐姐报仇不可。不过，她只是一个弱女子，若是直接找这几个人算账，肯定是打不赢的。所以她先装出什么都不知道的样子，只是暗中观察这些人的动向。那日看见他们在茅屋喝醉后，阿竹觉得时机已到，又突然想起用松针烧浓烟的法子，便立马采取了行动。

阿竹做了这事之后，虽然没有被人发现，但还是想着去自首，可转念一想，家里还有母亲需要奉养，实在是不忍心留她一人独活，于是便只好先在家里藏一段时间。

次日清晨，众人知道这件事后都纷纷认为是小狐妖报仇所干，阿竹也就松了口气。同时，阿竹想让大家更加坚信此事是小狐妖所为，便在夜里跑到寺里，将这些人的坟墓弄乱，做出是小狐妖继续报复的样子。

“我一直没有告诉大家真相不仅是为了照顾母亲，而且还想让权十和甚太郎这两个侥幸活下来的人付出代价，不然，我也不算是给姐姐报仇了。”

这是阿竹给出的最后解释。

代官所也是第一次遇到这种案子，一时间竟不知应如何决断，只好让人去奉行所求助。奉行所思考了一月才给了答复：权十等七人故意造谣，间接害死小夜，理当判处死刑，但其中五人已死，也算是罪有应得，而余下两人则照旧处理。阿竹一介女流，性弱却刚烈，所做之事是为姐报仇，情义无双，应法外开恩。然则她毁坏墓园、伤害阿德，终究是触犯刑法，判处其远离家乡，终身不得返回。而阿竹之母，丧夫丧女，交由村长奉养，担养老送终之责。

指令一下，权十和甚太郎就被押赴刑场，他们逃过了阿竹的报复，但还是逃不脱法理的制裁，也是其报应。

而阿竹也听从判决，离开了家乡，去了水户城下。村长在她走后，便将她母亲接到家中照顾，尽职尽责。

不过，从此之后，村里的百姓便不再相信任何与小狐妖相关的传闻了。

第十二章　沟渠中的狐尸

从前有座庙，叫无总寺，这座寺庙挨着时光寺，所以香客也并不少。无总寺的男仆有早睡早起的习惯，某天，他一如既往早起，发现有位长得和已经失踪一天的英善很像的人倒在寺庙前的大水沟中，他连忙过去看，才惊觉这不是英善，而是披着袈裟的狐狸！

一

我缠着半七讲狐狸的故事，他笑着摆摆手，说：“巧了，说起狐狸，我这儿恰好有一个关于狐狸的故事。”

故事发生在嘉永二年的秋天。某天，位于寺庙附近的警局接到了一个离奇的报案，报案人称寺庙的英善和尚变成老狐狸，死在了寺庙前的大水沟里。

如果是现在的警局接到这样的报案，肯定会哄堂大笑，有的警员甚至会生气，认为报案人在拿他们寻开心。可是在那个年代，处处都流传着妖魔鬼怪的传说，所以警员对其是持宁可信其有不可信其无的态度，更何况报案人专门跑来报案，作为警员还是应该去调查一番的。

时光寺修建在江户谷中。虽然寺庙并不宏伟壮观，但胜在历史悠久，所以一直以来这里都有络绎不绝的香客。七年前，英善晋升为寺里的住持，那时候他才三十四岁。他在成为住持的七年间，将庙里事务打理得井井有条，和尚们对他也是赞不绝口。

寺庙里的人口不多，加上英善总共也就四个人。一个是他的徒弟，名字叫英俊，还是个不到十四岁的少年；一个是和尚，叫善了，才二十二岁，平时做些洒扫庭院的工作；另外一个是男仆，叫伴助，已经五十五岁了。

伴助年龄大了，耳朵有些聋，经常听不清别人说话，不过胜在老实本分，所以英善十分欣赏他。这四个人一直生活在寺庙中，每天看云卷云舒，过的是与世无争、岁月静好的生活，谁也没料到，意外居然会降临在英善身上。

很快，英善变成狐狸死在外面的水沟里这件事被传得沸沸扬扬。每个人听到这个消息都不敢相信，毕竟前一天晚上，英善举止正常，甚至还和徒弟去根岸的家具铺伊贺屋做法事。和以往不同的是，结束法事后，英善并没有和英俊一同回去，而是让英俊先回去，自己去其他地方办点事。英俊也没有多想，听师傅的话独自回到寺庙。不过，英善直到深夜都没有回来，这让其他三人非常担心。为了找到英善，伴助在大半夜提着灯去外面找了几圈，但都一无所获。

隔天一大早，英善的尸体就被隔壁无总寺的男仆找到了。无总寺坐落在时光寺的附近，寺内的男仆有早睡早起的习惯。这天，他一如既往起了个大早，隐隐约约看见寺庙前的大水沟里躺着很像英善的和尚，他揉揉眼睛向前走去，才发现躺在水沟里的不是和尚，而是披着袈裟的狐狸！这可把男仆吓得不轻，他赶紧叫醒寺里的人，告诉他们这件事，没过多久，这个消息就传到了时光寺。

时光寺的众人万万没有想到，辛辛苦苦等了一夜，居然等到的是这个噩耗！不过现在也不是哭丧的时候，他们强迫自己打起精神，立即动身赶到无总寺，去检查水沟里的狐狸尸体。虽然英善变成狐狸这件事看上去非常离谱，但是狐狸身上穿的袈裟是英善的，散落在尸体周围的念珠、《观音经》，都是英善平日里从不离手的，更何况，《观音经》的封面还印着时光寺的标志。种种线索似乎都指向一个事实，那就是英善变成了狐狸，死在了水沟里。

可这种事情真的有可能发生吗？英善做了什么才能变成一只狐狸呢？还是说这其实不是英善，而是抢了英善东西的狐狸精？或许英善早就不在了，众人看见的英善是这只狐狸精变的？为了查清真相，时光寺的人只好报警。

警局接到报案后，立马展开调查。警员做的第一件事，就是传召最近和英善接触过的人，包括时光寺的三人，发现尸体的男仆和请英善做法事的伊贺屋老板。

警员板着脸，要求每人不得说谎，不得隐瞒。首先被传召的是男仆，在警察的威严下，男仆使劲回忆所有线索，回复道："我也不知道到底哪里不正常啊！非要说的话，昨天晚上门口总是有狗叫，现在想想，或许是路过的野狗碰见了英善，然后闻出狐狸的味道，识破狐狸精的身份，所以才叫唤得这么厉害吧。英善在野狗的包围中无路可逃，以至于绊倒在水沟里摔死了吧。"

之后被传召的是时光寺的和尚善了，他回忆道："这么说来，英善住持最近一两个月特别讨厌狗，明明之前还会偶尔喂下狗，陪狗玩儿会游戏的。"

最后被传召的是伊贺屋老板，不过伊贺屋老板和英善接触的时间不长，也分辨不出变化，所以警察并没有在伊贺屋口中得到有效的线索。若无总寺的男仆与时光寺的善了所说属实，那么可以推测，狐狸精已经冒充英善大师起码有两个月了。也就是说，今年夏末开始，众人看到的英善大师很有可能就是狐狸精假扮的。

虽然在这个时代，妖魔鬼怪的故事非常流行，大众普遍迷信，但是警局的警员们还是觉得不可置信，于是他们派出警力寻找英善的尸体。遗憾的是，即使他们掘地三尺，没有放过任何一个角落，也没有找到英善的一根头发。如此一来，这起案件陷入僵局，警员们也不知如何是好，只好将这起案件先暂时搁置。

二

九月末，半七去寺庙参加邻居的葬礼。不过他并没有一直待到葬礼结束，而是在下午三点刚过的时候就溜了出来。

举行葬礼的寺庙坐落在人烟稀少的山谷中，半七一个人沿着山路向下走，愣是一个人都没碰到。人少的地方动物就会多，天还没黑，半七就听见谷中传来狐狸叫声。这让他想到了轰动一时的“狐狸尸体案件”。虽然时光寺不在他的管辖范围，但作为一名优秀的警探，他时刻保持着对离奇事件的敏锐嗅觉。

半七想着这起案件出了神，不知不觉中，竟然来到了一座寺庙的外墙边。他看到一个十来岁的小和尚，正撅着屁股，趴在地上在水沟里捞东西。半七本打算无视直接离开的，无意间注意到寺庙的名字，才发现自己竟然来到发现狐狸尸体的无总寺。于是，半七打消离开的念头，走到小和尚旁边，想打探点消息，于是，他搭讪问道：“小和尚，在找东西吗？”

小和尚无视半七，不知道是没听见还是完全不想搭理他。眼看着小和尚打算脱鞋跳进水沟，半七才又开口说道：“等一下，小和尚，你说说你什么东西掉里面了，我可以帮你找找啊。”

这时候小和尚才终于舍得给半七一个眼神，不过他还是没有开口。无奈之下，半七只好蹲下，找找是否有什么东西掉进水坑。

水坑只流淌浅浅一层水，坑底的石头已经裸露出来，浮出水面。半七大概扫了一眼，看见一个东西，于是指着那个东西问：“这个就是你掉的吗？”

小和尚虽然没说话，但点了点头。得到回应的半七立刻趴下去捡，没一会儿，就把小和尚的东西打捞上来。半七仔细观察，发现这是一尊小佛像，应该是由金属制造，不过表面已经完全氧化黑掉了。据半七目测，佛像还不到两寸，但是拿在手上还是有点重的。

半七把被淤泥覆盖的佛像递给小和尚，说：“你的？”

不同于半七对佛像的随意，小和尚小心翼翼地双手接过佛像，然后用袈裟的袖子轻轻擦拭佛像的泥污。

半七想着自己好歹帮小和尚捡了东西，出于礼貌也应该回答自己的问题吧。于是半七问道：“你是无总寺的和尚吗？”

果然如半七所料，小和尚没有继续保持沉默，开口回复道：“不是的，我是时光寺的。”

“原来是时光寺的啊。”半七一边说着，一边打量眼前的小和尚，发现小和尚有一双大眼睛，看上去挺可爱伶俐的，“你在的那个寺庙，就是前段时间住持失踪的时光寺吗？”

小和尚点头道：“对。”

“既然是时光寺的，那为什么你要在无总寺的水沟捡佛像？难道时光寺的佛像会掉在无总寺的水沟？”半七问道。

小和尚看上去面露难色，好半天都不曾开口。半七见小和尚没有开口的打算，于是他换了个话题，问道：“如果我没猜错，落在水沟里的英善住持就是你的师傅吧，这么说来，有可能这尊佛像是跟着你师傅一起摔下去的？”

小和尚含糊其辞道：“可能吧。”

见小和尚油盐不进，半七立马板起脸，语气严肃不少：“你最好老实交代。虽然时光寺的案件不归我管，但我好歹也是警探。既然我现在遇上了这起事件，那么我就绝对不会袖手旁观，所以我问什么，你答什么，明白了吗？我再问一次，那天晚上，你师傅身上带着这尊佛像吗？”

小和尚一听是警探，一改沉默寡言的态度，被询问也积极回答。很快，他就把他知道的信息全部告诉了半七。

那天晚上，小和尚同以前一样，陪着师傅下山去做法事，不过做完法事后，英善却没有陪小和尚回去，称自己还有其他事，让小和尚先回去。小和尚一直都是个懂事的徒弟，他也没有质疑师傅，就乖乖听话回去了。只是谁也没想到，第二天在无总寺的水沟里发现一只狐狸的尸体和师傅的物品。师傅的离去十分怪异，小和尚一直放不下这件事。今天他本来只是路过这里，见水沟因没有雨水而变得干涸，碰巧就发现了这尊佛像。

小和尚称，这尊佛像是从国外传来的，佛像里面还藏着一尊金子做的小佛像，十分贵重，师傅平时特别宝贝它。这么想来，很有可能那天出门携带了佛像，佛像是跟着师傅一起掉在水沟里了。

半七感到很奇怪，说：“容我打断一下，既然这尊佛像这么金贵，为什么你师傅去做普通的法事还要带上它呢？”

小和尚摇头说：“我也不知道，不过不管怎么说，既然师傅带了佛像，那么他一定不是狐狸精变的，因为狐狸精这些妖魔鬼怪是不能靠近佛像的！”

半七也认为英善不是狐狸精变的，只不过他的理由和小和尚的不一样。

正当半七思考时，就听见身边的小和尚哭了起来。小和尚哭得十分伤心，一边哭一边念叨着师傅，看上去随时都会昏厥过去。

半七安慰道：“好了好了，别哭了。这里不适合说事，你明天来神田三河町，报我的名字就能找到我。你明天来我家后把这件事情再仔细地说一遍，相信我，我一定可以查出真相，还你师傅一个清白。”

次日，小和尚英俊来到半七家中，把关于师傅的人际关系全部说了一遍。半七从英俊的描述中发现了一个新线索，于是他叮嘱英俊密切关注安藏寺的人，一旦发现风吹草动就及时汇报。

随后半七整理好衣服，来到当地警局，与警员交涉一番后，取得了对此次案件的办理资格。第三天，半七通知助理松吉和龟八，让他们做好出差的准备。等到中午的时候，小和尚英俊来了，他气喘吁吁地说，安藏寺的几个人昨天一大早就坐着轿子离开了。半七听后连忙起身，皱眉对身边人说道："我们要快点出发了，他们已经走了一天，我们再不快点，就来不及了！"

半七和他的助理对追捕犯人早已习以为常，但是想到小和尚是重要线索人物，半七也多预订了一顶轿子，让小和尚和他们一同前往。考虑到小和尚第一次出远门，一路上半七对他也颇为照顾，害怕小和尚在长途跋涉中生病，所以一路上他们走走停停。好在小和尚对还师傅清白这件事十分看重，一路上他硬是一句抱怨都没有。就连松吉和龟八也对他青睐有加，称赞他是个有毅力的男子汉。

晚上八点多，他们刚到鸟泽就遇到了大雨，路上十分泥泞，一路跋涉的轿夫也吃不消。于是，他们打算就近找家旅馆暂且休息，第二天早晨再继续出发。

天色越来越黑，雨越下越大，附近很多旅馆已经关门。半七让轿夫往宿驿大道走，看看能不能在这附近找到开门的旅馆。突然，他注意到有家旅馆门前停着一辆轿子，看样子也是刚到。半七注意到轿子旁边的两个人一身和尚打扮，其中一人正在和旅馆老板说话，看样子应该在商量着什么事。半七看到这一幕立刻招呼轿夫停下，然后示意紧随其后的助理下轿，小和尚英俊看到这一幕，也跟着下轿，一行人冒着雨一路小跑朝小旅馆赶去。

正在与旅馆老板攀谈的和尚注意到这边的动静，他愣了几秒后，认出小和尚英俊，顿时吓出一身冷汗，他本想拽着同伴离开，但已经来不及了，因为此时他已经被松吉和龟八堵住了。

半七见和尚神色惊慌，颇为礼貌地问道："不好意思打扰一下，请问这轿子里坐的是谁？"

两个和尚面面相觑，脸上的慌乱一点也藏不住。即便是这样，他们也不打算开口。见和尚不配合，半七冷哼一声，越过两个和尚，直接扯开轿帘。

“师傅！”轿帘扯开后，英俊就叫了出来。原来，坐在轿子里的不是别人，正是被当成狐狸精并死在水沟里的英善！英俊见到久别的师傅，也顾不上礼仪，直接扑倒英善怀里号啕大哭。英善看上去也十分激动，眼眶都红了一圈，但是他已经被毒哑，一个字也说不出来了。

三

“现在，你猜出来真相了吗？”半七停顿了一会儿，才继续说下去，“英善所在的时光寺，是安藏寺的分寺。发生这起事件之前，安藏寺起了内讧。安藏寺修建在下谷坂本，作为历史悠久的大寺庙，除了时光寺外，在江户还有许多寺庙都是它的分寺。久而久之，总寺与分寺的观点逐渐不合。总寺大部分人是拥护派的阵营，而分寺只有一小部分的人阵营与总寺一样，剩下大部分人都是坚定不移的反对派。长期以来，这两大阵营一直钩心斗角、争夺权力。这次，总寺派人来到时光寺，就是想策反英善。英善作为分寺的住持，在反对派阵营里也有一席之地，如果能够拉拢他到总寺，将会成为总寺的一大助力。不过英善誓死不从，他甚至放言若总寺的人继续纠缠不清，自己就到警局报案，将寺庙斗争的这些腌臜事全部抖落出来。总寺的人当然不愿意看到事态朝不可控制的方向发展，于是总寺派人将英善软禁起来。其实，总寺若想彻底解决这个问题，最好的办法就是杀掉英善，但他们是出家人，不能犯杀戒。”

听完后，我才反应过来，继续问道：“那这么说，水沟里的狐狸尸体是烟幕弹？”

半七点头，嗤笑一声说：“对呀，这可真是难为他们想到这个办法。

他们自己也知道，如果寺庙住持这么一个活生生的人无故失踪，一定会引起警员的注意，所以他们才放出这个烟幕弹用来迷惑警方。这个方法虽然滑稽，但竟然真的有效，成功糊弄了警方，让他们不得不暂时将这起事件搁置下来。”

“那佛像呢？佛像是什么情况？英善只是做一场普通的法事，不至于带如此贵重的佛像吧。”

半七回复道：“那是用来变卖的，毕竟在这个社会，做什么都要有金钱支撑。他一个小小的分寺住持，又不愿意向总寺妥协，所以一直以来捉襟见肘。更何况，总寺的人总缠着他，必要的时候还要报案，到时候又是一大笔开销。其实，他那天带着佛像是打算卖给伊贺屋老板，不过碍于面子，他没有在众目睽睽下拿出佛像。法事完毕后，他支开了小和尚，打算独自返回到伊贺屋。没想到，在去伊贺屋的路上，就遇见了总部派来的人。”

这件事的发展远远出乎我的意料，我追问道：“那后来呢，那几个和尚怎么处理的？”

半七耐心回道：“后来，警局经调查发现，虽然总部派来了十一个人，但是只有四人涉嫌绑架英善一案，另外七人是来时光寺交流学习的，所以警局只派人逮捕犯罪的四人，剩下的人就遣散回去。那四人被逮捕后，其中两人没过多久就死在了牢里，剩下的两人被判处流放之刑。时光寺的杂役和尚善了也参与到此事中，他负责给总部的人传递消息，后来他被时光寺赶出去了。英善虽然被毒哑，但好在发现及时，在初步治疗下，已经能够开口说话了。他继续留在时光寺做住持。后来战争爆发，他被发现包庇彰义队，无奈之下，他带着徒弟英俊连夜逃到京都，后来又在京都的寺庙当上了住持。”

我点头叹道：“原来是这样啊。对了，那之前和尚说英善最近讨厌狗，这是什么情况？”

半七回复道：“其实这条线索与整起事件没有任何关系。英善本来是喜欢小动物的人，然而那一两个月中，他被总寺的人骚扰得不胜其烦，所以连带着猫猫狗狗都看不顺眼。和尚之所以会提到这个点，无非是在所有事情一如平常的情况下，只有这件事看起来不那么平常，才会引起他的注意。所以啊，我们在办案的时候，虽然不能放过每个细微的线索，但也不能执着于探究细小的线索而忽略大局。”

第十三章　独眼和尚

当喜右卫门看清他的脸时，顿时吓得晕厥过去。这人只有一只眼睛，嘴角像是被透明钢线拉扯到耳根处，嘴里的獠牙无处可藏，活脱脱一副刚从地狱爬出来的恶鬼模样。就算是经历过大风大浪的喜右卫门，突然间和这恶鬼打了个照面，也被吓晕过去了。

一

故事发生在四谷附近，那时刚好是嘉永五年，临近中秋的日子。虽然临近中秋，可最近的天气都阴沉沉的。这天，一大早就没看见太阳，天空上全是大片的积云。吃过午饭，越积越厚的乌云阻隔阳光，整个四谷看上去一片昏暗。面对阴雨绵绵的天气，大家都不由得担心还能不能看到正月十五的月亮。

经营着一家鸟店的老板喜右卫门面对这样的天气也愁眉苦脸，正当他担心中秋是否会受影响时，听见外面传来叫卖芒草的声音。喜右卫门一边高呼让小贩等一下，一边穿鞋出去。每次碰见有芒草卖时，他都会买上一点。

喜右卫门经营的花鸟店名为野岛屋，也算是一家历史悠久的店铺，是不少居民买宠物鸟的首选之地。正当喜右卫门和芒草小贩在门口攀谈时，一位武士径直走过来，看样子是来买鸟的。这位武士穿戴不俗，上面的内衬是灰色麻布制成的，还套了件同色系的外卦，下面穿的是裙裤，看上去非常凉爽，就连袜子也是十分轻薄的白色布料制成。喜右卫门一看武士的穿着打扮，就知道这人地位不俗，于是他连忙结束与小贩的交谈，赶着招待这位尊贵的客人。

店里有许多名贵的鸟儿，有的羽毛艳丽，有的叫声婉转动听。不过武士并没有注意这些，他直接问道："店里有没有名贵的鹌鹑？"

喜右卫门听闻此言，连忙回复道："有的有的，正巧，我最近刚刚获得了一只礼品鹌鹑，我这就拿过来给您看看。"他边说着，边取下装着鹌鹑的鸟笼递给武士，"您瞧，这就是礼品鹌鹑，品相是一等一的好。"

武士点头，直截了当地问："怎么卖？"

喜右卫门的食指与拇指搓了搓，笑道："十五两。"

武士微微皱眉，觉得这个价格偏高，但也没有砍价，最终还是痛快定了下来，说："好吧，十五两就十五两，我要了。"说着，他从荷包里掏出一两银子递给喜右卫门，"先付给你定金，我等会儿还有事，暂时不回家，所以能请您帮个忙，今晚把这鹌鹑送到细井的住宅。"

"今天晚上就要送到吗？"当喜右卫门得知细井的住宅在新屋敷时，他就有些惊讶。因为新屋敷是住着达官显贵的别墅区，那里土地辽阔、人烟稀少，到了晚上更显阴森。光是想到那个场景，喜右卫门后背都激起一片鸡皮疙瘩。

看出喜右卫门不太情愿的样子，武士说道："您放心，只要您把鹌鹑送到，我就立马结清尾款。因为我明天一大早就要把鹌鹑送给别人，所以只能麻烦您在今晚送到新屋敷，辛苦您了。"

"好吧。"虽然不太情愿，但为了十五两这笔可观的收入，喜右卫门答应武士今晚送货。他也不是没想过派遣店里的员工去送，但考虑到鹌鹑的价值和客人的身份，喜右卫门思来想去觉得还是自己去送最为保险。想通后，他就不再愁眉苦脸，而是淡定地坐等天黑。

天色渐渐暗了下去，虽然入秋的夜晚一直挺冷，但不知道为什么，今晚格外冷，就连晚风都带着刺骨的寒意。喜右卫门裹紧衣服，避免凉风入侵。

正吃晚饭的时候，武士的随从就来了，随从说自家主人考虑到地方偏僻，让自己为老板领路。得知有人做伴的喜右卫门喜出望外，脸上的庆幸溢于言表，他笑道："这可真的太好了，我正发愁要怎么过去呢，幸好你来了，真的辛苦你了。"

即使喜右卫门加快吃饭的速度，等他吃完饭准备出门的时候，天也已经完全黑下来了。他提着鹌鹑笼子，和随从一起出门。路程刚过一半的时候，他就感觉到冰冰凉凉的雨点打在他脸上，鼻尖充斥着湿润泥土的清香。

"下雨了。"随从说。

"是啊，不知道这雨会下多久，会不会下到明天呢？"

两个人就这么有一搭没一搭地聊着天，没过多久，就到了新屋敷。新屋敷本就灯火稀疏，现在又下起了雨，仿佛给新屋敷蒙上一层氤氲的面纱，看上去像是《聊斋志异》的背景，更加诡异了。喜右卫门甩掉这些乱七八糟的想法，跟着随从进了一处院落。这座住宅似乎没人，连一盏灯都没点，乌漆麻黑的，只能借月光行走。

他们到了玄关，喜右卫门借着月光打量了一下，虽然看不太清楚，但大概看得出来，这座宅邸已经很久没有打扫了。两人继续往里走，进了一个宽敞的房间，喜右卫门粗略估算了一下，这个房间大概有十三平方米。

随从带喜右卫门进来后，说了一句请他稍等后，自己先行离开。

二

虽然房间点了一盏灯依旧昏暗，但好歹能看清屋内陈设。独自留在房间的喜右卫门坐在地上，百般无聊地打量起这个房间。这个房间看上去十分破旧，墙面上是受潮后形成的霉斑，门窗上糊的浆纸也有破洞，风一吹，就能听见门窗发出刺耳的声音。无论怎么看，这都不会是大户人家住的房子。喜右卫门的心凉了半截，他觉得自己应该是收不到剩下的尾款了。

雨越来越大，外面不时传来虫鸣。独自坐在房间里的喜右卫门不由得一阵心烦，他假意咳了一声，想催促随从回来。不一会儿，外面传来一阵脚步声，脚步声停在门口，随之而来的是开门的声音，来者是一个看上去十三四岁的小和尚。喜右卫门以为这小和尚是进来给自己添茶的，没想到小和尚直接无视他，径直走到佛龛前，去卷挂在墙上的画卷。看样子小和尚是想收起那幅画卷，无奈身高不够，无法从墙上取下，只好从画卷底部开始卷，但无论卷几次，都没有成功将画卷收下来。

坐在一旁的喜右卫门看不下去了，好心问道："请问你是想收这幅画吗？照你这样的卷法，画卷会很容易破损，需要我帮你吗？"

没承想小和尚听闻此言，猝不及防转头，恶狠狠地瞪着喜右卫门说："关你什么事！"

当喜右卫门看清他的脸时，顿时吓得晕厥过去。小和尚只有一只眼睛，嘴角像是被透明钢线拉扯到耳根处，嘴里的獠牙无处可藏，活脱脱一副刚从地狱爬出来的恶鬼模样。就算是经历过大风大浪、已到知天命年纪的喜右卫门，突然间和这恶鬼打了个照面，也被吓晕过去了。

喜右卫门睡了很久，才逐渐转醒。当他醒过来的时候，发现身边守着一位中年男子。这名男子看上去是管家打扮，三十岁左右。见喜右卫门醒过来，男子俯身，低声询问道："您是不是看到了不干净的东西？"

喜右卫门张了张嘴，没有回答他。并不是他不想说什么，而是他受到太大的惊吓，现在还处于失语状态。虽然他什么也没说，不过看这副魂不守舍的状态，管家也能猜出发生了什么。

管家安抚道："哎，我就知道，你变成这样子一定是看到了那些不干净的东西。没办法，这座宅子怪得很，每个人来这座宅子，都免不了受一场惊吓，除非您一直住在这儿，习惯后就不会再受到这些惊吓。实在抱歉，让您遭遇这场惊吓，希望您回去之后保密，毕竟有关鬼神的事情，最好保持沉默不要乱说。话说回来，我来是想告诉您，我们的主人身体不适，可能没办法继续和您交易，只能暂时请您先带着鹌鹑回去。十分抱歉，让您白跑一趟了。”

听完这番话后，喜右卫门也顾不得尾款能不能到手，立马起身抱着鹌鹑笼子离开。他现在一心只想离开这诡异的地方，其余的事情之后再说。

雨还没有停，喜右卫门行走在如浓墨般的黑夜里，鸡皮疙瘩起了一层又一层。他的脚步越来越快，最后跑起来，一直跑到熟悉的街道，他才松了一口气。

由于淋了雨，又受了惊，喜右卫门一回家就病了，当夜就发高烧。他躺在床上浑浑噩噩过了大半个月，才勉强有了些精神。这时候，他才开始关心自己死里逃生带回来的鹌鹑。他发现鹌鹑的叫声不如以前那么空灵悦耳，他本来以为是店员没有仔细照看它，等他从店员手里接过鹌鹑，仔细看了看后才发现，这根本就不是他那只价值十五两的鹌鹑！而是一只鱼目混珠的杂毛鹌鹑！得此噩耗，刚有了些精神的喜右卫门顿时一蹶不振。

他萎靡地耷拉着脑袋，想来想去也不知道鹌鹑在什么时候被谁调了包。如果是店里的店员偷天换日倒也还好，毕竟店员要一直待在店里，自己可以慢慢查出真相，怕的就是外面的人在自己不知情的时候调了包。

等到九月初的时候，身体逐渐恢复的喜右卫门可以下床行走了，他下床的第一件事，就是赶去新屋敷。等他气喘吁吁来到细井住宅的时候，才发现这座住宅大门紧闭，样子也十分破败，一看就是久无人住的样子。他连忙找人打听这家人的去向，才得知这里原本住着名为细井的武士，不过今年初夏的时候，细井就带着一家人搬家去了杂司谷，这里早就人去楼空了。

事情发展到这一步，他还有什么不明白的，无非就是有人惦记着他家的名贵鹌鹑，假扮成武士来买，然后将他骗到这座荒宅，再用些伎俩将他吓晕，从而调换鹌鹑。闹了这么一出后，喜右卫门损失了足足十四两银子，这可不是一笔小数目！他本来想报警，但是又嫌麻烦，他不想让自己陷入案件中，可是若既往不咎，他又不甘心。不知道该如何是好的喜右卫门回到家，一脸愁容地找房东商量该如何是好。

房东听完他的遭遇后深感同情，劝说道："依我看，还是报案最稳妥。我有一个朋友，他也经历了和你一样的遭遇，而且他还被骗了五十两！这群骗子太猖獗了，如果不尽快逮捕他们，肯定会有更多的人遇害。更何况这么猖獗的骗子也肯定引起了警方注意，他们迟早会落网的，到时候一审问，发现你也是受害者，可你却知情不报，你想想人家会怎么说你！当你被骗时你就已经被卷入到一场麻烦中，所以不要怕麻烦，快去报案吧。"

听完房东一席话后，喜右卫门思来想去，觉得房东言之有理，换上衣服就去警局报案。去了警局他才知道，原来房东的推测都是真的，有不少店铺老板都遭遇过和他一样的事。警方告诉他，来自音羽、森川宿、杂司谷、大冢等地的商家，也举报过类似骗局。无一例外，每个商家都会在大半夜被骗到荒无人烟的地方，骗子带他们来到早已废弃的宅子，让他们等着，就和喜右卫门遭遇的一样。但有的商家就很倒霉，被骗到宅子后商品直接被抢，这真的是"叫天天不应、叫地地不灵"。这类诈骗团伙经常流窜作案，他们没有固定的窝点，当一座废宅用了两三次后，就会流窜到其他地方，寻找新的废宅，这就是他们迟迟没有落网的原因。

这起案件本来应该由四谷警局办理，但由于种种原因，这起案件落在了半七头上。在去调查途中，半七的助手松吉问道："您觉得这么多起相似的案件是同一个犯罪团伙干的吗？"

半七说道："应该是的，让我惊讶的是他们的作案手法倒是前所未闻。"

松吉义愤填膺道："就是啊，他们就知道把小聪明都用在邪门歪道上，真是可恶！"

半七也十分同意松吉的看法，说道："那我们得快点抓到他们，让他们知道挑衅警察的下场！”

说话间两人来到了野岛屋，拜访了喜右卫门，让他详细重述当晚的事情。喜右卫门努力回想，说道：“其实我也不知道我看见的到底是什么东西。那天晚上天很黑，屋子里只点了一盏灯，房间十分昏暗，我只能看到那个怪物模糊的样子。我看见那人是独眼，但是不像画册鬼怪那样，他的独眼没有长在额头间，而是长在左边一点的地方。当时我太害怕了没有细想，如今回想起来，发现那人的眼睛更像是人类的左眼。”

听完喜右卫门的描述，半七心想这独眼小僧很有可能是正常人假扮的。说不定这个人蒙上一只眼睛，画上咧到耳根的嘴角和两根獠牙，就能扮鬼吓唬人了。半七听到喜右卫门被吓晕时不禁有些好笑，心想已经活了半百之久，居然还怕这些雕虫小技。不过转念一想，半七又觉得这未必不是一件好事，若是喜右卫门没有被吓晕，反而想上前一探究竟，说不定就会被躲在幕后的凶手伤害，到时候可不仅仅是金钱上的损失了。

半七点头，对喜右卫门说道：“麻烦您带我们去那座宅邸吧。”

喜右卫门欣然同意。三人很快到了新屋敷，喜右卫门带着另外两人来到细井宅邸。这座宅邸看上去虽然有些破旧，但是院落和门前的野草被人除净，虽然白天过于静谧让人心生怀疑，但到了晚上，人们也就看不出这里与其他宅邸有什么不一样了。

半七打趣道：“这群家伙选这种地方可真是聪明。”

松吉赞同地点了下头，然后提议道：“我们现在要进去看看吗？”

半七嗯了一声，说道：“进去吧，虽然这群家伙已经逃跑了，但说不定会留下什么线索，我们进去找找吧。”

说着，半七一只脚就踏进玄关，然后进了屋子，松吉和喜右卫门紧随其后。他们首先来到喜右卫门被吓晕的那个房间。

半七拉开纸门，室外的阳光瞬间倾泻而下，充满整间屋子。半七借着明亮的光线打量了一番这个房间，不由咋舌道：“这真是又破又旧啊。”

喜右卫门点头附和道："没错，当时的我怎么就没反应过来这不可能有人住呢？"

佛龛前什么都没有，喜右卫门看到的画轴已经不在了，想来应该是被那群罪犯收起来了。这个房间一览无余，并没有什么线索，三人在里面查看没多久，就转头出去前往下一个房间。走廊积着厚厚的一层灰，上面除了印着一连串的脚印外，还能看见老鼠跑过的痕迹。为了保护现场，三人都踮着脚轻轻走过去。经调查，每个房间的榻榻米都靠墙摆着，只有靠近厨房的房间例外，这个房间大概十平方米左右，铺着一张款式老旧的榻榻米。

半七俯下身，在榻榻米边轻嗅了一下，问旁边的松吉道："你闻到一股酒味儿了吗？"

松吉听闻此言，学着半七的样子俯下身，凑近榻榻米，轻轻耸动几下鼻翼，说："是的，而且还是新鲜的酒味。"

半七点头，推理道："这个房间以前住着的是女佣，他们早就跟着这家主人一起搬走了，所以榻榻米上的酒味不会是她们留下来的。如此一来，躺在榻榻米上喝酒的人，就是这群骗子了。"

室内过于昏暗，半七让松吉开窗，阳光顿时倾泻而下。半七趁着光亮充足，又仔仔细细地检查了一遍柜子，然后去厨房转了一圈，最后到了院子。他在院子里发现了个物件，拾起来放进口袋，然后回到房间，对松吉说道："可以走了，没什么线索了。"

"啊？这就检查完了吗？"松吉大为震惊，毕竟他还没有什么头绪。

半七说道："对啊，该找的线索都找得差不多了。"半七顿了顿，撇了撇松吉，坏心眼地打趣道，"再继续待下去天就黑了，说不定就会和独眼小僧面对面。"

听完半七的话，松吉和喜右卫门立马走出去。三人趁天色未暗时离开宅邸，半路上喜右卫门与两人作别，独自一人回到店里。

半七和松吉相伴而行。路上，半七拿出从细井院子里捡到的东西递给松吉，问：“你知道这是什么吗？”

松吉感到很纳闷，说：“这不就是随处可见的哨子吗？每个按摩手艺人都有这东西。这哨子您从哪儿弄来的啊？有什么不对劲吗？”

半七收回手，说道：“这是我在细井院子里捡到的，就放在空米袋下面。我和你想的一样，也觉得这应该是某个按摩手艺人的。但是这家原主人好歹也是位武士，应该不会享受按摩吧，那么问题来了，这个哨子是怎么落在院子里的？”

松吉顿时拍手道：“我知道了！”

三

半七先生的故事并没有讲完，他继续向我解释道：“我发现这个哨子的时候，一瞬间就猜到了独眼小僧的身份。你要知道，一般情况下，身体健康的人是不会从事按摩这个行业的。我之前还在想，会不会有人特意遮住右眼装魔作怪，看到这个哨子我就想通了，那个人应该是只有左眼。我立刻让松吉去调查按摩师傅的情况，很快，就查出有七个人瞎了一只眼，而在这七个人中，有四个人只有十几岁。缩小了范围后，我们进行仔细摸排，最终确认嫌疑人周悦。周悦幼年顽皮，右眼在一次玩闹中被竹片戳中，从此落下眼疾。他成年后也因眼疾无法正常工作，只好学按摩的手艺接待客人。这份工作赚得很少，一次按摩最多赚二十四文，这些钱只能勉强糊口。滕助是周悦的老顾客，在马道经营着一家木屐店。滕助满口都是为周悦好，实际上尽教周悦一些偷鸡摸狗的事儿。后来，滕助认识了不学无术的御家人，两人勾结在一起利用空宅子抢东西。为了不被发现，他们都会找人销赃。”

我听得瞠目结舌，追问道：“那周悦是被滕助拉进去的吗？”

半七解答道：“没错。其实他们原本团伙的作案手法已经非常成熟了，他们会先把人骗到废宅，骗了东西就撤，若对方产生怀疑，他们就直接抢。久而久之，他们觉得不够刺激，于是滕助提出建议，说自己认识一个长得很像独眼小僧的小孩儿，可以让他吓唬人，给他们增加点刺激。滕助的建议很快被采纳，周悦也在滕助的诱惑下加入这个团伙。其实滕助拉周悦入伙根本就没怎么费劲，因为这小孩儿本身就特别爱搞恶作剧去吓唬别人，他一听自己不仅可以吓唬人还能有钱拿，立刻同意加入他们团伙。”

我听完有些惊讶，问：“周悦没有家人吗？他家人难道就没有察觉吗？”

半七说道：“有的，他和母亲相依为命。周悦也害怕自己做的事被母亲察觉，所以他每次出去作案时，就会带上哨子，谎称自己出去工作。而这个哨子，就是我在细井院子里找到的哨子，想来应该是他在院子里乔装打扮的时候，不小心把哨子落在那儿了。我们摸排的时候，得知他最近花钱大方，心生疑窦，把他抓过来询问一番后，他什么都招了。”

“那其他人呢，他们也是按摩师傅吗？”

“不是，”半七摇头，“装武士的那人是御家人，装随从的那人真的是随从，是御家人临时雇用的，装管家的是滕助。说起来，这伙人中最无辜的就是周悦了，他既没有骗人也没有抢劫，他不过是扮演独眼小僧吓人，毕竟他真的很爱恶作剧。他还和我们说，除了独眼小僧，他还想尝试其他妖怪，可惜梦想还没实现就被逮捕了。我偶尔会想，如果他们没有追求刺激，或许还能苟延残喘一段时间呢。哎，不过也说不定，或许还有其他因素让他们提前被逮捕。无论如何，他们落网对百姓来说是件好事。”

第十四章　消失的能面

孙十郎感到十分为难。其实，事情发展到这种地步，全是武士的失误造成的。但是，孙十郎也实在不忍心让武士为这件小事丧命，毕竟他还很年轻。孙十郎既不想看见武士送死，又无法处理好这件事，这让他陷入两难。

一

某天，我途经赤坂，去半七先生家探望。他正坐在院落的躺椅上，一边沐浴着冬日的阳光一边看报纸。见我来了，先生抖落一下报纸折起来放好，然后和我讲了个刚在报纸上看到的诈骗案。

半七先生显得很激动，语气高昂地说道："我刚在报纸上看了个诈骗案，这真的是前所未闻的大型诈骗案！波及范围辐射到东京、横滨和九州岛，光涉案金额就高达好几万两！想想我以前经手的诈骗案和这起案件对比起来，简直是小巫见大巫！我以前办理的诈骗案不仅规模小，就连诈骗手段也十分拙劣低端。不过，诈骗不管在什么时候都是犯罪。我处理的案件越多，越相信因果终有报，贪婪的人最终会被欲望腐蚀得面目全非。说起来，我想到以前办理的一桩案件，不过到了最后才发现这是场乌龙。"

二

元治元年的九月末，在风和日丽的清晨，一位看上去温文尔雅的中年人带着随从来到伊藤古董铺。

伊藤古董铺的东西都十分值钱，通常来这里消费的都是达官显贵。而眼前这人，看上去没有商人的尖酸刻薄，没有武士的结实肌肉。饶是与各形各色的人都打过交道已经炼就火眼金睛的孙十郎，一时也猜不透这人的身份。打量半天，孙十郎猜测这人可能是能乐艺人。

果不其然，那人的目光一下就落到了挂在角落的能乐面具。他对古董店的学徒丰吉说："能请您帮我摘下来吗，我想仔细看看它？"

"好的，没有问题。"丰吉答应得十分干脆。

孙十郎见这位客人的品位不俗，便让丰吉添茶倒水，自己坐下来与客人热情地攀谈起来。客人小心翼翼地接过面具，目光一寸寸地在这张面具上勾画。身经百战的孙十郎一眼就看出客人十分喜欢这张面具，心里稍微措辞了一番，说道："客人好眼光，这张能面历史悠久，久到连制作者都无法考证。不过，根据我多年经验推测，这张能面应该是战国时代的出目家做的。"

"不是他做的。"客人直接否定，"不过，就算不是他做的，这张能面也应该是出自战国时代的。老板这张能面怎么卖？"

孙十郎回道："稍微有点贵，二十五两，不过它值这个价。"

客人脸上并没有露出难以置信的表情，而是一脸淡定地点头，表示自己接受了这个价格。显而易见，在这位客人看来，虽然这张能面不是出自战国时代的大师之手，但仅凭历史悠久这一特点，就足以让这张能面拥有二十五两的价值。

客人喝了口茶，轻轻说道："那就二十五两吧，就这么定了。"

见做成一笔生意，孙十郎笑道："好的。"

"不过，"客人放下茶，"我今天只是心血来潮来这里逛了会儿，身上没有带这么多钱。这样吧，我先付你三两定金，明天中午的这个时候我带尾款过来付清，您一定不要卖给别人。"说着，客人就递给孙十郎三两定金。

孙十郎笑呵呵地答应道："您放心，我会好好替您保管的。"

等客人离开后，孙十郎就让丰吉把能面收好。毕竟这张能面已经被客人定了，自然不能继续挂在橱窗里。

到了中午吃饭的时间，丰吉进到里房喊道："老板，外面有个武士找您。"

"是哪家的武士？"

"不知道，"丰吉摇头，"我从来都没见过他，看上去特别陌生。"

"你先奉茶，我这就过去。"说着，孙十郎扔下筷子，稍作整理后来到铺子。

在铺子烤火的武士看上去很年轻，刚过二十的样子，见孙十郎过来，直截了当地问道："您好，我想冒昧问一下，之前挂在角落的那张能面怎么没有了？"

孙十郎笑着解释道："不好意思啊，这张能面在上午的时候刚被卖出去。"

听闻此言，武士的脸垮了下来，看上去不太高兴，他问道："你能告诉我买家是谁吗？"

就这样，孙十郎把上午买卖能面的经过告诉了武士。武士的脸色越来越沉，过了好一会儿，他深吸一口气，看上去十分纠结地问道："不好意思，我知道我的这个请求很无理，但您能不能让那位客人把那张能面让给我呢？"

虽然对方看上去身份尊贵，是孙十郎不敢招惹的类型，但是他也不能因此毁约。这让孙十郎有些为难，嗫嚅道："这不太好吧，那位客人已经付了定金，而且我也签了合同。"

见孙十郎一脸为难的样子，武士只好说出实情。原来，这位武士来自关西，那张能面是他家主人丢失的。他家主人想在夏天驱虫，顺便把东西都搬出来晾晒，那张能面就是其中之一。武士主人估摸着晾晒的时间差不多了，差人把东西收起来，没想到能面找不到了。

如果是普通能面倒也还好，顶多损失些金钱，但难就难在那张能面是权现大人赏赐的，能面丢失的消息传出去，只怕武士主人会受罚。所以，武士主人只能派人暗地调查。正巧，武士昨天路过这家古董店的时候在橱窗看见丢失的能面，由于当时有急事处理，就没有买下。回到宅邸后，见主人已经休息，就没有打扰主人禀报此事。等第二天的时候，他才把这件事告诉主人，招来主人一阵斥责，怒斥他不分轻重，让他赶紧把能面买回来。武士心存侥幸，心想才过一天，能面应该不会被其他人买走，没承想到了古董店后等来了晴天霹雳般的消息。

说完前因后果，武士已经面如死灰，他抖着声音，绝望道："没想到我居然犯了这么严重的错误，看来我只能切腹自尽，才能弥补我的过失。"

孙十郎感到十分为难。其实，事情发展到这种地步，全是武士的失误造成的。但是，孙十郎也实在不忍心让武士因这件小事丧命，毕竟他还很年轻。孙十郎既不想看见武士送死，又无法处理好这件事，这让他陷入两难。

孙十郎思来想去，一个主意油然而生。他安慰武士道："虽然我也很同情您的遭遇，也实在不忍心看您切腹自尽，但是作为生意人，我也不能毁约。这样吧，等明天那位客人过来付尾款的时候，我问一下他，看他愿不愿意忍痛割爱。"

武士的眼睛顿时亮了起来，激动地说道："谢谢您！请您帮我尽量说服他！如果他实在不愿意割爱，那么我赔付他十倍定金也是可以的！我们主人对这张能面十分看重，所以钱这方面不是问题。我还有一个不情之请，毕竟主人要求我们暗中处理这件事的，所以希望您能帮我说服那位客人，如果您实在没有办法，我再和那位客人商量，您看怎么样？”

“没问题，”孙十郎答应得十分豪爽，“答应您的事我会尽力办理。”

“谢谢您。”武士心里的大石头暂时落下，脸色也缓和了不少，然后他从兜里掏出一叠银票，递给孙十郎，“这里一共是五十两，先放您这里，如果明天那位客人要赔偿的话，您从这里拿就可以了。顺带一问，您的能面卖多少钱？”

孙十郎见武士十分迫切想得到能面，想趁机捞上一笔，于是面不改色地撒谎道：“一百五十两。”

武士点头，说：“好的，那我明天带一百五十两。”

孙十郎之所以敢狮子大开口，就是仗着店里的学徒都不在，只剩下自己和武士，况且武士非必要时不会与上位客人见面，这意味着武士不会知道这张能面真正的价格。

三

事情出现了一点变化，本来约定次日上午过来的客人，居然在当天晚上就过来了。

那位客人从包袱里拿出银票，说道：“这是剩下的尾款，一共二十二两，您点一点。本来说明天过来的，结果正巧今天办事经过这里，就顺便结清尾款。”

孙十郎并没有收下，而是做了个邀请的姿势，说道：“我有事想和您商量一下，您随我上二楼吧。”

客人虽然感到很奇怪，但也没有拒绝，跟着孙十郎上了二楼。

到了二楼的房间后，孙十郎并没有开门见山说起能面的事，而是叫人上了一桌好酒好菜。在客人狐疑的目光下，他才开口解释道："哈哈，这刚好是吃饭晚的时间，谈事情怎么能饿肚子呢，所以我让人备了点好酒好菜，咱们边吃边聊。"

食饱喝足后，孙十郎趁着愉悦的气氛把这件事说了出来。客人听后直皱眉，说道："我又不是心血来潮买这个能面的！你觉得我身为能乐艺人会随意看中一张能面然后买回来吗？这张能面我想要很久了，好不容易定下，你怎么能说毁约就毁约呢？"

孙十郎见客人情绪激动，连连道歉安抚客人，不得已之下，他说出了那个武士的遭遇。孙十郎本以为客人听了武士的故事后会松口，没想到客人只是冷哼一声，说："没想到你居然为了把这张能面卖给更好的客户，还专门编造这种故事来骗我。告诉你，除非你口中所说的武士亲自来见我，否则你说的一个字我也不相信。"

孙十郎也知道，让两人见面商讨是解决这件事最好的办法，可是孙十郎不敢让他俩见面，毕竟武士可不知道那张能面才二十五两。若他俩见面，谈到能面的价格，那么到时候自己必将陷入难堪的局面。孙十郎打定主意不让两人见面，于是他一直劝酒，想要灌醉客人，趁客人迷糊的时候诱导客人和自己达成交易。

见客人脸颊绯红，孙十郎知道他喝得差不多了，于是劝说客人将能面让给武士，并且拍拍胸脯说："如果您愿意成人之美，我也不会亏待您，我以多倍定金赔偿您！"

孙十郎能这么爽快承诺赔付定金也是有原因的，一来他清楚这种事情肯定是需要用金钱解决的，二来武士临走时给了他一笔定金，他自认为自己赔得起这笔赔款。

客人在孙十郎的劝说下终于松口了，不过，客人要的赔偿金不是三五十两，而是整整一百两。孙十郎特意观察客人的神情，发现他虽然喝醉酒，但是说这句话的时候却格外认真。孙十郎清楚地意识到客人并不是醉酒胡言。于是孙十郎在心里飞快算起一笔账，如果能面卖给这位客人自己只能赚二十五两，如果卖给武士，就算赔一百两，自己也能赚一百两。拿好主意后，再与客人就赔付问题争执一番，最终决定赔付客人七十五两。

孙十郎拿出武士给的五十两，又自己垫付了二十五两给客人。送走客人后，孙十郎笑呵呵的嘴角立马耷拉下来，吐了一口唾沫，骂道："呸，还说是什么能乐艺术家，我看你明明就是一个见钱眼开的无耻之徒！"

虽然口中骂骂咧咧，孙十郎的心情还是很好的。他哼着小曲回到家，期待着次日武士给他送一百五十两过来。

到了第二天，孙十郎左等右等，也没有等到武士。就这么过了一周，武士也没有带着一百五十两来买这张能面。

孙十郎心里直犯嘀咕，猜测武士会不会已经切腹自尽了。他想到按照武士的说法，这张能面对他的主人非常重要，就算他切腹自尽，他的主人肯定还会派其他人来寻找这张能面。于是他将这张能面挂在最显眼的橱窗里，等待一百五十两的到来。

就这么等了半个月，这张能面依旧无人问津。这下孙十郎彻底慌了，他开始怀疑自己是不是遇上了骗子。他怀疑那个能乐艺人和武士联合起来骗他，利用自己的同情心，骗走了二十二两。

其实，孙十郎自己心里也清楚，之所以损失二十二两，是因为自己贪心不足蛇吞象。他本来打算当自己花钱买教训，可是心中的郁结一直解不开，最终他还是跑到半七面前把事情的来龙去脉讲了一遍。

四

我听得入迷，老人继续缓缓讲述："其实，这是一场阴差阳错的误会，并不是孙十郎猜测的骗局。"

原来，那个购买能面的客人，是著名能乐艺人繁二郎的弟弟，在哥哥的影响下，弟弟对能乐也有一定了解。不过弟弟吃不了苦，不仅没有沉下心好好琢磨如何成为优秀的能乐艺人，反而琢磨起轻松赚钱的途径。那天，他路过古董店，一眼就相中了那张能面，他本来打算买下那张能面，再以更高的价格转卖出去，没想到孙十郎临时变卦。

他本来不想松口让出能面，但在孙十郎一番声情并茂的劝说下，又有些犹豫，万一孙十郎句句属实，若自己强行将能面占为己有，岂不是会导致一条生命的消逝？但是他又因孙十郎的变卦懊恼不已，觉得既然来了也不能空手回去，于是问孙十郎要一百两作为补偿。虽然最终孙十郎给了他七十五两，但这也是他们心甘情愿达成的交易，并不属于诈骗，所以他不可能被逮捕。

武士名叫根井浅五郎，是一位货真价实的武士。他的身份是真的，讲给老板听的故事也是真的。那天，他付了五十两给老板后回到宅邸。当主人知道他为了得到能面让老板毁约时，狠狠斥责了武士。翌日，主人给了武士一百五十两，让他把能面买回来。武士捏着银票，决定卷款逃跑。他想，反正自己买了能面回去也会被主人责罚，自己的后果不是被遣送回国就是被逐出江户，与其被人耻笑，不如拿着这笔巨款去寻找新人生。他本来打算去京都，去朋友那儿避避风头，但是他实在舍不得江户，逃到一半又返回来，之后一直藏在那目黑生活。

听到这里，我不禁对这个故事的反转感到惊奇，咂了咂嘴，追问道："那你们是怎么发现武士的呢？"

半七笑道："毕竟他是年轻人嘛，阅历太浅，很容易因为一件事就想不开，成天闷闷不乐。为了纾解郁结，他每天晚上都会到歌舞伎町花天酒地。你想，有哪个武士会这么放纵自己？所以他自然被很多人注意。"

我又问道："既然这张能面如此重要，那为什么武士主人没有再派人来孙十郎的店里找呢？"

半七说："找了呀，那家人很快派人去了古董店。只不过被派出来的武士站在橱窗上仔细分辨了那张能面，确认这并不是丢失的能面，所以也就悄无声息地回去了。"

我又继续问道："那你说，那家人的能面找回来了吗？"

半七说道："这就不知道了，这毕竟是深宅大院的秘密，我们普通人又该如何知道呢？"